Déclarations scandaleuses

Du même auteur
aux Éditions J'ai lu

La favorite du sérail, *J'ai lu* 3448
La nuit de Saint-Pétersbourg, *J'ai lu* 3560
La favorite afghane, *J'ai lu* 3664
Un cœur à vendre, *J'ai lu* 4172
Prise au piège, *J'ai lu* 4586
La courtisane effrontée, *J'ai lu* 5104
Pour une rose d'argent, *J'ai lu* 5264
Le cygne d'émeraude, *J'ai lu* 5358
La femme fatale, *J'ai lu* 6111
La maîtresse de l'espion, *J'ai lu* 6210
La captive du roi, *J'ai lu* 6870
Correspondance interdite, *J'ai lu* 7391

Jane Feather

Déclarations scandaleuses

Traduit de l'américain
par Catherine Plasait

J'AI LU

Titre original :

THE BRIDE HUNT
Bantam Dell, a division of Random House, Inc.,
New York 2004

1

— Les voici, mademoiselle Prudence.

Mme Beedle s'empara d'une pile d'enveloppes sur une étagère de la cuisine.

— Il y en a beaucoup, aujourd'hui, annonça-t-elle. Celle-ci semble particulièrement sérieuse, ajouta-t-elle après avoir sélectionné une longue enveloppe à en-tête imprimé qu'elle contempla avec curiosité.

Prudence buvait son thé sans bousculer son hôtesse. Mme Beedle allait à son propre rythme et suivant sa manière… tout comme son frère, Jenkins, qui servait à la fois de majordome, d'ami et de complice aux trois sœurs Duncan dans leur demeure de Manchester Square.

— Vous avez des nouvelles de Mlle Constance ? s'enquit Mme Beedle qui finit par poser les enveloppes sur la table avant de prendre la théière.

— Nous avons reçu un télégramme hier. Ils sont en Égypte, en ce moment. Et ils ont visité Paris et Rome en chemin. C'est un merveilleux voyage, apparemment !

Elle semblait un peu mélancolique, et il fallait avouer que les six semaines de lune de miel de Constance leur avaient paru bien longues, à sa sœur Chastity et à elle. L'effort requis pour faire tourner la maison avec leurs maigres moyens, tout en s'arrangeant pour que leur père ignore leurs difficultés, était beaucoup plus pénible à deux. Au point que, ces dernières semaines, elles avaient été parfois tentées d'obliger leur père à affronter la dure réalité. Après tout, c'était à cause des investissements hasardeux qu'il avait réalisés après la mort de leur mère qu'ils se retrouvaient dans une telle situation. Mais c'était justement le souvenir de leur mère qui les en avait empêchées. Lady Duncan protégeait la tranquillité d'esprit de son mari à tout prix, aussi ses filles se devaient-elles de faire de même.

S'ajoutait à cela le souci de publier tous les quinze jours leur journal, le *Mayfair Lady*, sans le talent éditorial de Constance, et d'essayer de garder à flot leur agence matrimoniale, L'Intermédiaire... Pas étonnant que Chastity et Prudence, épuisées, dorment comme des souches, la nuit !

Le carillon de la boutique retentit, et Mme Beedle se hâta de rejoindre son comptoir, tout en lissant son tablier amidonné. Prudence but son thé et reprit une tranche de pain d'épices. Elle était bien, dans la cuisine accueillante de l'arrière-boutique. Mme Beedle bavardait aimablement avec une cliente à la voix haut perchée qui se plaignait de la faible qualité des côtelettes d'agneau du boucher.

Les jambes tendues vers le fourneau, Prudence soupira d'aise, savourant cet instant de répit. Elle attrapa la pile d'enveloppes – par souci d'anonymat, celles-ci étaient adressées au *Mayfair Lady*, aux bons soins de Mme Beedle – et les parcourut d'un d'œil distrait.

L'épaisse enveloppe de vélin avait tout du courrier officiel. L'en-tête portait les noms de *Falstaff, Harley & Greenwold*. Prudence eut un frisson d'appréhension ; cela ressemblait fort à un cabinet d'avoués. Elle fut tentée de l'ouvrir, puis y renonça. Par un accord tacite, ses sœurs et elle lisaient leur courrier professionnel ensemble. En outre, si cette enveloppe contenait une mauvaise nouvelle – et Prudence sentait des ondes néfastes s'en dégager –, mieux valait attendre Chastity.

Elle termina sa tasse de thé et fourra les lettres dans son vaste sac à main. Mme Beedle était encore occupée lorsque Prudence traversa le magasin en enfilant ses gants.

— Merci pour le thé, madame Beedle.

— Oh, c'est toujours un plaisir de vous voir, mademoiselle Prudence ! Mlle Chastity aussi, bien sûr. Venez avec elle, la prochaine fois. Je ferai mon gâteau au lard, je sais qu'elle l'adore !

— Elle regrettera d'avoir manqué le pain d'épices, mais elle devait rendre visite à une amie, cet après-midi.

Prudence salua courtoisement la cliente qui l'observait avec une curiosité à peine dissimulée. Il était rare qu'on voie une dame élégante qui s'exprimait avec l'accent de Mayfair dans un petit magasin de Kensington, surtout sortant de l'arrière-boutique…

Prudence prit un exemplaire du *Mayfair Lady* sur le présentoir des magazines.

— Si vous cherchez de la lecture, madame, vous aimerez sûrement cette publication, déclara-t-elle en tendant le journal à la cliente.

Celle-ci fut si surprise qu'elle l'accepta sans réfléchir.

— Le *Mayfair Lady*… Ça paraît un peu trop huppé pour moi…

— Oh, non, certainement pas ! affirma Prudence. Je crois savoir que Mme Beedle le lit.

— En effet, renchérit la brave femme. Essayez, madame Warner. C'est idéal quand il fait froid, près de la cheminée.

— Je ne suis pas très portée sur la lecture, avoua la cliente, sceptique. C'est combien ?

Elle tournait et retournait le journal comme si elle ne savait qu'en faire.

— Deux pence, répondit Prudence. Vous serez étonnée par la variété des articles.

— Eh bien, je ne sais pas, je suppose…

La cliente finit par poser deux pièces sur le comptoir.

— Je vais essayer, fit-elle.

— Bonne idée, la félicita Mme Beedle. Et vous savez quoi ? Si ça ne vous plaît pas, vous le rapporterez et je vous rembourserai.

Mme Warner se détendit.

— C'est on ne peut plus honnête, madame Beedle.

Prudence retint un haussement de sourcils sceptique. Comment étaient-elles censées gagner de l'argent si les gens lisaient le *Mayfair Lady* « à l'essai » ! Mais impossible de dire cela à Mme Beedle, qui croyait bien faire. Après avoir salué les deux femmes, elle sortit d'un pas vif dans l'air glacial. Bien qu'il fût à peine 16 heures, le ciel s'assombrissait déjà. L'automne était particulièrement en avance, cette année. Mais peut-être avait-elle cette impression à cause de l'été exceptionnellement chaud qui avait précédé.

Elle se hâta vers l'arrêt de l'omnibus où le véhicule venait de s'immobiliser, régla son ticket et grimpa à l'intérieur.

Une fois assise, elle songea à Chastity qui, contrairement à ce qu'elle avait affirmé à Mme Beedle, n'était pas du tout allée rendre visite à une amie. Sous le pseudonyme de tante Mabel, elle répondait au courrier des lecteurs pour la prochaine édition du journal. Prudence l'avait laissée en train de suçoter le bout de son porte-plume et de pester contre la plume becquetée qui faisait des pâtés, tout en cherchant un moyen diplomatique de calmer la « Désespérée de Chelsea ». Celle-ci semblait penser que ses vieux parents n'avaient pas le droit de dilapider leur patrimoine alors qu'elle attendait impatiemment d'hériter.

Elle descendit du bus à Oxford Street et, les joues rosies par le vent piquant, gagna Manchester Square à pied. Elle introduisait sa clé dans la serrure quand Jenkins lui ouvrit la porte.

— Je me doutais bien que c'était vous, mademoiselle Prudence, dit-il.

— Je suis allée voir votre sœur. Elle vous envoie son bon souvenir.

— J'espère qu'elle se porte bien ?

— Elle en a l'air, en tout cas. Chastity est là-haut ?

— Elle n'a pas quitté le boudoir de l'après-midi.

— Pauvre chérie ! A-t-elle déjà pris le thé ?

Jenkins sourit. La gourmandise de Chastity était un sujet de plaisanterie dans la famille.

— Mme Hudson avait fait un gâteau mousseline, et Mlle Chastity en a dégusté trois tranches. Elle avait le visage un peu tiré, avant.

— Barbouillé d'encre, surtout, rétorqua Prudence en riant.

Elle s'arrêta au milieu de l'escalier pour demander par-dessus son épaule :

— Lord Duncan dîne-t-il à la maison, ce soir ?

— Je ne crois pas, mademoiselle Prudence. Mme Hudson vous a préparé une tourte du berger avec le reste de gigot.

Tant qu'à finir les restes, mieux valait de l'agneau que du poisson, se dit Prudence.

Elle ouvrit la porte du petit salon que ses sœurs et elle partageaient depuis la mort de leur mère, quatre ans auparavant. C'était une pièce agréable, au décor un peu fané, où régnait un charmant désordre. Surtout cet après-midi ! Chastity était assise devant le secrétaire, enfouie jusqu'aux genoux dans les papiers froissés, témoins de ses frustrants efforts épistolaires. Elle se retourna en entendant sa sœur.

— Ah, je suis contente de te voir ! Je vais pouvoir m'offrir une pause.

Elle fourragea dans sa chevelure rousse qui, dans les affres de la création, avait échappé aux rubans et cascadait sur ses épaules. Puis elle fit quelques mouvements d'élongation pour dénouer ses muscles douloureux.

— Jamais je n'aurais cru que je finirais par ne plus éprouver de compassion pour ces âmes tourmentées. Mais certaines sont si puériles, si enfants gâtés… Oh, attends, j'ai quelque chose à te montrer ! Jenkins me l'a apporté il y a une demi-heure.

Avec un regain d'énergie, elle bondit sur ses pieds.

— Regarde ! reprit-elle en brandissant la *Pall Mall Gazette*. Constance l'avait prédit !

— Avait prédit quoi ? s'enquit Prudence en parcourant les manchettes du quotidien.

Elle siffla doucement en découvrant le titre : UN PAIR DU ROYAUME MÊLÉ À UNE HISTOIRE DE MŒURS.

— « Le comte de Barclay a été accusé par le journal anonyme *Le Mayfair Lady* de violer ses jeunes servantes et de les jeter ensuite à la rue enceintes et sans un sou », lut-elle à haute voix.

Elle termina sa lecture en silence, car Chastity connaissait sans doute l'article par cœur, puis elle leva les yeux vers sa sœur.

— Ils ont interrogé les femmes que Constance citait dans son article, dit Chastity.

— Et ils condamnent le « comte libertin » dans leur style inimitable, renchérit Prudence. Avec une ferveur presque religieuse, ils fustigent sa vile attitude tout en excitant le lecteur par des détails croustillants.

— Exactement ce que nous souhaitions ! s'écria Chastity. Juste quatre semaines après l'article du *Mayfair Lady*, qui, soit dit en passant, n'avait soulevé que de vagues chuchotements et des regards noirs de douairières collet monté. Les amis de Barclay n'avaient pas bronché, et lui avait feint l'indifférence. J'avais cru que c'était un pétard mouillé, mais à présent que tout le monde est au courant, il va être mis au ban de la société.

— Certes, admit Prudence, un peu mal à l'aise, en sortant de son sac l'enveloppe à l'allure officielle. Tiens, il y avait ceci dans le courrier.

— Qu'est-ce que c'est ?

— Une lettre provenant d'un cabinet d'avoués, apparemment.

Chastity prit l'enveloppe et la tourna dans tous les sens d'un air perplexe.

— Ouvrons-la, décida Prudence en lui tendant un coupe-papier.

Chastity sortit une feuille de vélin qu'elle déplia. Sa sœur et elle la parcoururent rapidement.

— Oh, bon sang ! s'exclama Prudence.

En dépit du langage judiciaire, le message était clair comme de l'eau de roche.

— Pourquoi Barclay nous poursuit-il – enfin, le *Mayfair Lady* – pour diffamation, et non la *Pall Mall Gazette* ? s'étonna Chastity. Ils sont bien plus redoutables que nous !

— La *Gazette* n'est sortie qu'aujourd'hui, répliqua Prudence, la mine sombre. Nous avons lancé l'offensive il y a un mois. Barclay a eu quatre semaines pour mettre sa tactique au point. Et s'il gagne ce procès, il s'attaquera ensuite à la *Gazette.*

— Alors, qu'allons-nous faire ?

Chastity relut la lettre en se mordillant la lèvre.

— Ils ont, semble-t-il, l'intention de demander des dommages et intérêts aussi élevés que possible, au nom de leur client. Qu'est-ce que cela signifie exactement ?

— Aucune idée... Mais sûrement rien de bon.

Prudence se laissa tomber dans le canapé et se débarrassa de ses souliers.

— Nous avons besoin de prendre conseil.

— Nous avons besoin de Constance.

Perchée sur le bras d'un fauteuil, sa sœur balançait nerveusement la jambe.

— Qu'est-ce que Max va penser de tout ceci ?

— Sa carrière risque d'en pâtir si on apprend que c'est son épouse qui a écrit l'article d'origine.

— Il ne faut pas que cela se sache, dans notre intérêt à tous, mais je ne vois pas comment nous pourrions le cacher à Max.

Prudence reprit la lettre.

— Oh, je n'avais pas remarqué cela, tout en bas... « En plus des dommages et intérêts pour diffamation concernant les relations de notre client avec ses employés, nous demanderons de substantielles réparations pour les insinuations concernant les pratiques financières de notre client. »

— La *Pall Mall Gazette* a-t-elle repris cette idée, que nous avions suggérée ? Je n'ai rien vu de ce genre.

— Ils ont sans doute trouvé plus sage de laisser tomber cet aspect-là. Nous ne disposons d'aucune preuve. Il doit bien en exister, mais nous étions tellement acharnées à détruire Barclay que nous avons tout mélangé. Quelles naïves idiotes nous sommes ! soupira Prudence.

— Étions, rectifia Chastity. Nous l'étions, mais nous ne le sommes plus.

— C'est comme de fermer l'écurie au loquet après que le cheval s'est sauvé, commenta Prudence avec un sourire amer.

On frappa discrètement à la porte.

— Voulez-vous le sherry ici, ou préférez-vous le prendre au salon ? demanda Jenkins.

— Nous ne sommes guère d'humeur pour le salon, ce soir, Jenkins. Nous prendrons l'apéritif ici, et nous dînerons dans la petite salle à manger.

— C'est ce que je pensais, fit le majordome qui pénétra dans la pièce avec son plateau. À quelle heure souhaiteriez-vous dîner ?

Il remplit deux verres et les leur apporta.

— 8 heures ?

Prudence consulta sa sœur du regard. Celle-ci acquiesça.

— Et je ne pense pas que nous nous changerons. Nous nous débrouillerons, Jenkins, je suis sûre que vous avez mieux à faire, ce soir.

— Je vaquerai à mes occupations après vous avoir servies, mademoiselle Prudence, déclara le majordome avec une pointe de reproche avant de se retirer.

— Il ne va au pub que pour sa pinte de bière rituelle, fit remarquer Chastity avant d'avaler une gorgée de sherry. L'endroit n'est agréable qu'à partir de 9 heures.

— Quand même, tout ce cérémonial pour une tourte du berger ! Pourquoi ne pas manger sur des plateaux, devant la cheminée ?

— Jenkins et Mme Hudson seraient scandalisés, répliqua Chastity en riant. « Ce n'est pas parce que les temps sont difficiles qu'il faut se laisser aller, mademoiselle Prudence. »

C'était une parfaite imitation de Mme Hudson, et Prudence applaudit.

Ce moment de détente ne dura pas.

— Comment trouver un avocat ? demanda Chastity.

— Je suppose qu'il faut commencer par consulter un avoué, qui présentera notre cas à un avocat. C'est sûrement ainsi que cela fonctionne.

— Tu en sais plus que moi. Père en connaît sûrement. Crois-tu que nous devrions lui en parler ?

— Tu veux dire lui poser quelques questions anodines ?

Prudence se pencha en avant, ses yeux verts plus brillants que jamais.

— Il ne fera pas le rapprochement, assura sa sœur.

— Non, mais je me demande s'il a dans ses relations le genre de juriste que nous cherchons.

— Pas trop onéreux, précisa Chastity.

Sa sœur secoua la tête.

— Ils le sont tous. Mais nous n'avons pas le choix. Il doit bien exister un moyen de s'en sortir.

Un bruit de pas se fit entendre dans l'escalier, et la porte s'ouvrit à la volée après un bref coup sur le battant.

Lord Arthur Duncan pénétra en trombe dans le boudoir, la moustache en bataille, les joues plus rouges encore que de coutume, son chapeau melon à la main.

— Jamais je n'ai entendu une chose pareille ! fulmina-t-il. Des voyous, tous des voyous ! On devrait les pendre haut et court ! Ah, je vois que vous êtes au courant ! ajouta-t-il en désignant la *Pall Mall Gazette*. Répugnant, infamant, calomnieux ! Que cela vienne de cet anonyme torchon féministe, passe encore... Tout individu qui se respecte se moque comme d'une guigne de ce que peuvent raconter quelques lâches sans cervelle... Mais si ce crétin pédant de gratte-papier s'en mêle, Dieu sait où cela va mener !

Il se laissa tomber dans un grand fauteuil à oreilles près de la cheminée.

— Si c'est là du sherry, j'en prendrai volontiers une goutte, Prudence.

— Bien sûr, père, dit sa fille en le servant. Lord Barclay est-il très contrarié ?

— Contrarié ? Il est fou de rage !

Il avala son sherry d'une traite et fixa le verre d'un œil noir.

— C'était une dose de jeune fille !

— Voulez-vous que Jenkins vous apporte du whisky ? s'enquit Chastity avec sa sollicitude habituelle.

— Non. Inutile de le déranger. Ressers-moi, ordonna-t-il en s'essuyant la moustache avec son mouchoir.

— Que compte faire lord Barclay ? risqua Prudence en remuant les braises. Il veut demander réparation, j'imagine.

— Il attaque d'abord cette feuille de chou, le *Mayfair Lady*, naturellement. Lorsque Barclay et ses avocats en auront terminé avec eux, il ne leur restera plus qu'à fermer boutique. Et ses éditeurs auront de la chance s'ils ne finissent pas en prison.

— Je suppose qu'il aura les meilleurs avocats…

— Oh, que oui ! Les meilleurs de la capitale.

— Existe-t-il des avocats spécialisés dans les affaires de diffamation, à Londres ? s'enquit Prudence. Nous n'en rencontrons jamais.

— Voilà qui ne m'étonne pas, ma chérie ! répliqua lord Duncan avec un sourire indulgent. Je n'insinue pas que tes sœurs et toi êtes incapables de rivaliser avec les cerveaux les plus brillants, mais ces hommes ne fréquentent pas les mêmes cercles que vous. On les trouve dans les clubs, pas dans les salons.

— Vraiment ? fit Prudence, sceptique. Citez-nous quelques avocats, et nous verrons si leurs noms nous rappellent quelque chose.

Lord Duncan s'était quelque peu calmé grâce à la compagnie de ses filles… et au sherry. Son teint avait retrouvé une couleur normale.

— Voyons… Les avoués de Barclay, Falstaff, Harley & Greenwold ont confié la cause à Samuel Richardson, membre du barreau. Cela vous dit quelque chose ? Je parie que non.

— Nous ne connaissons évidemment pas d'avoués, mais Samuel Richardson…

Prudence secoua la tête.

— Non, vous avez gagné pour celui-là. Un autre...

Lord Duncan réfléchit un instant.

— Malvern. Sir Gideon Malvern, membre éminent du barreau. Plus jeune avocat reçu au barreau depuis dix ans. Nommé conseiller de la couronne pour services rendus à la justice.

Il se mit à rire.

— Plutôt pour services rendus au roi, rectifia-t-il. L'un des amis de Sa Majesté s'était fourré dans un sale pétrin... vous voyez ce que je veux dire. Malvern l'a défendu, et l'homme s'en est sorti blanc comme neige. On prétend que c'est le plus brillant du pays. Certainement beaucoup trop occupé pour sortir en ville.

Il posa son verre et se leva avec un peu de difficulté.

— Bon, je dois me changer. Je dîne au *Rules* avec Barclay. Il faut se montrer solidaire. Je ne peux pas laisser ce genre de...

Il montrait la *Gazette*.

— ... vile immondice, voilà ce que c'est. Je ne peux pas laisser ce tas d'ordures souiller la réputation d'un honnête homme.

Il déposa un baiser paternel sur le front de ses filles et quitta la pièce.

— Honnête homme, répéta Prudence avec mépris en se resservant un verre de sherry. Père n'est ni stupide ni aveugle. Je me demande ce qui le fascine tant chez Barclay ?

— Oh, je pense que cela a un rapport avec le fait que Barclay était là quand mère est morte ! suggéra Chastity en fixant le feu. Père était anéanti, et nous aussi.

Prudence hocha la tête et serra les bras autour d'elle. Leur mère était morte dans d'atroces souffrances que même le laudanum à haute dose ne parvenait plus à soulager. Incapable de supporter la vision de sa femme en proie à ces terribles douleurs, lord Duncan se réfugiait dans la bibliothèque où Barclay lui tenait compagnie, tandis que ses filles se relayaient au chevet de leur mère. Celles-ci n'avaient plus d'énergie à consacrer à leur père. Il leur avait fallu des mois pour se remettre, durant lesquels lord Barclay était devenu le confident, l'ami intime de lord Duncan.

Prudence releva la tête.

— Bon, nous n'y pouvons rien changer ! déclara-t-elle. Voyons ce que nous allons découvrir sur ce sir Gideon Malvern.

— S'il a été nommé conseiller de la couronne, il est vraiment tout en haut de l'échelle. Je me demande ce que signifie « plus jeune avocat reçu au barreau depuis dix ans ».

— Nous allons commencer par consulter le dernier *Who's Who*, le nôtre date de Mathusalem. Nous saurons au moins de quelle université il sort. Nous irons chez *Hatchards* demain matin et nous y jetterons un coup d'œil.

— Cela ne nous donnera pas son adresse.

— Non, mais si nous savons quel établissement il a fréquenté, nous pourrons nous y rendre et dénicher son adresse professionnelle. S'il est tellement haut placé, il a sûrement un cabinet du côté du palais de justice.

— Nous ne pouvons tout de même pas débouler comme ça chez lui ! fit remarquer Chastity. Nous n'avons d'autre choix que de passer par l'intermédiaire d'un avoué.

Prudence secoua la tête.

— À mon avis, si nous voulons avoir une chance d'obtenir son aide, il faut le surprendre, l'étonner. Si nous lui laissons le temps de réfléchir ne serait-ce qu'une minute, il nous rira au nez.

— « Soyons cruelles, hardies et déterminées ! » cita Chastity, le poing levé.

— « Traitons le pouvoir des hommes par le mépris ! » renchérit sa sœur.

— Si seulement c'était possible... Nous irons chez *Hatchards* à la première heure.

Elle se leva et s'étira.

— Il est presque 8 heures, et je meurs de faim. Si nous allions attaquer cette tourte du berger ?

— Je me demande ce que mange Constance, ce soir, fit Prudence alors qu'elles pénétraient dans la petite salle à manger où elles prenaient leurs repas lorsqu'elles étaient seules.

— Des yeux de chèvre, répliqua vivement Chastity. J'ai lu que c'était la nourriture des Bédouins dans le désert.

— Oh, j'imagine la tête de Max devant des yeux de chèvre ! Pas vous, Jenkins ?

— Il paraît que les yeux de mouton sont un régal, mademoiselle Prudence, répondit le majordome. Je crois que les moutons sont rôtis entiers et que leur viande est fort prisée.

Jenkins lui présentait la tourte.

— Chèvre ou mouton, il n'y a probablement pas grande différence, décréta Prudence. Ça sent délicieusement bon. Merci, Jenkins.

— Mme Hudson a mis du fromage râpé pour que la pâte soit plus croustillante, expliqua-t-il en posant sur la table un plat de choux braisés.

Il servit le vin avant de se retirer.

— C'est en effet très bon, reconnut Prudence après avoir goûté la tourte.

— Mme Hudson se débrouille merveilleusement, compte tenu du peu dont elle dispose. L'avons-nous payée, ce mois-ci ?

— Oui. J'ai dû mettre en gage les boucles d'oreilles en perles de mère, mais nous les récupérerons dès que nous aurons touché la « généreuse donation » que vont nous accorder lady Lucan et lady Winthrop.

— Quel toupet a eu Constance ! s'exclama Chastity. Leur demander un don pour les vieilles filles en difficulté en guise de rémunération pour les services de L'Intermédiaire !

— Ma foi, elles ne savent absolument pas qu'elles – ou plutôt leur progéniture – ont bénéficié de ces fameux services, lui rappela Prudence. Arranger des mariages dans l'intérêt des jeunes gens va devenir une activité très rémunératrice.

Chastity ne put retenir un sourire.

— Dans leur intérêt ! Voilà qui paraît très altruiste, alors que nous n'en voulons qu'à leur argent.

Elle but une gorgée de vin, fit la grimace.

— Quelle boisson ingrate et bien légère !

— Je sais... Jenkins a découvert au fond de la cave quelques bouteilles de bordeaux qui ont dépassé la limite d'âge, mais nous avons décidé de les boire. En tout cas, celles que Mme Hudson n'utilise pas pour cuisiner.

— Il ne faut surtout pas que père mette le nez dedans !

Prudence acquiesça.

— Au fait, quand sommes-nous censées recevoir ces « généreux dons » ? reprit sa sœur.

— Elles ont promis d'apporter un chèque à notre réception du mercredi. J'ai suggéré environ cinquante guinées.

Chastity faillit s'étrangler.

— Cinquante guinées chacune ? C'est beaucoup trop, Prudence !

— Constance le pensait aussi, mais je me suis dit que cela valait la peine d'essayer. Elles en ont les moyens. Le mariage aura lieu en décembre, et ce sera l'événement mondain de l'année. Hesther et David sont tellement épris que c'en est écœurant. Et leurs mères sont aux anges. Nous leur avons rendu un fier service. Ainsi qu'à toi aussi, ajouta Prudence. Au moins, il a cessé de te tourner autour !

— Son adoration commençait en effet à devenir plutôt exaspérante, admit Chastity. Au fait, y avait-il d'autres lettres pour le *Mayfair Lady* ?

— Plusieurs. Elles sont encore dans mon sac. Nous les lirons après dîner.

— Je me demande ce que nous avons comme dessert...

— Crumble aux pommes et crème anglaise, mademoiselle Chastity, annonça Jenkins, rentrant à point nommé. Mme Hudson demande si vous voulez des scones pour votre réception du mercredi ?

— Oui, s'il vous plaît, répondit Prudence. Nous allons récolter de l'argent, cette fois, alors autant que ce soit réussi.

— Très bien, mademoiselle Prudence. Je suggérerai aussi à Mme Hudson de confectionner son gâteau au chocolat, proposa le majordome le plus naturellement du monde.

Les activités commerciales des filles de lord Duncan recueillaient toute son approbation.

2

Les deux sœurs entrèrent à la librairie de Piccadilly dès l'ouverture et se dirigèrent droit vers le rayon qui les intéressait.

— Nous ferions peut-être mieux d'aller emprunter le livre à la bibliothèque, chuchota Chastity. J'ai l'impression de commettre un forfait en ne l'achetant pas.

— Je te rappelle qu'il coûte cinq guinées, que nous ne possédons pas, et que nous n'avons besoin que d'un renseignement. Ah ! Voilà les M... Maburn, Maddingly... Malvern ! Le voilà. Sir Gideon Malvern. Membre du barreau, Middle Temple. Reçu au barreau en 1894. Nommé conseiller de la couronne en 1902. Études : Winchester, New College, Oxford... Normal, conclut Prudence en relevant la tête. Voilà, nous avons ce que nous voulions.

— Il n'y a rien d'autre, rien de personnel ? s'enquit Chastity en se penchant pour lire par-dessus son épaule. Ah, regarde ! « Marié à Harriet Greenwood, fille de lord Charles et lady Greenwood, 1896. Divorcé en 1900. Une fille, Sarah, née en 1897. » Divorcé... ce n'est pas courant.

— En effet, mais peu nous importe. À présent, nous savons où se situe son cabinet. Il nous suffit d'aller à Middle Temple Lane et de regarder les plaques professionnelles.

Après avoir remis le livre en place, elles quittèrent la librairie. Dehors, elles durent jouer des coudes au milieu des marchands ambulants jusqu'à ce qu'elles trouvent un fiacre libre.

— Le quai Victoria, s'il vous plaît, dit Prudence au cocher. Le problème, maintenant, reprit-elle lorsqu'elles furent installées, c'est de savoir comment aborder ce grand homme. Tu as une idée, Chastity ?

— Pas vraiment. Il nous faut d'abord prendre rendez-vous, j'imagine. N'est-il pas censé se trouver à la cour... au tribunal ? Il est ouvert aux affaires, maintenant, je crois.

— Depuis le début de l'année, en effet. Même si Malvern n'exerce pas là, il devrait se trouver dans quelque cour d'assises, ce matin. Nous ne verrons sans doute que son secrétaire, à supposer bien sûr qu'on ne nous jette pas dehors avant que nous ayons pu ouvrir la bouche.

— Nous avons l'air plutôt respectable ! objecta sa sœur.

Avec son tailleur de tweed et son chapeau de paille noire, Prudence était la discrétion incarnée. La robe de soie brun foncé de Chastity était un peu plus sophistiquée, mais nul ne l'aurait jugée frivole. L'idée les avait effleurées de revêtir leurs plus jolies toilettes afin de séduire l'avocat par leur élégance et leur féminité, mais elles avaient finalement préféré une approche plus neutre. Une fois qu'elles auraient jaugé l'homme, elles aviseraient.

Divorcé. Voilà qui était intéressant. Rare dans leur milieu, et assez mal considéré. Surtout pour une femme, songea Chastity qui croyait entendre Constance, la plus féministe des trois, s'élever contre l'injustice des lois appliquées aux femmes. Qui avait eu les torts, dans ce divorce ? Sir Gideon ou son épouse ? Si elles parvenaient à le découvrir, cela les aiderait peut-être à adapter leur stratégie.

Elles descendirent du fiacre et contemplèrent un instant les eaux grises de la Tamise qu'un faible soleil frôlait de ses rayons. Les chênes secouaient leurs feuilles rousses dans le jardin public, derrière elles.

— Il fait trop froid pour rester plantées là, décréta Prudence. Remontons Middle Temple Lane. Tu prends un côté, moi l'autre.

Sur chaque porte était fixée une plaque de cuivre avec les noms des occupants. Chaque nom était suivi de : *Avocat à la cour*. Sir Gideon Malvern se trouvait au milieu de l'avenue.

Prudence fit signe à Chastity de venir la rejoindre.

— C'est ici…

Chastity tourna la poignée de cuivre. La porte s'ouvrit sur une entrée sombre d'où partait une volée de marches. Une petite fenêtre à l'angle de l'escalier offrait un peu de lumière, en plus de celle provenant de la petite lampe à gaz sur le palier.

Les deux sœurs échangèrent un coup d'œil perplexe. Cela contrastait avec la plaque et le bouton de porte rutilant, mais Prudence savait qu'il ne fallait pas juger un avocat d'après l'état de son cabinet. En effet, la tradition voulait qu'aucun élément de confort moderne n'envahisse ces sanctuaires.

— Cette lampe à gaz me surprend, murmura-t-elle. Je croyais qu'ils en étaient encore aux chandelles.

— Nous montons ? proposa Chastity sur le même ton.

— C'est pour ça que nous sommes là, non ? répliqua Prudence avec plus d'assurance qu'elle n'en éprouvait.

Elle s'engagea dans l'étroit escalier, et sa sœur lui emboîta le pas.

La porte à l'étage était entrouverte. Prudence frappa doucement, décida que c'était trop timide et recommença un peu plus fort. Une voix légèrement chevrotante leur répondit d'entrer. Sans doute pas celle de sir Gideon Malvern. Lord Duncan avait dit qu'il s'agissait du plus jeune avocat de sa promotion, or il avait été nommé au barreau douze ans auparavant. Il ne devait avoir guère plus de quarante ans, calcula Prudence. Elle entra, sans remarquer que sa sœur ne l'avait pas suivie.

— Madame ?

Assis devant un bureau encombré, un vieil homme en jaquette élimée leva vers elle un regard surpris. Il lança un bref coup d'œil à la pendule qui sonnait justement 11 heures.

— Que puis-je pour vous, madame ?

Il descendit de son haut tabouret et l'étudia à la lueur de la lampe à gaz.

— Je souhaiterais voir sir Gideon Malvern, déclara-t-elle d'une voix ferme en regardant autour d'elle avec curiosité.

Les murs étaient couverts d'étagères qui pliaient sous de lourds volumes reliés. Un téléphone était accroché au mur près du bureau de l'employé, surprenant témoignage de modernité. Derrière, accrochée à une patère, se trouvait la tenue professionnelle de l'avocat : robe noire et perruque blanche.

Le clerc ouvrit un agenda qu'il examina interminablement à travers son pince-nez.

— Sir Gideon n'a pas de rendez-vous ce matin, madame, dit-il enfin.

— Parce que je n'en ai pas pris, riposta Prudence avec impatience.

Elle ôta ses gants, geste presque symbolique. L'homme s'amusait à la faire lanterner !

— Comme vous vous en doutez probablement, ajouta-t-elle. J'aimerais cependant en solliciter un.

— Êtes-vous avoué, madame ?

Son regard était beaucoup plus malin que son attitude de petit fonctionnaire ne le laissait supposer.

— Pas du tout, répondit-elle. Néanmoins, je souhaiterais charger sir Gideon d'une affaire de diffamation. Un procès qu'il trouvera certainement à la fois intéressant et fort rémunérateur.

Ce mensonge lui vint avec une aisance stupéfiante.

L'employé se frotta le menton tout en l'observant.

— C'est fort peu orthodoxe, madame, mais si vous avez les documents concernant cette affaire, j'y jetterai un coup d'œil afin de voir si elle est susceptible d'intéresser sir Gideon, déclara-t-il enfin, la main tendue.

— C'est vous qui décidez à sa place ? lâcha Prudence d'un ton acerbe. J'aurais pensé qu'un membre si distingué du barreau était capable de se forger sa propre opinion.

— Tous les cas soumis à sir Gideon passent entre mes mains, répliqua-t-il.

Ils étaient arrivés à une impasse. Prudence savait que si elle tournait simplement les talons, elle serait incapable de revenir. D'un autre côté, si elle tendait docilement les papiers qu'elle avait dans son sac à l'employé, il y avait de fortes chances pour qu'ils finissent dans la corbeille déjà pleine. Aussi se contenta-t-elle de ne pas céder de terrain.

L'employé la fixait toujours avec la même acuité. Il considérait l'attitude de son patron plutôt originale en ce qui concernait certains dossiers. Sir Gideon acceptait souvent des cas dont Thadeus pensait qu'ils n'étaient qu'une perte de temps. Lorsqu'il émettait quelques réserves, il obtenait en réponse un haussement d'épaules désinvolte, et s'entendait rétorquer qu'il fallait sortir de la routine de temps à autre afin de conserver un esprit vif et alerte.

Thadeus se demandait ce que penserait sir Gideon de cette visiteuse. Une dame de qualité, c'était indéniable, et dotée d'une forte volonté. Certes, personne ne se retournerait sur elle dans la rue, mais sir Gideon n'appréciait guère le style exubérant… sauf lorsqu'il s'agissait des danseuses exotiques qu'il semblait affectionner comme maîtresses.

Prudence jeta un coup d'œil à la porte de séparation, puis à la robe d'avocat. Si elle se trouvait là, sir Gideon n'était sans doute pas à la cour.

— Sir Gideon plaide-t-il, aujourd'hui ?

— Non, madame. Pas encore.

— Quand l'attendez-vous ?

— Les rendez-vous personnels de sir Gideon ne me regardent pas, madame.

— Ah…

Donc, il n'était pas en entretien professionnel, conclut-elle.

— Laissez-moi les documents, madame, et soyez assurée que je les transmettrai à sir Gideon. Sinon, je vous demanderai de m'excuser, mais j'ai du travail.

Il n'y avait rien à faire… Prudence sortit de son sac l'exemplaire du *Mayfair Lady* ainsi que la lettre des avoués.

— Le procès concerne ce journal, expliqua-t-elle. J'ai souligné le texte incriminé.

— C'est tout ? fit l'employé.

— Comme je vous l'ai dit, je ne suis pas avoué. Mais tout ce que sir Gideon aura besoin de savoir se trouve là.

— Hormis votre nom, madame.

— L'attaque en diffamation concerne le *Mayfair Lady*, sir Gideon n'a pas besoin d'un autre nom.

Thadeus esquissa ce qui pouvait passer pour un sourire.

— Vous ne connaissez pas mon patron, madame. Je vous certifie qu'il lui en faudra beaucoup plus que cela.

— Eh bien, s'il décide de se charger de ce cas, je lui en dirai davantage, répliqua Prudence, agacée.

Dans l'intervalle, un message envoyé à cette adresse me sera aussitôt transmis.

Thadeus prit le papier qu'elle lui tendait.

— Mme Henry Franklin, Appartement A, Palace Court, Bayswater, lut-il à haute voix.

De nouveau, il l'examina. Elle ne portait pas d'alliance, et n'avait pas l'allure d'une habitante de Bayswater. Malgré la simplicité de sa toilette, elle venait certainement tout droit de Mayfair.

— Un message à cette adresse vous parviendra ?

— C'est ce que je viens de dire, il me semble.

Prudence enfila ses gants d'un geste un peu brusque.

— J'espère recevoir des nouvelles de sir Gideon avant la fin de la semaine. Il ne devrait pas être long à se décider. L'affaire est simple.

— Les cas de diffamation sont rarement simples, fit remarquer l'employé qui la salua de la tête. Je vous souhaite une bonne journée, madame.

— Bonne journée.

Prudence pivota sur ses talons et découvrit, étonnée, que Chastity n'était pas derrière elle. Elle sortit, ferma la porte et se retrouva sur le palier obscur, où sa sœur l'attendait.

— Pourquoi n'es-tu pas rentrée, Chastity ? chuchota-t-elle.

— C'était tellement exigu ! J'ai préféré rester dehors. Cela t'ennuie ?

— Non. À dire vrai, je ne m'étais pas rendu compte que tu n'étais pas là, avoua Prudence en s'engageant dans l'escalier. Tu n'as pas trouvé ce personnage crispant ?

— Si, mais tu lui as magnifiquement tenu tête. Il se prend pour Cerbère qui garde la porte de *son patron*.

— J'espère seulement qu'il montrera les papiers à ce *patron*, fit Prudence en riant.

Elle parlait par-dessus son épaule, la main sur la poignée de la porte d'entrée. Celle-ci s'ouvrit soudain à la volée, l'obligeant à reculer vivement.

— Oh, je vous demande pardon ! dit une belle voix masculine.

Elle leva la tête, trop surprise pour répondre. Il était difficile de se faire une idée, à cause de la pénombre, mais elle crut discerner que l'homme avait les yeux gris.

— Sir Gideon Malvern ? demanda-t-elle carrément.

— Pour vous servir, madame.

Il y avait une note interrogative dans la courtoise réponse. L'avocat lança un coup d'œil à Chastity, qui se tenait encore sur la dernière marche.

— Le *Mayfair Lady*, déclara Prudence en lui tendant la main. Votre secrétaire vous expliquera.

— Vraiment ? dit-il en lui serrant vigoureusement la main. Je suis intrigué ! Je vous aurais bien demandé de vous expliquer vous-même, malheureusement, ajouta-t-il en consultant sa montre gousset, je dois être au tribunal dans une demi-heure.

— Votre employé sait comment nous joindre, répliqua Prudence avec un sourire incertain. Bonne journée, sir Gideon.

— Bonne journée, madame.

Il salua d'un signe de tête et s'effaça afin de la laisser passer. Il sourit à Chastity.

— Deux dames de Mayfair ?

Chastity inclina la tête.

— Bonne journée, murmura-t-elle simplement avant de suivre sa sœur dans la rue.

La porte se referma derrière elles.

— Au moins, nous sommes maintenant sûres que cet employé pédant ne fera pas de rétention d'information, observa Prudence. Sir Gideon a reconnu qu'il était intrigué, il demandera sûrement des explications.

— En effet. Voilà une bonne chose de faite. Je ne vois pas ce que nous pourrions faire de plus en attendant d'avoir de ses nouvelles.

— Je crois que nous avons mérité un café chez *Fortnum*.

— Tu as eu une riche idée d'utiliser l'adresse d'Amelia et d'Henry, déclara Chastity. Personne ne fera le rapprochement entre les Franklin et les Duncan de Manchester Square.

— Sauf si l'avocat engage un détective privé. Il n'aura alors aucun mal à découvrir le lien entre Max et Henry. Les secrétaires des hommes politiques ne sont pas difficiles à pister.

Amelia et Henry Franklin avaient été les premiers clients officiels de L'Intermédiaire. Jeunes mariés comblés et bientôt parents, ils étaient restés en étroite relation avec les sœurs Duncan, et Henry travaillait pour le mari de Constance à la Chambre des communes.

— Je ne pense pas qu'il aille jusque-là, protesta Chastity. S'il accepte de se charger de l'affaire, nous lui fournirons tous les renseignements dont il aura besoin. Et dans le cas contraire, pourquoi se donnerait-il la peine d'enquêter à notre sujet ?

— Tu as raison, admit Prudence qui éprouvait cependant un vague malaise

Bien qu'elle n'eût fait que croiser sir Gideon, elle avait été troublée par le regard gris, mais ne parvenait pas à en comprendre la raison.

Sir Gideon Malvern salua son employé à sa manière habituelle.

— Café, Thadeus. Le plus corsé possible.

— J'ai déjà mis l'eau à chauffer, sir Gideon. J'espère que votre entretien à l'école de Mlle Sarah s'est bien passé.

— Oui. L'institutrice ne m'a fait que des compliments.

— Cela ne m'étonne pas, monsieur. Mlle Sarah est très intelligente.

— Et vive comme un feu follet, ajouta sir Gideon avec un petit rire affectueux.

Il se débarrassa de ses gants et de son chapeau melon.

— Alors, parlez-moi de nos visiteuses.

Thadeus versa l'eau bouillante sur le café, puis se redressa lentement, le pichet de cuivre à la main.

— Des visiteuses, monsieur ? Je n'en ai vu qu'une.

— Elles étaient pourtant deux, affirma sir Gideon en se dirigeant vers son bureau. Elles se nomment les dames de Mayfair. En d'autres circonstances, avec un nom pareil, j'aurais cru qu'il s'agissait de dames de petite vertu cherchant du travail.

Thadeus se permit un froncement de sourcils désapprobateur en posant le pot de café sur la table de chêne.

— La seule que j'aie vue semblait tout à fait respectable, monsieur.

— Comme c'est ennuyeux ! Je les distinguais mal, dans l'entrée. Je me demande si nous ne devrions pas installer une autre lampe à gaz au rez-de-chaussée.

— Nous en avons suffisamment, monsieur, répliqua sévèrement l'employé. Mais nous pourrions en effet accrocher une lanterne à pétrole au crochet près de la porte.

— Non... Non, oublions ça. À présent, racontez-moi.

Thadeus alla chercher les documents que lui avait remis Prudence.

— Un cas de diffamation, monsieur. Mais cette dame n'est recommandée par personne. Elle veut vous exposer l'affaire elle-même.

— Ah, voilà une bonne nouvelle ! Pas ennuyeuse du tout, pour le coup. Cela montre qu'il ne faut pas se fier aux apparences.

Il sirota son café en jetant un coup d'œil au *Mayfair Lady* et hocha la tête.

— Voilà qui explique « les dames de Mayfair »...

— Je n'ai pas encore eu l'occasion de lire les détails, s'excusa Thadeus comme s'il se sentait coupable de n'avoir pas rempli son devoir.

— Comment l'auriez-vous pu ? Elles sortent tout juste d'ici... Je lirai tout cela pendant la délibération du jury. L'affaire est simple, et cela ne devrait pas durer plus d'une heure. Autant mettre ce temps à profit.

Il alla décrocher sa robe d'avocat au portemanteau.

— La dame a laissé une adresse où l'on peut la joindre à Bayswater, sir Gideon.

— Bayswater ? Aucune de ces deux jeunes femmes ne m'a paru venir de Bayswater.

— C'est ce qu'il m'a semblé aussi. Ce n'est sûrement qu'une sorte de poste restante, afin de préserver leur anonymat.

— Mais pourquoi voudraient-elles dissimuler leur identité ? s'étonna sir Gideon en vérifiant la position de sa perruque dans le miroir. Tous les cas que j'ai eu à défendre au cours des six derniers mois ont été affreusement ennuyeux. J'ai besoin de changement... de relever un défi. Cette histoire m'apportera peut-être les deux.

Il redressa la perruque qui penchait dangereusement vers l'oreille gauche.

— Bien sûr, reprit-il, songeur, ce que j'aimerais vraiment, ce serait un bon crime crapuleux, mais nos deux dames n'ont pas l'allure de criminelles. Enfin, comme je viens de le dire, il ne faut pas se fier aux apparences.

Il sortit sur un signe de la main, débordant d'énergie. Thadeus le vit disparaître avec satisfaction et s'autorisa un léger soupir de soulagement.

— J'aimerais que nous ne soyons pas obligées de recevoir, cet après-midi, déclara Chastity sur le chemin du retour. C'est tellement plus ennuyeux sans Constance !

— N'oublie pas que nous allons récolter de l'argent, lui rappela Prudence. Imagine cent guinées sur notre compte en banque ! La récompense de notre labeur !

— Nous travaillons vraiment sans relâche, commenta Chastity comme elles pénétraient chez elles. Oh, bonjour, Jenkins !

Le majordome arborait un sourire radieux.

— Qu'y a-t-il ? s'enquit Chastity. Vous avez une bonne nouvelle à nous annoncer ?

Le sourire du brave homme s'épanouit un peu plus encore.

— Un télégramme, mademoiselle Chastity.

— De Constance ?

— Je crois.

Il se dirigea d'un pas digne vers le guéridon où se trouvait le courrier.

— En provenance de Calais, si je ne me trompe.

— Calais ? Ils doivent être sur le retour ! Quand est-il arrivé ?

— Il y a environ une heure. J'ai fait préparer un repas froid et mis le couvert dans la petite salle à manger. Lord Duncan déjeune à son club.

— Merci, dit Prudence en décachetant le télégramme.

— Alors, quand arrivent-ils ? demanda Chastity qui trépignait presque d'impatience.

— Elle ne le précise pas. Le bateau était censé partir hier matin, mais la mer était mauvaise, aussi ils ont décidé de repousser leur départ… Bien qu'elle n'ait aucune envie d'attendre. Oh, tiens, lis toi-même !

Prudence, le regard brillant de joie, tendit le télégramme à sa sœur.

— D'un jour à l'autre, à mon avis, conclut-elle.

— Le plus tôt sera le mieux ! s'écria gaiement Chastity tandis qu'elles se dirigeaient vers la salle à manger.

— Il faudra leur accorder un peu de temps pour s'installer, observa Prudence.

Le déjeuner se composait de jambon, d'une salade de betteraves, de pain et de fromage.

— Tu sais parfaitement qu'elle se précipitera ici dès son arrivée, rétorqua Chastity.

— Elle le regrettera peut-être lorsqu'elle apprendra les dernières nouvelles, objecta Prudence en se servant de jambon et de beurre. Je me demande quand sir Gideon se manifestera. Il ne devrait pas lui falloir trop de temps pour se faire une idée de l'affaire.

— Mais il lui en faudra peut-être plus pour prendre une décision. Tu veux du café ?

Prudence hocha la tête. Il n'y avait rien à faire pour hâter le verdict de sir Gideon, songea-t-elle, mais les deux heures hebdomadaires de réception des Honorables demoiselles Duncan étaient le terrain rêvé pour L'Intermédiaire. Elles avaient désormais à leur disposition une liste de célibataires, hommes ou femmes, qui ignoraient tout à fait qu'ils avaient été sélectionnés comme partenaires possibles pour des clients encore inconnus…

— Je me demande si Susanna Deerfold viendra, cet après-midi, dit Chastity dont les pensées avaient suivi le même chemin. Il me semble qu'elle s'entendait plutôt bien avec William Sharpe, mercredi dernier.

— Nous avons semé quelques graines. S'ils viennent, je leur suggérerai d'aller visiter ensemble les marbres d'Elgin. Susanna chantait les louanges de la sculpture grecque, l'autre soir, et je suis certaine d'avoir entendu William discourir sur la beauté du Parthénon.

— Et une fois que nous les aurons lancés sur le joyeux chemin du mariage, nous leur demanderons une donation ? interrogea Chastity avec un sourire.

— Bien sûr ! Mais peut-être pas pour les vieilles filles indigentes... Pourquoi pas pour la sauvegarde des œuvres d'art gréco-romaines ?

— N'est-ce pas illégal... voire frauduleux ? s'inquiéta Chastity. Il s'agit tout de même de gagner de l'argent sous de faux prétextes.

— Sans doute, mais comment faire autrement ?... Je vais me changer, ensuite, je vérifierai la décoration florale du salon.

— Je te rejoins.

À 15 h 30, les deux sœurs recevaient dans leur salon agréablement animé.

— Pas trace de lady Lucan ni de lady Winthrop, murmura Chastity alors qu'elle passait près de sa sœur avec un plateau de petits pains aux raisins.

Prudence haussa discrètement les épaules, et se retourna lorsque Jenkins annonça lady Letitia Graham et Mlle Pamela Graham.

— Letitia, quel plaisir de vous voir ! s'écria-t-elle en effleurant la joue de la belle-sœur de Constance avant de se pencher vers la fillette qui l'accompagnait. Bonjour, Pamela.

Elle évita de faire remarquer qu'une enfant de cet âge serait mieux dans sa salle de classe ou au parc par un après-midi d'automne. Ce genre de réunions était une véritable corvée pour une enfant de six ans !

— Sa gouvernante nous a quittés, soupira Letitia. Sans préavis. Le croiriez-vous ? Elle a fait sa valise et elle est partie tout de suite après le petit-déjeuner. En plus, c'est l'après-midi de congé de Nanny, et la nurse a une rage de dents… Quel fâcheux concours de circonstances ! Alors, nous voilà. N'est-ce pas, Pammy ?

Elle souriait de toutes ses dents à l'enfant qui se renfrogna davantage.

— Comme c'est contrariant, ma chère ! intervint lady Bainbridge depuis son fauteuil. Vous avez sans cesse des problèmes avec vos gouvernantes. Vous devriez essayer une autre agence. Venez donc vous installer près de moi. Je vais sûrement me rappeler le nom de celle qui m'a envoyé une perle pour s'occuper de Martha et de Mary… Comment s'appelait-elle, déjà ? demanda-t-elle à ses filles qui étaient sagement assises côte à côte sur le sofa, en face d'elle.

— Mlle Grayson, maman, répondit Mary.

— Elle est restée avec nous plus de dix ans, ajouta Martha.

Chastity discerna dans les réponses des deux sœurs une pointe de sarcasme suffisamment discrète pour que leur mère, réfractaire à toute forme de nuance, ne s'en aperçoive pas. Il était néanmoins réconfortant de déceler une ombre de rébellion chez ces jeunes filles qui n'avaient pas osé regarder leur mère dans les yeux depuis leur naissance.

— Lady Lucan et lady Winthrop, annonça Jenkins.

Les deux douairières firent une entrée majestueuse tandis que Chastity posait son plateau de scones pour rejoindre Pamela. Celle-ci, abandonnée par sa mère, se tenait près de Prudence.

— Voudrais-tu m'aider à servir la crème anglaise, Pamela ?

Elle la prit par la main et l'amena vers la desserte, laissant Prudence accueillir tranquillement les généreuses bienfaitrices des vieilles filles en difficulté.

— Lady Lucan... Lady Winthrop...

Prudence arborait son plus gracieux sourire.

— Quel plaisir ! Comment s'annonce le mariage ?

— Parfait ! répondit lady Winthrop. Hester est belle comme un ange, dans sa robe de mariée. La traîne fait presque trois mètres de long. Son père aurait été si fier de la conduire à l'autel, ajouta-t-elle en se tamponnant délicatement les yeux de son mouchoir brodé. Quel dommage pour la pauvre petite, en un si beau jour !

— Je suis certaine que son oncle, lord Winthrop, se montrera d'un grand réconfort, assura Prudence. Et puis, David l'attendra devant l'autel. Cela doit vous réchauffer le cœur, lady Lucan, de voir votre fils unique si heureux.

— Je ne puis dire le contraire, concéda la douairière. Hester est une bonne petite.

Comment rappeler à ces deux dames qu'elles avaient promis cinquante guinées chacune ?

Prudence fit signe à Jenkins de leur servir du thé, et elle les guida jusqu'à un sofa près des portes-fenêtres ouvertes sur la terrasse. Elle prit une chaise basse et s'assit à côté d'elles. Lorsqu'elles eurent tasses de thé et sandwiches au concombre en main, elle attaqua :

— Je viens de recevoir un télégramme de ma sœur, Mme Ensor. Elle passe sa lune de miel en Égypte.

— En Égypte ! s'écria lady Bainbridge. Quel drôle d'endroit pour un voyage de noces ! Tout ce sable, cette poussière...

— Et une catastrophe pour le teint ! renchérit Letitia. Notre chère Constance a toujours eu une si jolie peau !

— Je ne pense pas qu'elle en ait souffert, intervint Chastity tout en guidant Pamela qui portait maladroitement la jatte de crème. Mais nous ne tarderons pas à le vérifier. Ils sont sur le chemin du retour.

— Ce sera merveilleux de revoir Constance. Et Pamela s'ennuie tellement de son oncle Max. N'est-ce pas, ma chérie ?

La mère adressa un tendre sourire à sa fille qui secoua fermement la tête tout en léchant le reste de crème sur la cuillère de service.

— Constance s'est toujours consacrée aux œuvres de bienfaisance, dit Prudence, afin de ramener la conversation sur le terrain qui l'intéressait. Dans son télégramme, elle explique qu'elle a obtenu des appuis dans les milieux diplomatiques à Paris, à Rome et, bien sûr, au Caire.

— Ah, oui... bien sûr. Les œuvres de bienfaisance, répéta lady Winthrop en ouvrant son réticule de soie. J'oubliais, ma chère. J'avais promis un don... pour une si bonne cause ! Cinquante guinées, c'est bien cela ?

— Merci, murmura Prudence. Je ne saurais vous dire combien cela va changer la vie de ces malheureuses. Elles n'ont commis aucune faute, et sans notre modeste contribution, elles en seraient réduites à vendre leurs charmes dans la rue.

Lady Lucan, engoncée dans ses innombrables doubles mentons, ouvrit son propre sac à main.

— Sur le moment, j'avais songé à donner aussi cinquante guinées, mais finalement, je me suis décidée pour soixante-dix.

Lady Winthrop regarda ailleurs tandis que sa voisine, triomphante, tendait un chèque à Prudence.

— Vous êtes toutes les deux fort généreuses, déclara Prudence en se levant avec grâce. Je ne vous remercierai jamais assez… Et ces pauvres femmes vous en seront à jamais reconnaissantes.

Souriante, elle se dirigea vers le buffet et, subrepticement, glissa les chèques dans le tiroir où se trouvaient les serviettes à thé.

— Scandaleux ! lui chuchota Chastity à l'oreille.

— La fin justifie les moyens, ma chère sœur.

3

Les sourcils froncés, sir Gideon mit le *Mayfair Lady* de côté, puis il relut la lettre des avoués et s'empara d'un étui en argent. Il alluma une cigarette et, s'approchant de l'étroite fenêtre, observa les quelques piétons qui passaient encore en ce début de soirée. Il s'agissait surtout de modestes employés pressés de regagner leurs mansardes vides ou de retrouver femme et enfants dans d'humbles maisons des faubourgs de Londres.

Tournant brusquement les talons, il pénétra dans le bureau où Thadeus, penché sur une petite table, farfouillait parmi des piles de documents.

— Est-ce que j'ai un creux dans mon emploi du temps pour prendre rendez-vous avec cette *Mayfair Lady* ?

Thadeus alla chercher l'agenda de son patron.

— L'affaire vous intéresse, sir Gideon ?

— Je dirais plutôt qu'elle m'irrite, répliqua l'avocat en jetant le journal sur la table. J'ai déjà vu cette publication ici ou là, naturellement, mais je n'ai jamais pris la peine d'y jeter un coup d'œil. J'étais persuadé qu'elle ne contenait que des potins et des articles sur la mode.

— C'est le cas, sir Gideon.

— En partie. Visiblement, c'est aussi une feuille de propagande féministe.

L'employé eut une moue involontairement dédaigneuse.

— Que feraient les femmes du droit de vote, sir Gideon ?

— À ma connaissance, on en délibère encore à l'Assemblée, Thadeus. Mais en ce qui concerne cet article... poursuivit-il en désignant le journal, il me semble que Barclay a toutes les raisons d'attaquer. C'est de la médisance pure et simple.

— Et si c'était vrai, sir Gideon, risqua l'employé, la tête inclinée de côté tel un moineau curieux.

L'avocat chassa cette supposition d'un geste de la main.

— Peut-être n'y a-t-il pas de fumée sans feu, mais ce genre de torchon à sensation est plus condamnable que le péché qu'il entend dénoncer. J'ai l'intention de dire à celui ou celle qui a écrit cet article diffamatoire ce que je pense de ce *Mayfair Lady*. L'idée qu'on me demande, à *moi*, de défendre un tel tas de boue est franchement insultante. Pour qui me prend-on, bon sang ? Pour un avocaillon qui ramasse ses clients dans le ruisseau ?

Sir Gideon écumait littéralement, nota Thadeus en consultant l'agenda. Il en arrivait presque à plaindre la jeune femme qui allait affronter sa colère sans préavis.

— Jeudi prochain, suggéra-t-il. À 16 heures.

— Parfait. Écrivez à Bayswater et proposez au *Mayfair Lady* de passer à mon cabinet ce jour-là.

— Entendu, sir Gideon. J'envoie un coursier sur-le-champ.

L'avocat attrapa son pardessus et son écharpe.

— N'oubliez pas de préciser que mes honoraires pour une première consultation sans garantie se montent à cinquante guinées.

— Je comptais bien le faire, sir Gideon, riposta l'employé d'un air pincé.

— Je n'en doute pas. Je rentre à la maison, Thadeus. Sarah reçoit quelques camarades de classe pour le dîner, et je dois impérativement être là pour les accueillir. Je suppose que les parents ont besoin de savoir que, même si Sarah n'a pas de mère, son père est respectable. Ne vous attardez pas trop, vous non plus...

La rutilante automobile verte s'immobilisa devant le n° 10, Manchester Square. Max Ensor se tourna vers son épouse avec un sourire gentiment railleur.

— N'oubliez pas que vous ne vivez plus ici, Constance.

Elle rit en secouant la tête.

— Comme si j'en étais capable !

— Oh, je n'en suis pas si sûr... Vous n'avez pas vu vos sœurs depuis six semaines. Je parie que dès que vous serez avec elles, vous oublierez tout ce qui s'est passé depuis que vous les avez quittées.

Constance posa sa main gantée sur celle de son mari.

— Aucun risque, Max, dit-elle, soudain grave. Chaque minute de ces six semaines est imprimée de façon indélébile dans ma mémoire... et pas seulement dans ma mémoire, ajouta-t-elle, l'air espiègle. Mon corps aussi en porte la trace.

Max sortit en riant et contourna le véhicule pour lui ouvrir la portière.

— Vous n'êtes pas la seule, mon amour. Il y a parfois chez vous quelque chose de la femelle léopard.

— De la femelle léopard ? répéta-t-elle en haussant les sourcils. Et pourquoi cela ?

— J'ai lu un jour une description très vivante de l'accouplement des léopards, expliqua son mari d'un ton sérieux. C'est un moment d'extrême violence durant lequel la femelle ne cesse de gronder, de griffer son partenaire, pour finir par se débarrasser de lui d'un bon coup de crocs.

— J'ai fait cela, moi ? Je ne m'en souviens pas du tout. D'autant que cela ne me ressemble guère. J'ai un tempérament si doux !

— Voilà qui révèle un stupéfiant niveau d'illusion sur soi-même, railla-t-il.

Il lui releva le menton d'un doigt et plongea les yeux dans son regard vert.

— Je reviens vous chercher dans deux heures.

— Inutile, Max. Je prendrai un fiacre.

— Pas question ! Je n'ai aucune confiance en vous quand vous êtes avec vos sœurs. D'ailleurs, elles m'ont manqué aussi, et je tiens à présenter mes respects à votre père.

Constance hocha la tête, résignée.

— Entendu. Mais ne vous pressez surtout pas, restez le temps qu'il faudra à Downing Street.

— J'ai simplement l'intention de me rappeler au bon souvenir du Premier ministre, au cas où il m'aurait oublié pendant nos longues vacances.

— Cela m'étonnerait ! Que l'on vous voie une fois, Max, et on ne vous oublie pas.

— Vous me flattez !

Il déposa un baiser sur ses lèvres, s'attarda un instant bien qu'ils fussent en pleine rue. À regret, il s'écarta enfin.

— Je reviens dans deux heures, répéta-t-il.

Constance se tourna vers la demeure familiale.

— Prenez votre temps ! cria-t-elle en lui envoyant un baiser avant de se diriger vers la porte.

Il la regarda insérer sa clé dans la serrure, et retourna à la voiture.

À peine avait-elle refermé la porte que Jenkins sortit de l'ombre de l'escalier.

— Mademoiselle Cons… Pardon, madame Ensor !

— Non, non, Jenkins. Appelez-moi Constance, dit-elle en s'approchant vivement pour l'embrasser sur la joue. Comment allez-vous ? J'ai l'impression d'être partie depuis une éternité ! Et Mme Hudson ?

— Tout le monde se porte bien, mademoiselle Constance, fit-il avec un sourire rayonnant qui contrastait avec son ton cérémonieux. Mlle Chastity et Mlle Prudence sont dans le boudoir.

— Non, nous sommes là ! s'écria Chastity du palier du premier étage. Nous ne t'espérions pas si tôt.

Elle dévala les marches, suivie de sa sœur.

Elles se jetèrent dans les bras de Constance, et Jenkins ne put retenir un sourire satisfait en voyant se mêler les trois têtes d'un roux différent, comme naguère.

— Je vous apporte du café au petit salon, annonça-t-il.

— Et quelques-uns des biscuits aux amandes que Mme Hudson a faits hier, dit Chastity tandis qu'il s'éloignait vers la cuisine.

— Je ne m'attendais pas que tu aies perdu ton goût pour les douceurs en six semaines, commenta Constance d'un ton affectueux.

Chastity poussa un profond soupir.

— Je suis vraiment un cas désespéré. J'ai l'impression d'avoir grossi.

Elle fit la grimace en passant les mains sur sa poitrine pleine et sur la courbe de ses hanches mise en valeur par la large ceinture de sa jupe.

— Parfois, chère sœur, je pense que tu pèches par vanité, déclara Prudence en riant. Tu sais parfaitement que cela te va à merveille.

— Pour le moment… Mais bientôt je serai obèse, et alors que deviendrai-je ?

— Renonce aux sucreries, suggéra Constance en prenant ses sœurs par le bras.

Elle observa Prudence et lui trouva l'air un peu tendu. Puis elle se tourna vers Chastity, qui arborait la même expression.

— Montons au boudoir, dit-elle. Je veux savoir tout ce qui s'est passé depuis mon départ.

— D'abord, tu vas nous raconter ta lune de miel, décréta Prudence. Tes télégrammes étaient si brefs ! Max t'a-t-il vraiment emmenée voir les pyramides ?

— Oui, mais nous avons fait la visite à cheval, pas à dos de chameau. Vous imaginez Max sur un chameau ? Puis nous avons descendu le Nil jusqu'à Alexandrie sur le plus luxueux des bateaux.

En ouvrant la porte du boudoir, Constance eut un sourire ravi.

— Oh, que la maison m'a manqué !

— Et toi, tu nous as manqué, fit Prudence en l'étreignant. Mais je dois dire qu'il n'y a rien d'égyptien dans ta tenue.

— Nous sommes allés au Caire en passant par Paris et Rome, lui rappela sa sœur.

— Ce qui explique ton élégance typiquement française. J'ai vu dans un magazine de mode que les jupes droites étaient le dernier cri sur le continent. Es-tu revenue avec des malles pleines ?

— Pas tout à fait. Mais j'ai plusieurs toilettes pour vous aussi. Les bagages suivent dans un fiacre. Ils ne tenaient pas dans l'automobile... Je pense qu'elles vous iront, même si Chastity a un peu grossi.

— Calomnie ! protesta sa sœur en riant. Mais j'ai hâte de les voir. Et ce chapeau, Constance ! C'est bien un chapeau ?

Constance ôta les épingles du petit tambourin de vison posé sur son crâne.

— Rue de Rivoli, cela s'appelle un chapeau, mais on dirait plutôt une queue de lapin. Enfin, Max l'aime bien...

— Au fait, comment va-t-il ? s'enquit Prudence qui redoutait l'instant des révélations.

Constance sourit et envoya son chapeau rejoindre ses gants sur la table. Elle se percha sur le bras du canapé Chesterfield, lissa la jupe de soie fauve qui moulait ses longues jambes, et déboutonna sa veste cintrée, découvrant une blouse de soie ivoire.

— Je crois qu'il est en bonne santé.

Chastity lui lança un coussin à la figure. Constance l'intercepta et riposta aussitôt.

— Nous avons passé des semaines merveilleuses, avoua-t-elle.

— Donc il est calme et détendu…

Constance plissa les yeux.

— Que se passe-t-il ? J'ai senti que quelque chose clochait dès que j'ai mis les pieds ici.

On frappa un coup léger à la porte, et Jenkins entra avec le plateau du café.

— Comment se porte Mme Beedle, Jenkins ? demanda-t-elle tout en libérant la table couverte de papiers.

— Fort bien, je vous remercie, mademoiselle Constance.

Il servit trois tasses en ajoutant une bonne quantité de sucre dans celle de Chastity.

— J'espère qu'elle a reçu beaucoup de courrier pour le *Mayfair Lady*.

— Prudence est passée la voir il y a deux jours, l'informa Chastity qui prit un biscuit aux amandes tandis que Jenkins se retirait.

— En effet, renchérit Prudence. Et il y avait une lettre fort intéressante.

Constance fronça les sourcils.

— Que se passe-t-il ? répéta-t-elle.

Prudence s'approcha du secrétaire qui croulait sous une montagne de papiers.

— Tu te souviens de l'article que tu as écrit sur Barclay ?

— Bien sûr. Comment pourrais-je l'oublier ? Je savais que cela ferait du bruit... Nous le savions toutes.

— Il nous intente un procès en diffamation – enfin, au *Mayfair Lady*.

— C'est impossible ! Tout est vrai, preuves à l'appui, se défendit Constance.

— Voici la lettre de son avoué.

Prudence lui tendit le document qu'elle avait soigneusement recopié avant de remettre l'original à l'employé de sir Gideon.

— Il n'a aucun moyen de se défendre, déclara Constance. J'ai le nom des trois femmes qu'il a séduites et abandonnées.

— Et la *Pall Mall Gazette* s'est emparée de l'affaire, comme nous l'espérions. Mais leur article vient juste de sortir. Barclay va être mis au pilori.

Prudence se pencha sur l'épaule de sa sœur et désigna le dernier paragraphe de la lettre.

— Je crois que c'est là que le bât blesse.

— Mon Dieu, murmura Constance après l'avoir lu. L'histoire financière. J'aurais dû laisser ça de côté. Je ne disposais d'aucune preuve tangible, bien que je sache que c'est la vérité. Je suis vraiment désolée.

— Ce n'est pas ta faute, répliqua Prudence qui nettoyait ses lunettes avec son mouchoir. Chastity et moi t'avons encouragée à en parler. Nous savons qu'il n'honore pas ses dettes de jeu et qu'il trempe dans des affaires plutôt louches.

— Mais nous n'en avons pas la preuve, répliqua Constance. Je me suis emballée sur ses incartades sexuelles, et j'ai pensé que je pouvais faire état de sa malhonnêteté sans que personne n'en doute, puisque le reste était incontestable.

— Eh bien, il le conteste, déclara Prudence. De toute évidence, il imagine que, s'il gagne son procès en diffamation sur ce sujet, cela annulera aussi les autres accusations. Ensuite, il s'en prendra à la *Pall Mall Gazette.* Après sa victoire au tribunal, plus personne n'osera évoquer ses aventures ancillaires.

Constance jeta le papier sur le secrétaire d'un air dégoûté.

— Des idées ?

— À vrai dire, nous avons pris le taureau par les cornes.

Prudence raconta leur entrevue avec sir Gideon Malvern.

— Amelia Franklin est venue ce matin nous porter un message, conclut-elle. Il nous recevra jeudi à 16 heures. Je ne voulais pas lui communiquer notre adresse pour l'instant, aussi ai-je pensé à Amelia et à Henry.

— Je suis certaine que cela ne les dérange pas.

— Au contraire. Amelia est toujours prête à aider le *Mayfair Lady*.

— Donc, nous ne pouvons pas faire grand-chose avant ce rendez-vous. Je me demande si Max le connaît. Il doit prendre des honoraires colossaux, avec tous ces titres.

— C'est bien ce que nous craignons, avoua Prudence sombrement. La première consultation coûte la modeste somme de cinquante guinées. Mais à part cela, comment rester anonymes ? Barclay attaque le *Mayfair Lady*, cependant, quelqu'un essaiera sûrement de savoir qui a rédigé cette prétendue diffamation.

Ses sœurs ne répondirent pas.

On entendit claquer la porte d'entrée.

— C'est père, annonça Chastity. Il sera content de te voir, Constance, ajouta-t-elle d'un ton morne.

— J'imagine qu'il prend le parti de Barclay dans cette histoire, soupira Constance. Je descends le voir.

Elle était en haut des marches lorsque lord Duncan commença à monter.

— Constance, ma chérie ! s'écria-t-il joyeusement. Tes sœurs ne savaient pas exactement quand tu rentrerais. Ton bateau avait été retardé par le mauvais temps, c'est cela ?

— Oui, mais ça s'est arrangé, et nous avons pris la mer hier matin. Nous sommes arrivés à Londres tard dans la nuit, mais j'avais tellement hâte de vous voir. Je n'ai pas pu attendre davantage

Elle ouvrit les bras à son père et déposa un baiser sonore sur sa joue.

— Vous allez bien ?

— Oui, oui, très bien.

Il recula, la tint à bout de bras.

— Le mariage te réussit, ma chérie. Tu es rayonnante.

Elle éclata de rire.

— Cela me réussit, en effet. Max viendra vous présenter ses respects dans une heure.

— Je m'en réjouis. J'aimerais avoir son opinion sur une sale affaire. Une très sale affaire.

— Prudence et Chastity me parlaient de…

— Ce torchon, coupa lord Duncan, le *Mayfair Lady*, a calomnié Barclay. Tu te rends compte ? Quel toupet ! Absolument scandaleux ! Et cette abominable *Pall Mall Gazette* a repris le flambeau !

— Nous l'avons raconté à Constance, père, intervint Chastity.

— C'est une honte ! Qu'un homme d'honneur puisse être ainsi sali par une feuille de chou friande de ragots ! Des auteurs anonymes, des couards ! Où va le monde, je vous le demande !

Il était cramoisi, et fit un effort visible pour se ressaisir.

— Mais ne laissons pas cette histoire gâcher ton retour, ma chérie. Je suis sûr que vous avez beaucoup de choses à vous raconter, toutes les trois, mais quand vous serez prêtes, nous fêterons l'événement avec une bouteille de Veuve Clicquot millésimée. Je crois qu'il en reste quelques-unes. Je vais de ce pas dire à Jenkins d'en mettre une à rafraîchir.

Après une tape amicale sur la joue de sa fille aînée, il redescendit au salon.

— Il nous reste des bouteilles de Veuve Clicquot ? s'étonna Constance.

— Non, mais Jenkins a réussi à mettre du Taittinger de côté, expliqua Prudence.

Le refus de son père de croire, et encore moins de comprendre que sa cave fût presque vide n'était que l'un de ses nombreux soucis financiers. Elle organisait un ballet incessant de bouteilles, avec l'aide de Jenkins qui savait exactement quel substitut lord Duncan était susceptible d'accepter.

— Parlons de choses plus gaies, dit Constance. Où en est le journal ? Avez-vous de nouveaux clients pour L'Intermédiaire ?

— À propos de clients, si tu avais vu Prudence extorquer cinquante guinées à lady Winthrop ! s'esclaffa Chastity. Et tu sais quoi ? Pour ne pas être en reste, lady Lucan en a offert soixante-dix. Prudence a mené l'affaire de main de maître !

Constance éclata de rire.

— Je n'en attendais pas moins d'elle ! Hester et Lucan ont-ils fixé une date pour leur mariage ?

— Noël, l'informa Prudence. Et toi, as-tu décidé du jour où auraient lieu tes réceptions de l'après-midi ?

Constance fit la grimace.

— Je n'en vois pas l'utilité pour le moment. Tout le monde va nous rendre visite. Dès que l'on apprendra notre retour, les gens se bousculeront à notre porte. Vous savez comment c'est... Ils vont inspecter le mobilier, la décoration, et me poser de « subtiles » petites questions afin de deviner si je suis heureuse ou pas.

— Ou si tu es sur le point de donner un héritier à ton mari, renchérit Prudence en haussant les sourcils.

— Les seuls bébés auxquels je compte donner naissance seront imprimés, déclara Constance. Du moins jusqu'à ce que le *Mayfair Lady* et L'Intermédiaire rapportent vraiment de l'argent.

— Ce qui n'arrivera jamais si nous perdons ce procès en diffamation. Je prie seulement pour que ce Malvern n'ait pas de préjugés envers trois femmes qui dirigent une « sale feuille de chou friande de ragots », fit Prudence, imitant son père à la perfection.

Il y eut un instant de silence.

— Je vais demander à Max s'il le connaît, reprit Constance. Il pourrait peut-être lui glisser un mot en notre faveur. Mais tu sembles sceptique…

— Eh bien, je ne sais pas s'il faut que Max lise l'article en question. Tu le connais mieux que nous, certes, mais…

Constance fit une petite grimace.

— Tu as raison. Cependant je ne vois pas comment le lui cacher.

— Son épouse accusée de diffamation ; voilà qui ne va pas faire de bien à sa carrière.

— Ce qui constitue une excellente raison pour que ce procès n'ait pas lieu, répliqua Constance. Mais n'y pensons plus pour l'instant. Vous ne m'avez toujours pas dit si L'Intermédiaire avait de nouveaux clients.

— Deux potentiels, fit Chastity qui s'empara de deux lettres sur le secrétaire. Une jeune fille qui cherche désespérément un mari afin d'échapper à sa belle-mère. Celle-ci veut la marier à un homme qui a l'âge d'être son grand-père. Elle songe à s'enfuir. Je la soupçonne de lire trop de romans à l'eau de rose.

Constance lut la missive, écrite d'une grande écriture désordonnée et maculée de ce qui pouvait passer pour des larmes.

— La pauvre petite semble se prendre pour l'héroïne d'un mélodrame, non ? commenta Prudence devant l'expression un peu ironique de sa sœur. Je doute même qu'elle soit en âge de se marier. Nous devrions lui répondre que nous n'acceptons pas les clientes mineures.

— Sauf que ce n'est pas la stricte vérité. Nous avons trouvé un mari à Hester Winthrop.

— C'était uniquement pour détourner David Lucan de Chastity. Et nous savions qu'ils iraient parfaitement ensemble. Sinon, nous n'aurions rien fait. D'autre part, je ne tiens pas à me mêler des histoires d'une très jeune personne dont nous ignorons tout. La prétendue belle-mère pourrait fort bien être une femme attentionnée et aimante dont les motivations échappent totalement à une bécasse trop gâtée.

— Possible, reconnut Constance.

— En dehors de cela, insista Prudence, nous n'avons pas les moyens d'offrir des conseils à des jeunes gens. Nous perdrions un après-midi entier, sans compter les billets de train pour Wimbledon, si nous acceptions de la rencontrer.

Le coup d'œil qu'elle lança à Chastity indiqua à Constance que ses sœurs avaient déjà discuté du sujet, ce qui ne l'étonnait pas. Le cœur tendre de Chastity se heurtait fréquemment à la nature pragmatique de Prudence. En tant qu'aînée, Constance était alors supposée jouer les arbitres.

— Je suis de l'avis de Prudence, dit-elle. Désolée, Chastity, mais il faut se montrer pratique.

Chastity se contenta de hocher la tête. Elle savait quand se battre et quand rendre les armes. En l'occurrence, la demoiselle de Wimbledon devrait trouver son salut toute seule.

— Bien, la question est réglée.

Prudence paraissait soulagée. Elle détestait être en désaccord avec l'une de ses sœurs. Elle adressa un petit sourire d'excuse à Chastity, auquel celle-ci répondit d'un haussement d'épaules résigné.

— Et la seconde lettre ? s'enquit Constance.

— Plus intéressante, sans doute. Prudence et moi pensons savoir de qui il s'agit, bien qu'elle utilise un pseudonyme.

Chastity montra la signature au bas de la lettre à l'écriture soignée.

— Elle ne s'appelle sûrement pas Iphigénie !

— En effet. Iphigénie n'a-t-elle pas été sacrifiée à Artémis par Agamemnon, son père, pour obtenir les vents favorables afin de voguer vers Troie ?

Elle lut rapidement le message.

— Oh, je vois, dit-elle ensuite, vous pensez à lady Northrop ! Elle pimente toujours ses propos d'allusions classiques totalement hors de propos.

— Tu ne trouves pas que cela lui ressemble ? Veuve, sinon sacrifiée, il y a quatre ans, dans la fleur de l'âge… Pas prête pour un avenir sans amour…

— Ce qui signifie, évidemment, sans relations sexuelles, coupa Prudence. Et regarde comme elle se décrit : riche, brune, des yeux sombres, une jolie silhouette, élégance innée, séduisante. Voilà qui ressemble comme deux gouttes d'eau à Dottie Northrop ! Hormis l'élégance, bien sûr, ajouta-t-elle avec l'assurance de quelqu'un qui se sait irréprochable sur ce plan.

— Elle n'est pas femme à dissimuler ses charmes, acquiesça Constance. Or elle n'en manque pas !

— C'est aussi une coquette impénitente.

— Alors, pourquoi aurait-elle besoin d'aide pour trouver un mari à son goût ? C'est un véritable piège à hommes.

— Ceux qu'elle attire ne sont pas du genre à se marier, fit remarquer Prudence.

— Mais qui pourrions-nous lui présenter qu'elle ne connaisse déjà ?

— Nous allons y réfléchir. Si une idée nous vient, nous organiserons une rencontre au cours de l'un de nos thés du mercredi, comme nous l'avons fait avec Millicent et M. Anonyme.

— Nous pourrions commencer par lui suggérer des décolletés plus modestes, et des parfums et des bijoux plus discrets. En faisant passer cela pour un conseil général que nous donnons à toutes nos clientes.

— À toi de jouer, Chastity. C'est toi la spécialiste. Nous savons au moins une chose : Dottie a les moyens de rémunérer nos services.

Prudence se retourna en entendant frapper à la porte.

— Entrez.

— M. Ensor est avec lord Duncan, mesdames, annonça Jenkins. Ils aimeraient que vous les rejoigniez au salon pour une coupe de champagne.

— Nous arrivons.

Constance s'examina dans le miroir, replaça une mèche échappée de son élégant chignon.

— Tu te regardes dans la glace, maintenant ? la taquina Prudence. Le mariage t'a décidément changée !

— Il y avait du vent, tout à l'heure, se défendit Constance.

Toutes trois descendirent en riant gaiement. La voix de leur père leur parvint dès le rez-de-chaussée. Il manifestait avec véhémence son indignation au sujet des calomnies dont son ami était victime. À en juger par la longueur de son monologue, son gendre ne tentait même pas de répondre.

— Bon sang ! marmonna Constance. Il doit avoir montré à Max l'article du *Mayfair Lady*.

Elle déglutit, carra les épaules et ouvrit la porte du salon.

— Vous êtes en avance, Max. Vous aviez dit deux heures. Avez-vous vu le Premier ministre ?

Elle repéra aussitôt la *Pall Mall Gazette* et le *Mayfair Lady* sur la table, tous deux ouverts à la page des articles incriminés.

Max suivit la direction de son regard et lui lança un coup d'œil peu amène.

— Je l'ai vu, répondit-il brièvement.

Il salua un peu plus aimablement ses belles-sœurs, avec cependant une légère réticence qui ne lui était pas habituelle.

— Je parlais à Ensor de cette infamie, déclara lord Duncan en désignant les deux journaux. Si jamais je découvre qui a écrit ces horreurs, je le fouetterai au sang.

— Je ne saurais vous en blâmer, monsieur, déclara Max d'un ton ferme tout en fixant sa femme.

Celle-ci soutint son regard.

— Assez de cette histoire pour l'instant. Ah, Jenkins, vous avez apporté le champagne ! Pourquoi du Taittinger ? J'avais demandé une bouteille de Veuve Clicquot, protesta lord Duncan en examinant l'étiquette, les sourcils froncés.

— Il n'y en a plus, Votre Seigneurie, répondit calmement Jenkins. Harpers ne peut plus se procurer ce millésime.

Lord Duncan se racla la gorge.

— On dirait qu'il leur manque sans cesse quelque chose, ces derniers temps. Je m'en plaindrai directement au patron.

— Bien, monsieur.

Jenkins déboucha la bouteille et versa le liquide pétillant dans des coupes de cristal. Il en offrit à la ronde. S'il perçut la tension des trois sœurs, il n'en montra rien.

La demi-heure qui suivit fut pour les jeunes femmes une véritable torture, pour lord Duncan un pur plaisir, quant à Max Ensor, il se contenta de ronger son frein.

Enfin, après avoir raconté en détail la croisière sur le Nil, ce dernier posa son verre.

— Il faut que nous allions rendre visite à ma sœur, Constance. Elle serait blessée de ne pas nous voir le jour de notre retour.

— Bien sûr, s'empressa-t-elle d'acquiescer. J'espère que vous viendrez bientôt dîner à la maison, père.

— Avec plaisir, ma chérie. Tu pourrais peut-être inviter Barclay ?

Sa fille lui adressa un sourire crispé.

— Bien sûr. Et quelques-uns de vos amis de bridge. Nous organiserons une partie après le dîner.

— Merveilleux ! s'exclama-t-il avant de se tourner vers son gendre. Ravi de vous revoir parmi nous, Ensor. Je me réjouis de discuter avec vous du nouveau Parlement.

— Moi aussi, lord Duncan, assura aimablement Max avant de suivre les sœurs dans le hall.

Il désigna l'escalier d'un geste péremptoire.

— Votre boudoir, je crois.

— Autant que ce soit tout de suite, déclara Constance en se dirigeant vers l'escalier. Nous avons besoin de quelques informations, Max.

— À mon avis, vous n'avez pas seulement besoin de cela, grommela-t-il.

4

Constance sentit la main de son époux au creux de ses reins tandis qu'elle gravissait les marches, mais ce n'était pas un geste affectueux. Il était carrément furieux !

Il ferma la porte du petit salon derrière eux et se dirigea droit vers le secrétaire où trônait l'exemplaire du *Mayfair Lady*. Un silence tendu envahit la pièce tandis qu'il relisait l'article.

— J'espérais stupidement que mon imagination me jouait un mauvais tour, lâcha-t-il enfin.

Il roula le journal et s'en tapota la cuisse tout en fusillant Constance du regard.

— Naturellement, c'est vous qui avez écrit ceci.

— Il y a des semaines, avoua-t-elle. Avant notre mariage.

La colère de Max prit le dessus.

— Pour l'amour du Ciel, vous avez perdu l'esprit ?

Constance abandonna son attitude repentante.

— Je ne vous permets pas de me parler sur ce ton, Max !

Après avoir échangé un bref coup d'œil, Prudence et Chastity s'installèrent côte à côte sur le canapé, curieuses d'assister à la scène de ménage.

— Et que voudriez-vous que je dise ? Vous ne pouviez pas m'avertir que vous en aviez contre Barclay ? C'est l'attaque la plus vitriolée contre un respectable…

— Attendez une minute ! coupa Constance, tandis que ses sœurs bondissaient sur leurs pieds.

— Il n'y a rien de respectable chez Barclay, déclara Prudence, les yeux brillants d'indignation. Constance a rencontré les trois femmes citées dans l'article…

— J'ai vu aussi leurs enfants, et les misérables conditions de vie qui sont les leurs. Elles ne mentaient pas, Max, insista Constance.

— Avez-vous une idée de ce que cela signifie pour une femme d'être violée par son patron, puis jetée enceinte à la rue, sans aucune lettre de recommandation ni argent ?

Chastity y mettait tout son cœur, et Max faillit reculer devant les trois lionnes qui lui faisaient face. Je ne l'excuse pas, dit-il, mais c'est excessif. Une attaque trop subjective de sa personnalité.

— C'est justement sa personnalité qui est sujette à caution, rétorqua Constance. Cet homme est un coureur de jupons, un violeur, un tricheur, un escroc…

— Quelles preuves avez-vous quant à cette dernière accusation.

Prudence fit la grimace.

— Seulement des rumeurs, admit-elle.

— Et c'est ce que vous comptez répondre pour votre défense ? Des rumeurs ? Je *vous* croyais plus sensée, Prudence.

Constance fixait le tapis. Le *vous* ne lui avait pas échappé, et il était vrai qu'elle se montrait souvent moins circonspecte que sa jeune sœur.

Prudence s'empourpra, mais reconnut calmement :

— Il nous faudra trouver mieux, c'est évident. Une fois que nous aurons un avocat susceptible de défendre le *Mayfair Lady*.

— Nous en avons d'ailleurs peut-être un, intervint Chastity.

— Il s'agit de sir Gideon Malvern, renchérit Prudence. Nous avons rendez-vous avec lui jeudi prochain. Vous le connaissez, Max ?

Ce dernier ignora sa question.

— Comment comptez-vous garder vos identités secrètes au tribunal ?

— Nous ne savons pas encore. Nous espérons que sir Gideon nous y aidera.

— Oui. Est-ce que vous le connaissez, Max ? insista Prudence. Il est membre du barreau, et...

— Je sais, aboya son beau-frère.

Prudence jeta un coup d'œil à Constance qui haussa les épaules avec résignation. Se vexer du ton que Max employait ne servirait à rien. Mieux valait tirer de lui le plus de renseignements possible.

— Voulez-vous un whisky, Max ? proposa Chastity avec un sourire conciliant.

Il plissa les yeux. Les trois sœurs étaient visiblement partagées entre le besoin de le calmer et l'indignation qu'elles ressentaient à le voir traiter leur problème de façon aussi arbitraire.

Il sourit brusquement, savourant l'instant. Il était si rare que les sœurs Duncan refrènent leurs instincts.

— Qu'y a-t-il de si drôle ? lança Constance, méfiante. Vous avez la même expression que dans le garage, avec la Cadillac de père.

— La seule autre fois où j'ai eu l'avantage sur vous trois, riposta-t-il, tandis que son sourire s'élargissait.

— D'accord. Vous vous êtes bien amusé à nos dépens, à présent, dites-nous ce que vous savez sur cet avocat.

— Avez-vous la moindre idée de ce que va vous coûter un défenseur d'une telle notoriété ? demanda-t-il.

— Nous ne sommes pas sans ressources, répliqua Prudence d'un air pincé. Nous avons un peu d'argent de côté, en cas d'urgence. Non pas que cela vous regarde, d'ailleurs, ajouta-t-elle, pour le regretter aussitôt. Je vous demande pardon, je ne voulais pas être désagréable. Je me sens simplement un peu dépassée par les événements.

— Tu n'es pas toute seule, Prudence, lui rappela doucement Constance. Je sais que c'est toi qui as la charge des finances, mais nous ne faisons qu'un dans cette affaire.

Prudence esquissa un faible sourire.

— Je sais. Mais je n'ose pas imaginer ce qui se passera si nous perdons.

— Gideon Malvern est capable de tout pour gagner, fit remarquer Max d'un ton brusque.

Il se doutait que cette assurance leur serait plus utile que sa sympathie.

— Il a une excellente réputation, et il perd rarement, ajouta-t-il.

Tant mieux ! se dit Prudence. Exactement ce qu'il leur fallait. Mais comment diable allaient-elles le rémunérer ? Elle avait eu beau fanfaronner un instant plus tôt, elle ne voyait pas où trouver l'argent pour s'offrir un avocat de renom. Les cinquante guinées du premier entretien seraient déjà bien assez difficiles à rassembler. Sans leur « œuvre de charité », elles se creuseraient la tête pour chercher quoi mettre en gage…

Ses sœurs n'ignoraient rien de leurs difficultés financières, par moments, cependant, elles ne saisissaient pas la réalité de leur situation aussi clairement qu'elle. Les finances de la famille étaient placées sous sa responsabilité. C'était assez naturel, puisqu'elle était la comptable, la mathématicienne, la plus pragmatique des trois filles. Elle ne leur reprochait rien, mais parfois elle avait l'impression de porter le fardeau seule.

— Il pourrait vous défendre, car il aime les défis, continua Max. Il choisit lui-même ses causes, et il s'est déjà payé le luxe de plaider gratuitement lorsque l'affaire l'intéressait, ajouta-t-il, sceptique quant aux ressources cachées qu'évoquait Prudence.

Une lueur s'alluma simultanément dans les trois regards verts.

— Il lui arrive aussi de proposer un marché à son client ; à savoir, un pourcentage sur les dommages et intérêts qu'il obtiendra s'il gagne le procès.

— Ça semble juste, dit Prudence.

— À vous de le persuader que le cas en vaut la peine.

— Ça ne devrait pas être trop difficile, fit Constance avec un rire bref. C'est un défi peu ordinaire que de défendre trois jeunes femmes subversives qui tiennent à garder l'anonymat.

— Voilà un problème que je laisse entre vos mains efficaces, mesdames, fit-il en s'inclinant légèrement pour prendre congé.

— Sir Gideon a-t-il été fait chevalier pour services rendus, ou a-t-il hérité du titre ? demanda vivement Prudence alors que Max ouvrait la porte.

— Il a été anobli après avoir défendu un cas particulièrement épineux où était impliqué l'un des amis douteux du roi... Vous venez, Constance ? Il faut vraiment que nous passions chez Letitia.

— En effet, répondit-elle à contrecœur. Si nous nous retrouvions toutes les trois chez *Fortnum* pour le thé ? proposa-t-elle. Nous établirons une stratégie.

Prudence acquiesça.

— Sir Gideon se contente-t-il de défendre, ou engage-t-il aussi des poursuites, Max ?

— Il est spécialisé dans la défense.

— Tant mieux ! déclara Chastity. Nous devrons seulement le convaincre qu'il serait injuste de condamner le *Mayfair Lady* pour diffamation.

— Une seule d'entre vous, reprit Max. Je suggère qu'une seule d'entre vous se rende à l'entretien.

— Pourquoi ?

Devant le miroir, Constance fixait le petit chapeau sur sa chevelure rousse.

Max hésita, cherchant une réponse aussi diplomatique que possible.

— C'est un homme énergique, mais il ne faudrait pas qu'il ait l'impression de tomber dans une embuscade, répondit-il enfin. Je ne sais pas comment il considère les femmes, mais je parierais qu'il n'en a pas rencontré beaucoup comme vous trois.

— Nous risquerions de le déstabiliser ? hasarda Constance avec un sourire suave. Un trio de mégères, peut-être ?

— Je refuse de polémiquer avec vous sur ce sujet, Constance, répliqua fermement son époux. Je vous donne mon avis, faites-en ce que bon vous semblera.

— Nous allons sans doute le suivre, décida Prudence. Oh, et je te préviens, Constance, Letitia est persuadée que tu as campé dans le désert, que tu as la peau abîmée par le soleil et du sable plein les cheveux !

— Eh bien, je n'aurai aucun mal à la détromper, je pense.

— Au fait, as-tu mangé des yeux de chèvre ? s'enquit Chastity en accompagnant sa sœur et son mari sur le palier.

— Seigneur ! Où avez-vous péché cette idée ! s'exclama Max, écœuré.

— Nous pensions que c'était le fin du fin chez les Bédouins.

— Je ne crois pas que nous ayons eu l'occasion d'en goûter, répondit Constance avec le plus grand sérieux. Max refuse obstinément de manger ce qu'il ne peut identifier.

— Quel manque de témérité, Max ! lui reprocha Prudence. J'aurais imaginé que dans un pays exotique comme l'Égypte vous auriez envie de connaître toutes les coutumes locales. Mère aurait adoré cela !

Max savait d'expérience que le meilleur moyen d'éviter une interminable discussion dont il serait l'objet était d'y mettre un terme sur-le-champ.

— Venez, Constance, se contenta-t-il de dire en entraînant son épouse vers l'escalier.

Constance envoya un baiser à ses sœurs.

— Cinq heures chez *Fortnum* ! lui rappela Chastity en riant, penchée sur la rampe.

Son sourire s'évanouit devant l'expression de Prudence. Elle posa la main sur son bras.

— Nous nous en sortirons, Prudence. Il le faut, dit-elle.

— Je sais, soupira sa sœur. Mais si Max, qui est assez impressionnant lui-même, trouve sir Gideon intimidant, comment diable allons-nous faire face ?

— On nous trouve assez impressionnantes nous aussi, répliqua Chastity. Max lui-même le reconnaît. Tu seras à la hauteur, je le sais !

Prudence ôta ses lunettes.

— *Moi ?* Et depuis quand ai-je gagné le gros lot ?

— Cela me semblait aller de soi, fit Chastity, les sourcils froncés. Je ne me suis même pas posé la question. Nous verrons ce qu'en pense Constance tout à l'heure. Peut-être s'attend-elle à être de corvée ?

— C'est elle qui a écrit l'article.

Toutefois, Prudence éprouvait à l'estomac un petit creux qui lui indiquait que la tâche de convaincre sir Gideon Malvern allait lui incomber. Elle se le rappela tel qu'elle l'avait entraperçu dans la pénombre de l'entrée. Elle en gardait une impression assez vague en ce qui concernait sa taille, sa corpulence ou son teint. Mais elle était sûre d'une chose : il avait les yeux gris. Gris, perçants... lumineux. Quant à sa voix... eh bien, elle avait apprécié sa voix.

Elle était dans un état d'esprit plus positif tandis qu'elle empruntait Piccadilly, cet après-midi-là, pour rejoindre ses sœurs. Chastity avait répondu à la demoiselle de Wimbledon et était partie poster la lettre, aussi Prudence se rendait-elle seule chez *Fortnum*. Les arbres avaient revêtu leur parure d'automne, l'air embaumait les marrons grillés. Elle croisa un vendeur ambulant et fut tentée de lui en acheter, mais elle ne se voyait pas entrer dans le salon de thé avec un cornet de papier journal rempli de marrons !

Serait-il difficile de convaincre un avocat de la légitimité de leur démarche ? Certes, elles n'avaient guère – et même pas du tout – de preuves pour étayer leur accusation d'escroquerie, mais peut-être y avait-il un endroit évident où aller en chercher... L'idée la frappa de plein fouet, et elle s'arrêta net sur le trottoir. Un homme, derrière elle, fit un écart afin d'éviter la collision, et la contourna en lui lançant un regard noir.

Avec un sourire d'excuse, elle se remit en route. Pourquoi n'y avaient-elles pas pensé plus tôt ? C'était pourtant une question de bon sens élémentaire ! Sans doute s'étaient-elles laissé aveugler par la fidélité de leur père envers son ami.

Elle se sentait si légère tout à coup qu'elle se mit à fredonner. Elle sourit au portier et pénétra dans le vaste salon de thé au sol de marbre où l'habituel quatuor à cordes jouait sur l'estrade, tandis que serveurs en habit et serveuses aux coiffes amidonnées circulaient entre les tables avec des chariots de desserts et des plats en argent.

— Mme Ensor et l'Honorable Mlle Chastity Duncan sont installées dans l'alcôve, mademoiselle Duncan, la prévint le maître d'hôtel. Si vous voulez bien me suivre.

— Merci, Walter.

Prudence lui emboîta le pas, consciente des regards fixés sur elle. Il était normal d'inspecter ainsi chaque nouvel arrivant en dégustant des pâtisseries, et de commenter ensuite. Constance avait dû en faire les frais, puisque c'était sa première sortie publique depuis son mariage. On avait sans doute détaillé sa toilette. Prudence sourit aimablement aux gens qu'elle connaissait, mais elle ne s'arrêta pas.

Ses sœurs étaient installées à l'écart, derrière une colonne.

— Ah, te voilà, Prudence ! Nous avons choisi un endroit discret, pour éviter à Constance les regards curieux et les félicitations, expliqua Chastity.

— Mais il n'empêche que je suis le sujet de pas mal de conversations, j'en suis sûre, dit Constance.

— Ta robe surtout ! assura Prudence. Elle est magnifique. J'adore ce tissu rayé noir et blanc, et les manches… Ce sont des boutons de nacre ?

— Oui. Ils sont jolis, n'est-ce pas ? Et le chapeau, qu'en penses-tu ?

Constance souleva la voilette légère qui lui masquait le haut du visage.

— Superbe ! Et très différent de la petite toque de fourrure que tu portais ce matin. J'adore les plumes orange sur le velours noir.

— Je dois dire que j'aime beaucoup ma nouvelle garde-robe, confessa Constance avec un rien de culpabilité. C'est Max qui me pousse. Il a un excellent goût, plutôt d'avant-garde. C'est surprenant, pour un homme qui paraît si conventionnel.

— Il ne faut pas être trop conventionnel pour t'avoir épousée, fit remarquer Prudence.

— En effet…

Un sourire jouait sur les lèvres de Constance, elle avait le teint animé, ses yeux brillaient…

— Tu as passé un bon après-midi ? s'enquit Chastity en servant une tasse de thé à sa sœur.

Constance lui lança un regard aigu, puis eut un petit rire vaguement embarrassé.

— Ça se voit tant que cela ?

— Il semble évident que tu n'es pas restée tout l'après-midi avec Letitia.

Constance préféra changer de sujet, et se tourna vers la serveuse qui se tenait un peu en retrait.

— Je voudrais deux toasts aux anchois, s'il vous plaît... Qu'y a-t-il ?

Ses sœurs la considéraient avec amusement.

— En général, tu ne manges rien, à cette heure-ci, observa Chastity.

— Eh bien, aujourd'hui, j'ai faim ! riposta Constance, sur la défensive. Et je trouve que tu ne manques pas de toupet vu ce que tu as dans ton assiette !

— C'est délicieux, tu devrais goûter, dit Chastity qui trempa le bout du doigt dans la crème et le lécha avec bonheur. Divin ! Framboise et chocolat. J'hésitais entre cela et orange chocolat, mais en fait j'aime autant l'un que l'autre.

— Je voudrais un gâteau aux marrons glacés, décida Prudence en regardant le chariot d'un air absent.

— Que se passe-t-il, Prudence ? demanda Constance lorsqu'elles furent servies. Tu contemples ce gâteau comme s'il venait d'une autre planète !

— J'ai eu une révélation en venant ici...

— À propos de notre affaire ?

Prudence hocha la tête.

— Une idée au sujet de cette histoire de fraude.

— Raconte, fit Constance en mordant avec appétit dans un toast aux anchois.

Prudence ôta ses lunettes et se frotta la racine du nez.

— Quand père a placé sa fortune dans cet extravagant projet de train transsaharien...

— Et perdu jusqu'à son dernier sou, l'interrompit Chastity.

— Exact. Il ne nous a pas consultées, n'est-ce pas ? S'il avait demandé son avis à mère, elle l'aurait dissuadé d'un simple mot, mais évidemment, elle n'était plus là.

— C'est vrai.

— Et qui était là ? reprit Prudence en chaussant de nouveau ses lunettes. La seule personne que père écoutait, la seule qui ait eu de l'influence sur lui.

— Barclay ! s'écrièrent ses sœurs en chœur.

— Oui, Barclay. L'homme qui ne le quittait pas, qui le consolait, qui l'assistait dans son chagrin. Et si...

Prudence se pencha en avant. Spontanément, ses sœurs l'imitèrent.

— Et si Barclay avait profité de la détresse de père ? reprit-elle en baissant la voix. S'il l'avait embarqué dans cette aventure pour arriver à ses fins ?

— Père nous a juste dit à l'époque que c'était une compagnie d'investissement qui se trouvait derrière le projet, répliqua Constance.

— Oui, et qu'il s'attendait à toucher le quadruple de sa mise la première année.

— Mais la société a fait faillite, acheva Constance.

— Si tant est qu'elle ait bien existé...

Prudence s'appuya au dossier de son fauteuil.

— Il n'est pas difficile de contrefaire des documents, poursuivit-elle. Barclay a pu inventer la compagnie de toutes pièces et convaincre père de sa solvabilité. Je suis certaine qu'il existe des documents quelque part, dans ses papiers. Si nous parvenons à établir un lien entre Barclay et cette histoire, nous sommes tirées d'affaire. Même avec la plus grande indulgence, personne ne trouvera honnête d'avoir vendu des parts d'un chemin de fer transsaharien plus que frauduleux !

— Très astucieux, Prudence ! la félicita Constance. Il y en a dans ta jolie petite tête, tu sais.

Sa sœur eut un sourire satisfait.

— Je me demande pourquoi nous n'y avons pas pensé plus tôt !

— Nous étions trop occupées à tenter de maintenir à flot les finances familiales, rappela Constance.

— Le seul problème, c'est que père va passer pour un irresponsable, fit Chastity. Si nous devons exposer au grand jour sa… – comment appeler cela ? Naïveté achevée ? Aliénation mentale ? –, il sera la risée de tous. Nous savons qu'il était anéanti par le chagrin, mais qui en tiendra compte ?

— Peut-être serait-il possible de le laisser en dehors de tout cela, suggéra Prudence. Si nous obtenons des preuves de l'escroquerie, nous n'aurons pas besoin de citer de victime.

— À moins que l'avocat n'insiste.

— Il faudra que tu abordes le problème lors de votre entretien, déclara Constance. Chastity et moi sommes convaincues que c'est à toi d'y aller. Tu t'y connais mieux que nous en finances, et ce sir Gideon te prendra forcément au sérieux. Les gens te prennent toujours au sérieux, même quand tu ne l'es pas.

— C'est vrai, renchérit Chastity. Tu es la gravité et la raison incarnées, Prudence.

— Cela paraît affreusement ennuyeux, marmonna Prudence. C'est sûrement à cause de mes lunettes, ajouta-t-elle en les remontant sur son nez d'un geste dégoûté.

— Pas seulement, observa Constance. C'est aussi ton caractère. Mère disait toujours que tu analysais instantanément n'importe quelle situation et que tu en saisissais toutes les implications plus vite que nous. Il est impossible que sir Gideon te considère comme une écervelée uniquement préoccupée de mode et de potins.

— Il ne te considérerait pas ainsi non plus, protesta Prudence.

— Mais moi, si, déclara Chastity sans amertume. Il y aurait de fortes chances pour qu'il me prenne pour une sorte de poupée sans cervelle.

— Chastity ! s'écrièrent ses sœurs, indignées. Ne dis pas de sottises !

— C'est pourtant l'impression que je donne au premier abord. Je reconnais que ça ne dure pas, mais en l'occurrence, c'est la première impression qui comptera. Je suis de l'avis de Constance, Prudence. Maintenant, à toi de décider.

— Entendu, céda Prudence en avalant sa dernière bouchée de gâteau.

Une serveuse apparut aussitôt avec le chariot, et elle en examina le contenu.

— Une tarte aux fraises, s'il vous plaît, dit-elle.

— Pour moi, ce sera un gâteau au chocolat, fit Chastity. Et toi, Constance ?

Celle-ci secoua la tête.

— Mes toasts me suffisent. Quoique… un scone avec de la crème fouettée et de la gelée de framboise.

— Voici Dottie Northrop, souffla Chastity. Sur la piste de danse, avec sir Gerald.

— Ce vieux coureur de jupons ? Ce n'est pas avec lui qu'elle trouvera l'âme sœur !

Âgée d'une quarantaine d'années, Dottie Northrop était vêtue d'une robe de mousseline crème ornée d'une profusion de volants de dentelle qui aurait convenu à une femme ayant dix ans de moins. Le décolleté était outrageusement profond pour cette heure de la journée et, sous le chapeau de paille rose, son visage était un masque de poudre et de rouge.

— Si elle sourit, elle va se fissurer, constata Constance sans méchanceté.

— Pour lui trouver un époux convenable, il faudrait modifier un peu son apparence. Mais comment y parvenir sans la vexer ?

— C'est la spécialité de Chastity, déclara Constance. De même que les conseils aux cœurs en détresse.

— Lord Albert Roberts pourrait lui convenir, suggéra Prudence, pensive. Je sais qu'il n'est plus tout jeune, mais il paraît assez viril, et il semble si seul et si triste, la plupart du temps. Dottie ensoleillerait sa vie.

— C'est une idée. Je me demande...

— Je pensais bien vous trouver encore ici, fit une voix masculine.

Les trois jeunes femmes sursautèrent tandis que Max sortait de derrière la colonne

— Que faites-vous là, Max ? s'étonna Constance.

— J'avais envie d'une tasse de thé, répondit-il en remerciant d'un signe de tête le serveur qui lui apportait une chaise. C'est un toast aux anchois ?

— Oui, et il est délicieux, assura Constance qui tartinait son scone.

— Dans ce cas, je vais le manger, puisque vous semblez y avoir renoncé.

Il sourit à la serveuse qui posait une tasse devant lui, puis s'empara du toast dans l'assiette de sa femme.

— J'ai enquêté sur Malvern, à mon club. Son attitude au tribunal, son style...

— Et ?

— Il est réputé pour ses techniques agressives. D'après ce que j'ai compris, il frappe là où ça fait mal.

— Voilà qui ne me plaît guère, commenta Prudence.

— À mon avis, vous avez tout intérêt à essayer de le prendre au dépourvu, fit Max. L'étonner d'une manière ou d'une autre, ne pas lui laisser le temps de réagir.

— Seigneur ! grommela Prudence. Vous pensez vraiment qu'il pourrait avoir des préjugés contre moi ?

Max mordit dans son toast avec un plaisir évident.

— C'est possible. C'est vous qui partez en éclaireur ? demanda-t-il à Prudence qui semblait peu rassurée par sa franchise brutale.

— Nous pensons qu'elle est la mieux à même de remplir cette mission, expliqua Chastity. Je n'ai pas l'air assez sérieux.

— Quant à moi, je ne peux pas me présenter comme votre femme, souligna Constance.

— J'apprécie cette délicatesse, ironisa Max. Mais Malvern l'apprendra tôt ou tard.

— Mieux vaut tard que tôt, répliqua Constance. Prudence nous a paru être le bon choix parce qu'elle connaît nos finances sur le bout des doigts. Elle aura l'air compétente et sérieuse.

— Je porterai mes plus grosses lunettes, déclara Prudence en tentant de prendre un ton léger. Et j'arborerai mon air le plus revêche.

— Ciel, quelle image ! Pour un peu, je plaindrais presque ce Malvern.

— Vous avez raison ! Quand elle s'affiche grave et solennelle, Prudence est un adversaire redoutable.

Le sourire peu convaincu de Prudence passa inaperçu parmi les rires de ses sœurs.

5

— Alors, qu'en pensez-vous ?

Ce fameux jeudi, Prudence se tenait devant ses sœurs, attendant leur verdict.

— C'est un mélange de nonne et d'institutrice, déclara Constance.

— Non, plutôt un rat de bibliothèque qu'une nonne, rectifia Chastity. Tu fais très sérieuse, très intellectuelle.

— C'est le but recherché, fit Prudence en s'examinant dans le miroir d'un œil critique. J'aime particulièrement le feutre, ajouta-t-elle en relevant la voilette bleu marine qui dissimulait le haut de son visage.

Le chapeau était d'un gris sombre avec un bord discret.

— Il va bien avec ton tailleur de serge grise. On croirait presque que tu es en deuil.

— As-tu les cinquante guinées ? s'enquit Chastity en ôtant une poussière de l'épaule de sa sœur.

— Il enverra sûrement la facture, répondit Prudence avec un coup d'œil interrogateur à Constance. Il ne vend pas des fruits et légumes sur le marché !

— Sans doute. Mais à ta place, j'emporterais tout de même l'argent. S'il se montre insupportable et qu'il refuse de défendre notre cause, tu auras au moins le plaisir de lui jeter les billets au visage en guise d'adieu.

Prudence fit la grimace.

— Je sais que Max voulait bien faire, mais j'aurais préféré qu'il taise les méthodes de Malvern. Je suis si nerveuse que je crains d'être incapable de dire un mot.

— Allons donc ! s'exclama Constance. Tu ne t'es pas laissé intimider par son employé, la dernière fois, ce sera pareil avec l'avocat.

— Je l'espère. S'il est le meilleur, il faut absolument que je réussisse à le convaincre.

Constance acquiesça.

— À propos, fais semblant de ne pas avoir de soucis financiers. Une fois qu'il sera ferré, nous essaierons de négocier.

— La méthode est un peu sournoise, mais je suis d'accord.

Prudence enfila ses gants et attrapa son vaste sac à main.

— J'emporte la copie des documents que j'ai remis à son secrétaire l'autre jour. Au cas où il les aurait égarés. Je regrette seulement de ne pas avoir de preuve du détournement de fonds.

— Dis-lui tout de même que nous savons où les trouver.

— Que nous *pensons* savoir, corrigea Chastity.

— Pas question de lui laisser le moindre doute ! décréta Prudence. Bon, je me dépêche, il est presque 15 h 30.

Ses sœurs l'accompagnèrent en fiacre jusqu'à Temple Gardens.

— Nous t'attendons ici, proposa Constance en l'embrassant.

— Non, plutôt chez *Fortnum*, répondit Prudence en ouvrant la portière. J'ai peur qu'il ne pleuve et que vous ne soyez trempées comme des soupes. Je ne sais pas combien de temps l'entretien va durer.

— Plus ce sera long, mieux ce sera, assura Chastity. D'accord, nous irons chez *Fortnum*, mais je ne pourrai rien avaler tant que tu ne seras pas là !

Prudence éclata de rire.

— Ce sera une grande première !

Elle descendit de voiture et fit un signe de la main à ses sœurs penchées à la vitre avant de se diriger d'un pas résolu vers Middle Temple Lane.

Elle fit une brève pause devant la porte du cabinet de sir Gideon Malvern, puis elle tourna le bouton et s'engouffra à l'intérieur. Arrivée en haut de l'étroit escalier, elle frappa et entra sans attendre. Le même employé se trouvait à son bureau.

— J'ai rendez-vous avec sir Gideon, déclara-t-elle.

Le secrétaire vérifia sur l'agenda.

— Le *Mayfair Lady* ?

— C'est exact, répondit-elle, se demandant pourquoi il éprouvait toujours le besoin de jouer la comédie. Je suis à l'heure, je crois, ajouta-t-elle avec un coup d'œil à la pendule.

— Je vais avertir sir Gideon de votre arrivée.

Il se leva, alla entrouvrir la porte du fond, et se glissa dans l'entrebâillement.

Enfin le battant s'ouvrit en grand, et Prudence se retrouva devant l'homme auquel elle s'était heurtée lors de sa visite précédente.

— Ainsi, nous nous rencontrons de nouveau, madame *Mayfair Lady*, dit-il d'une voix qui fit courir de petits frissons incongrus sur sa nuque. Veuillez entrer.

Il s'effaça devant elle, et elle murmura un remerciement en pénétrant dans le saint des saints. L'employé se retira à pas menus, ce qui paraissait être sa façon favorite de se déplacer.

Sir Gideon offrit un siège à sa future cliente.

— Asseyez-vous, je vous en prie, madame… ?

Prudence releva sa voilette.

— Je suppose que tout ce qui se dit entre ces murs est confidentiel, sir Gideon. Que vous acceptiez ou non de défendre notre cause.

— Les propos qu'un avocat échange avec un client, même éventuel, demeurent parfaitement secrets, madame.

Prudence le savait, mais elle avait besoin de se l'entendre confirmer.

— Je suis l'Honorable Prudence Duncan, l'une des éditrices du *Mayfair Lady*, précisa-t-elle en désignant d'un geste l'exemplaire qui trônait sur la table de chêne massif.

Il se rendit derrière son bureau et resta un instant debout à l'étudier de son regard perçant.

— Il me semble que la dernière fois que nous nous sommes croisés, vous étiez deux.

— Nous sommes même trois, en vérité.

Sir Gideon était rarement pris au dépourvu – une carrière dans les tribunaux l'avait immunisé contre ce genre de réaction –, pourtant il était perplexe. Cette personne ne ressemblait guère à la jeune femme qu'il avait croisée en bas de l'escalier. Certes, il faisait plutôt sombre dans la petite entrée. Mais la dame assise en face de lui avait l'air d'une triste petite souris. Il ne voyait guère ses yeux, dissimulés derrière de hideuses lunettes à monture d'écaille, et avec sa tenue gris terne à peine relevée de bleu marine, il la trouvait guindée et banale. Une apparence qui ne convenait guère à une femme capable de rédiger des articles pleins de verve.

Prudence l'examinait avec un égal intérêt. Elle était satisfaite de le voir quelque peu déconcerté, mais il y avait dans son regard une étincelle qui lui déplaisait. Il la jaugeait et, sauf erreur de sa part, se préparait à la congédier.

Il devait avoir environ le même âge que Max. Aux alentours de la quarantaine. Mais pas un cheveu blanc ne striait son épaisse chevelure châtain foncé, coiffée en arrière, qui dégageait son front haut. Des rides creusées entre ses sourcils, elle n'aurait su dire si elles étaient dues à son mauvais caractère ou à de longues heures de réflexion. La bouche était pleine, le nez long et fin, les yeux gris brillaient d'intelligence. Mais le regard n'avait rien d'amical ! À moins que ce ne soit là son expression habituelle.

— Et qui sont les deux autres éditrices ? s'enquit-il après un long silence.

Il était toujours debout, ce que Prudence trouvait fort agaçant.

— Mes sœurs.

— Ah…

Il lissa le journal du plat de la main, et elle remarqua qu'il avait de longs doigts, parfaitement manucurés.

Des mains de pianiste. Il portait une chevalière d'émeraude, et les diamants de ses boutons de manchette lançaient des feux discrets. Rien d'ostentatoire, juste une élégance discrète qui signait la richesse et le statut social. Tout dans son attitude confirmait cette impression. C'était un homme sûr de lui comme de sa position dans le monde. Il était aussi fort intimidant, mais Prudence n'avait pas l'intention de le lui laisser voir.

Elle croisa ses mains gantées.

— J'ai laissé les documents concernant l'affaire à votre secrétaire, et je constate que vous avez un exemplaire de l'édition incriminée. J'en déduis donc que vous disposez de tous les éléments utiles, sir Gideon.

— En effet. Si je ne m'abuse, l'Honorable Constance Duncan a récemment épousé M. Ensor, l'homme politique ?

— Vous ne vous abusez pas, mais cela n'a aucun rapport et ne doit vous influencer en aucun cas.

Une lueur ironique traversa son regard.

— Je vous assure, chère madame, que rien d'autre que ma propre opinion ne m'influence.

Le ton était si condescendant que Prudence sentit la moutarde lui monter au nez.

— Je suis ravie de l'apprendre, sir Gideon. Personne n'aimerait être défendu par quelqu'un qui risque de se détourner de la vérité pour un oui ou pour un non.

Le regard de l'avocat se fit brusquement impénétrable, et elle aurait été incapable de dire si elle l'avait piqué au vif ou non. Était-ce le visage qu'il arborait dans le prétoire ? Si oui, c'était une arme tout à fait efficace. Elle dut lutter pour ne pas se lancer dans un bavardage futile, rien que pour briser le silence.

Elle se leva.

— Pardonnez-moi, mais si vous choisissez de ne pas vous asseoir, je préfère aussi rester debout.

Son expression demeurait indéchiffrable, les paupières à demi closes. Néanmoins, il fit un geste vers le siège de la jeune femme.

— Je vous en prie, dit-il avant de prendre enfin place derrière son bureau.

Il tapota l'article.

— Est-ce vous qui avez écrit ceci, mademoiselle Duncan, ou est-ce l'une de vos sœurs ?

— Il se trouve que c'est ma sœur aînée. Mais nous sommes solidaires.

Il sourit.

— Toutes pour une, une pour toutes. Les trois mousquetaires bien vivants dans les rues de Londres.

Prudence serra les poings, heureuse de n'avoir aucun objet à portée de main, car elle le lui aurait jeté au visage. Elle s'abstint de répondre et afficha un visage neutre, pas mécontente, pour une fois, de porter des lunettes qui cachaient son regard furieux.

— Et qu'attendez-vous de moi, mademoiselle Duncan ?

La voix était calme, mais il y avait une note acerbe dans son ton.

— Nous aimerions que vous défendiez le *Mayfair Lady* contre l'accusation de diffamation portée par lord Barclay.

En dépit de son embarras, Prudence était soulagée que la balle fût enfin en jeu. Peut-être sir Gideon avait-il des difficultés à travailler avec des femmes, mais lorsqu'il aurait compris le bien-fondé de sa requête, il abandonnerait ses préjugés.

Il demeura silencieux durant une longue minute, puis il leva enfin les yeux et croisa les doigts sur le journal.

— Voyez-vous, mademoiselle Duncan, cela me paraît extrêmement difficile. Lorsque je lis cet article, j'approuve totalement le comte. Ce n'est qu'un ramassis de méchancetés, de calomnies, et ses auteurs méritent une lourde peine. Si je défendais le plaignant, je demanderais le maximum en dommages et intérêts, et je n'aurais de cesse que ce… ce torchon soit définitivement interdit.

Il se leva.

— Pardonnez ma brutalité, mademoiselle Duncan, mais il existe des réalités que vos sœurs et vous semblez ne pas avoir saisies. Les femmes ne sont pas armées pour ce genre de bataille. Cette attaque émotionnelle, irréfléchie, contre un pair du royaume était destinée à lui nuire le plus possible, et le but a été atteint. Il est en droit de demander réparation financière pour le tort que lui a causé cette vile accusation. Puis-je vous suggérer, à vos sœurs et à vous, de restreindre à l'avenir vos commérages à votre cercle mondain, et d'oublier définitivement l'encre et la plume ?

Il contourna son bureau, tandis que Prudence restait pétrifiée sur sa chaise.

— Si vous voulez bien m'excuser, mademoiselle Duncan, j'ai des dossiers à étudier.

Il alla ouvrir la porte.

— Veuillez raccompagner l'Honorable Mlle Duncan, Thadeus.

Abasourdie, Prudence se leva, se rendit dans l'autre bureau, serra poliment la main de l'avocat, et deux minutes plus tard, elle se retrouvait dans la rue, sous la pluie.

Elle consulta sa montre. À peine 16 h 20. En moins d'une demi-heure, elle avait été vertement tancée et mise à la porte comme une écolière dissipée. Max lui avait recommandé de prendre l'initiative, mais elle l'avait laissée échapper. Elle se remémora la voix de l'avocat, calme et nette, qui lui infligeait son sermon insultant, condescendant. Personne n'avait jamais osé s'adresser à elle de cette manière !

Elle pivota sur ses talons et rouvrit la porte. Tout conseiller de la couronne qu'il fût, sir Gideon Malvern ne s'en sortirait pas ainsi !

Chez *Fortnum*, Chastity et Constance sirotaient leur thé dans le doux bourdonnement des conversations tout en scrutant la rue où les passants se précipitaient de porche en porche afin d'éviter la pluie qui tombait dru.

— Je me demande comment elle s'en sort, murmura Chastity pour la énième fois. Je n'arrive même pas à avaler ce macaron, alors que j'adore les macarons !

— Que tu te prives ne changera pas l'issue de ce rendez-vous, lui fit remarquer Constance qui dégustait un sandwich au concombre. Cherchons plutôt un soupirant éventuel pour Dottie Northrop. As-tu réfléchi à la meilleure manière de lui conseiller avec tact quelques modifications dans son apparence ?

Sautant sur l'occasion qui lui était offerte de se changer les idées, Chastity sortit une feuille de son sac.

— J'ai fait une ou deux allusions dans ma réponse, fit-elle en tendant la lettre à sa sœur. Je lui suggère d'assister au thé de mercredi prochain, où elle demandera qu'on lui présente lord Alfred Roberts, qui serait susceptible de lui plaire.

— Mais comment allons-nous attirer lord Alfred à la maison ? C'est un homme qui apprécie l'atmosphère des clubs, comme père. Je ne le vois pas une tasse de thé à la main en train de faire la conversation à lady Winthrop ou à Mary et à Martha Bainbridge !

— Père l'amènera, expliqua Chastity d'un air satisfait. Je le lui ai déjà demandé. Je lui ai dit que nous avions besoin d'invités plus intéressants, à nos réceptions du mercredi, et que, puisque c'était un ami de mère et qu'il semblait un peu seul, nous avions songé à lui.

Constance se mit à rire.

— Et qu'a répondu père ?

— Il a vaguement hésité, puis il a reconnu qu'Alfred était plutôt éteint, ces derniers temps, et qu'il avait sans doute besoin de sortir un peu. Il a donc promis de l'amener, à condition que nous prévoyions d'autres boissons que du thé.

— Facile. Reste à présent à aborder le sujet délicat des décolletés et du maquillage outrancier de Dottie.

— C'est fait. Jette un coup d'œil au dernier paragraphe, marmonna Chastity, la bouche pleine.

Constance s'exécuta et éclata de rire.

— Oh, tu es parfaite, Chastity ! Quel talent ! « Le gentleman en question est un peu à cheval sur la tradition, et assez timide avec les dames, aussi le *Mayfair Lady* vous recommande-t-il de porter la plus discrète des robes d'après-midi pour cette première rencontre. Les éditeurs du journal sont convaincus que lord Alfred Roberts, avec quelques subtils encouragements, abandonnera ses réticences et se révélera un merveilleux compagnon qui saura jouir de tout ce que la vie peut offrir. »

— Je suis assez contente de moi, en effet, avoua Chastity sans la moindre modestie. Et plus j'y pense, plus je suis persuadée que ce sera une bonne union. Ils se compléteront l'un l'autre, si tu vois ce que je veux dire. Oh, arrête de rire, Constance !

Elle pouffa à son tour et s'étrangla avec son macaron.

Constance lui tapota le dos.

— Prudence va adorer cette lettre !

Gideon faillit bondir sur ses pieds tant il était stupéfait par le retour précipité de sa visiteuse. Mais la femme qui se tenait devant lui n'était pas la même que celle qu'il avait évincée fermement quelques minutes auparavant. L'apparence physique était certes semblable, cependant l'aura avait changé. La jeune femme crépitait littéralement, tel un feu que l'on vient d'attiser. Il distinguait mal ses yeux derrière les verres épais, mais il en sentait presque la chaleur.

— Qu'est-ce qui vous laisse croire que vous avez le droit de me traiter – de traiter n'importe quel client – avec autant de mépris et de condescendance ! attaqua-t-elle en posant son volumineux sac à main sur le bureau de l'avocat. Puisque vous connaissiez déjà l'issue de cet entretien, pourquoi avoir accepté de me recevoir ? Se pourrait-il que vous ayez seulement eu envie de vous distraire ? Les femmes sont peut-être des jouets, pour vous ?

Tout en parlant, elle ôtait lentement ses gants.

— Vous n'avez même pas eu la courtoisie de m'écouter vraiment. Croyez-vous que je me rendrais à un rendez-vous d'affaires sans être prête à revoir avec vous les preuves que j'avais remises à votre secrétaire ? Nous en possédons suffisamment pour justifier nos accusations contre lord Barclay. Or je crois avoir compris qu'aux yeux de la loi, s'il y a preuve, il ne peut y avoir diffamation. Je me trompe ?

Elle appuya sa question d'un haussement de sourcils ironique.

Gideon mit quelques minutes à retrouver son souffle. Tandis qu'il se raclait la gorge, sa visiteuse retira ses lunettes afin de les nettoyer avec son mouchoir. Ses yeux furent une révélation. D'un vert très clair, lumineux, ils brillaient de colère et d'intelligence. Et ils le fixaient avec une dérision dont le célèbre avocat s'était souvent servi à la barre, mais dont jamais encore il n'avait été victime.

— Je me trompe, sir Gideon ? répéta-t-elle en remettant fermement ses lunettes sur son nez.

— Normalement, non, mademoiselle Duncan, fit-il en se levant. Mais la nature anonyme de ces accusations les rend fort peu crédibles, et je doute qu'un jury considère favorablement ce qui semble…

Il se racla de nouveau la gorge.

— … ou pourrait sembler un lâche coup de couteau dans le dos. Vous ne voulez pas vous asseoir ? ajouta-t-il en indiquant un siège.

— Non, merci. Je comprends que l'anonymat pose un problème, mais nous n'avons pas le choix. Nous ne pourrions éditer ce journal si nos identités étaient connues, ce que vous auriez compris si vous aviez accordé quelques minutes de réflexion à notre affaire. Il vous faudra trouver un mode de défense qui tienne compte de cet élément.

Il ouvrit la bouche pour répondre, mais elle ne lui en laissa pas le temps.

— Je suppose que vous vous êtes tout de même donné la peine de lire les notes que ma sœur a prises au cours de ses entretiens avec les femmes abusées. Peut-être pourriez-vous y jeter un coup d'œil afin de vous rafraîchir la mémoire. Bien sûr...

Elle ôta de nouveau ses lunettes pour lui lancer un regard de défi qui en aurait impressionné plus d'un.

— Bien sûr, si vous persistez à juger sans connaître le dossier, je vous paierai la consultation – cinquante guinées, je crois –, même si cela ne mérite pas le nom de consultation, et je vous laisserai à vos préjugés.

Elle sortit une liasse de billets qu'elle déposa négligemment sur la table. Jamais l'avocat ne devinerait ce que ce geste lui coûtait !

Gideon ignora les billets.

— Asseyez-vous, mademoiselle Duncan. Cela risque de nous prendre un peu de temps. Voulez-vous une tasse de thé ?

Il posa la main sur une clochette d'argent.

— Non, je vous remercie, l'arrêta Prudence qui s'assit néanmoins.

La colère l'avait menée jusque-là, mais elle était à présent plus secouée qu'elle ne voulait l'admettre.

— J'insiste, dit-il en agitant la cloche.

Thadeus glissa aussitôt la tête dans l'entrebâillement de la porte.

— Apportez-nous du thé, ordonna Gideon. Et quelques crêpes, s'il vous plaît.

L'employé se retira sans bruit.

— Je n'ai absolument pas faim, sir Gideon, déclara Prudence. Ceci n'est pas une visite mondaine.

— Non, mais c'est l'heure du thé, fit-il remarquer. Et j'en ai envie.

Il s'empara d'un dossier, l'ouvrit et entreprit de le lire.

Prudence se contenta de l'observer en silence. Il s'agissait des notes de Constance, et elle fut irritée qu'il n'ait même pas pris le temps de les consulter avant leur rendez-vous.

Thadeus revint avec un plateau, précédé par l'appétissante odeur des crêpes dégoulinantes de beurre.

— Je sers, monsieur ? s'enquit-il.

— Sauf si Mlle Duncan préfère s'en charger.

Il leva la tête et lui adressa un sourire qui fit de lui un tout autre homme. Les fines rides qui se creusèrent autour de ses yeux ne manquaient pas de séduction.

Elle refusa d'un signe de tête, et le secrétaire versa le thé dans de délicates tasses de porcelaine. Elle en accepta une, car refuser aurait été grossier, mais elle secoua de nouveau la tête lorsque Thadeus lui proposa une crêpe. À coup sûr, se débrouiller avec une assiette regorgeant de beurre fondu, perchée au bord d'une chaise en manteau et chapeau, mettrait à mal sa dignité.

De son côté, sir Gideon mangea ses deux crêpes de bel appétit, sans cesser de lire, s'interrompant de temps à autre pour griffonner quelques lignes sur un bloc.

Il releva enfin les yeux après avoir trempé le dernier morceau de crêpe dans le beurre et l'avoir porté à sa bouche sans que la moindre goutte ne dégouline.

— Très bien, dit-il. J'avoue que je ne voyais pas la nécessité de consulter les documents après avoir lu l'article. Peut-être ai-je agi un peu hâtivement, mais cela dit, je ne vois là rien qui justifie l'accusation de fraude financière.

Sa voix avait retrouvé son tranchant, son sourire s'était évanoui, quant à son regard, il était acéré et calculateur.

— Il existe certaines lacunes, je vous l'accorde, répliqua calmement Prudence. Néanmoins, nous sommes convaincues du bien-fondé de cette accusation.

— Ce n'est pas votre intime conviction qui fléchira les jurés, rétorqua-t-il, acide.

— Nous savons où nous procurer des preuves, lâcha Prudence en posant sa tasse sur la table.

— Cela vous ennuierait-il d'être plus précise, mademoiselle Duncan ?

— Pour l'instant, oui, répliqua-t-elle, trouvant judicieux de garder quelques cartes dans sa manche jusqu'à ce qu'il accepte de les défendre.

Si elle évoquait les affaires de son père avec Barclay et qu'il refuse de les représenter, elle aurait exposé lord Duncan en pure perte. L'entretien avait beau être confidentiel, elle n'aimait pas l'idée que cet individu prétentieux puisse regarder son père de haut... à moins que ce ne soit indispensable.

— Mais je vous assure que nous savons exactement comment nous y prendre, ajouta-t-elle.

Il haussa les sourcils.

— Si ma mémoire est bonne, c'est votre sœur qui a rédigé cet article.

— C'est Constance, en effet.

— Est-ce elle la rédactrice principale de votre publication ?

— En ce qui concerne les articles politiques, particulièrement ceux qui traitent du vote des femmes, oui.

Léger signe de tête.

— Et quel est votre rôle dans ce... cette publication ?

Il y avait de nouveau cette ombre de dérision dans sa voix, et Prudence sentit sa colère flamber de nouveau. Elle se leva.

— Je m'occupe de l'aspect financier, sir Gideon. À présent, si vous voulez bien m'excuser, il est clair que nous n'avons plus rien à nous dire, je n'abuserai donc pas davantage de votre précieux temps. Merci pour le thé.

Elle ramassa les notes de Constance et les fourra dans son sac, laissant ostensiblement les billets sur la table.

Gideon se leva abruptement

— Il ne me paraît pas clair, à moi, que nous en ayons terminé, répliqua-t-il.

— Vous avez ouvertement manifesté votre mépris pour le *Mayfair Lady* que vous considérez, j'en suis sûre, comme un travail d'amateurs. Ce que vous ne comprenez peut-être pas...

— Ne me faites pas dire ce que je n'ai pas dit, mademoiselle Duncan, la coupa-t-il.

— Ce n'est pas la vérité ?

— Je reconnais que j'ai des doutes quant à l'intérêt de cette affaire, admit-il. Mais je suis disposé à garder l'esprit ouvert tandis que vous essaierez de me gagner à votre cause.

Il sourit de nouveau, et Prudence se cuirassa contre son charme. C'était sans doute entièrement artificiel, un atout dont il devait jouer quand cela l'arrangeait.

— Dînez avec moi ce soir, proposa-t-il. Et défendez votre cause.

Il ouvrit grands les bras.

— Je viendrai sans armes, sans préjugés, perméable à tous vos arguments, ajouta-t-il. Cela vous paraît-il honnête ?

Complètement désarçonnée, elle demeura un instant bouche bée. Il avait transformé l'entretien professionnel en événement privé et, pire que tout, il y avait quelque chose d'indéniablement séduisant dans sa façon de faire. Il connaissait le pouvoir de son sourire, de sa voix profonde... Mais pourquoi en usait-il avec elle ? Qu'attendait-il d'elle ?

Il y avait un seul moyen de le découvrir.

— Je ne refuserai certainement pas l'occasion de vous convaincre, sir Gideon, dit-elle d'un ton qu'elle espérait froid et distant.

— Alors, vous acceptez mon invitation ?

Il semblait un peu vexé par son manque d'enthousiasme, et cela lui redonna confiance en elle.

— Certainement. Encore que je saisisse mal comment une discussion autour d'une table pourrait vous faire changer d'avis.

— Vous verrez, fit-il, je pourrais vous surprendre. Si vous voulez bien me laisser votre adresse, j'enverrai une voiture vous chercher à 20 heures.

Il aurait été plus courtois de venir en personne, songea Prudence. Elle était très ennuyée, mais le sens commun lui dictait de n'en rien montrer si elle avait une chance d'obtenir son aide.

Et puis, il l'intriguait, reconnut-elle à contrecœur. D'un côté arrogant, désagréable au point d'en devenir grossier, méprisant... De l'autre charmant, souriant et infiniment séduisant. Il devait en outre posséder une remarquable intelligence, qualité qu'elle appréciait par-dessus tout chez un homme. Mais pourquoi se donnait-il la peine de charmer une femme qui s'était présentée à lui comme une veille fille insignifiante ?

— 10, Manchester Square.

Elle se dirigea vers la porte sans se soucier d'adoucir la sécheresse de sa réponse par un sourire, mais il la rejoignit en deux enjambées.

Il s'inclina sur sa main.

— Je me réjouis de ce dîner, mademoiselle Duncan. Je vous raccompagne.

Il attrapa un grand parapluie près de la porte et l'escorta jusqu'à la rue. Il tombait des cordes.

— Attendez ici, je vais chercher un fiacre.

Avant qu'elle puisse protester, il s'éloigna en évitant les flaques, la laissant à l'abri sous le porche.

Prudence était de plus en plus étonnée. Elle se serait attendue qu'il envoie son secrétaire héler une voiture, ou qu'il la laisse se débrouiller seule. Quel individu déconcertant !

Un fiacre s'arrêta devant elle, et sir Gideon en jaillit. Il l'abrita de son parapluie tandis qu'elle grimpait à l'intérieur.

— Quelle adresse dois-je donner au cocher ? demanda-t-il.

— *Fortnum*. Je vais reprendre du thé.

Il eut un rire profond, chaud.

— Je ne m'étonne plus que vous ayez dédaigné mes crêpes… À ce soir, madame.

Il eut un geste d'adieu auquel elle répondit, et elle s'aperçut qu'elle souriait.

Gideon regagna son cabinet, les sourcils froncés. À peine dans son bureau, il se tapota les lèvres de l'index, l'air songeur.

Que lui arrivait-il ? Le cas était impossible à défendre, il l'avait su dès qu'il avait parcouru le journal. En outre, il n'avait aucune sympathie pour les éditrices du *Mayfair Lady*. L'article en question n'était qu'un méchant ragot au sein d'une publication qui se faisait un devoir d'assener des opinions politiques mal digérées sur le vote des femmes et les injustices dont elles étaient victimes. En aucun cas cette petite souris grise au regard vert et au tempérament de feu ne parviendrait à le persuader qu'elle avait raison.

Alors, au nom du Ciel, pourquoi lui avait-il offert d'essayer ? Se condamnant ainsi à une soirée affreusement ennuyeuse qui se terminerait forcément mal quand il lui dirait qu'il n'avait pas – qu'il n'avait jamais eu – l'intention d'accepter de les défendre.

Il envisagea un instant de se décommander. Il lui suffisait d'envoyer un mot à Manchester Square en prétextant un contretemps, et il n'entendrait plus jamais parler de cette jeune personne. Ses yeux se posèrent sur la liasse de billets, et il entendit sa voix pleine de colère et de mépris. Il la revit jeter pratiquement les billets sur la table. À moins qu'il ne se trompe, l'Honorable Mlle Duncan n'était pas celle qu'elle prétendait être. Peut-être que la soirée ne serait pas si catastrophique, finalement. Pensif, il rangea les billets dans un tiroir du bureau.

Le fiacre déposa Prudence devant chez *Fortnum,* et elle pénétra dans le salon de thé, pratiquement désert à cette heure tardive. Chastity lui fit signe, et elle se hâta de rejoindre ses sœurs.

— Alors ?

— Je vais vous raconter. Non, merci, dit-elle en refusant le chariot de pâtisseries. Je ne prendrai qu'une tasse de thé… Il m'a accordé environ quinze minutes, durant lesquelles il m'a infligé le sermon le plus insultant, le plus blessant que j'aie jamais entendu. Pas une fois il n'a montré qu'il avait ne serait-ce que parcouru notre dossier, et je me suis retrouvée à la rue devant une porte close avant d'avoir eu le temps de comprendre ce qui m'arrivait.

Constance siffla entre ses dents.

— Tu y es retournée, dit-elle.

Ce n'était pas une question.

Prudence acquiesça.

— Je n'avais jamais été aussi furieuse de ma vie !

Chastity servit une tasse de thé à sa sœur. Prudence perdait rarement son sang-froid, mais quand c'était le cas, la tempête était plutôt spectaculaire.

— Il t'a écoutée, cette fois ?

— Oh que oui ! Il a même pris la peine de lire les documents que j'avais laissés à son secrétaire.

Comme elle en restait là, Constance insista :

— Il accepte de nous défendre ?

— Je n'en sais rien. Il m'a invitée à dîner ce soir.

Ses sœurs écarquillèrent les yeux.

— Il m'a gentiment proposé de tenter de le convaincre.

— *Quoi ?* s'écria Constance. Il a une bien curieuse façon de pratiquer son métier.

— Je sais, mais je ne pouvais pas refuser, il me semble.

— Tu te rappelles qu'il est divorcé, intervint Chastity. Il n'est peut-être pas très pointilleux sur sa vie privée…

Ce fut au tour de Prudence d'écarquiller les yeux.

— À vrai dire, j'avais complètement oublié.

— Divorcé ? répéta Constance, qui ignorait ce détail intéressant.

— Oui. Nous avons pris nos renseignements dans le *Who's Who*, expliqua Chastity. Il a divorcé voilà six ans. Et il a une fille.

— Il ne doit pas la voir souvent, commenta Constance avec dédain. Légalement, elle dépend de lui, aussi prend-il sans doute toutes les décisions concernant sa vie tout en en laissant la garde à la mère. C'est ainsi que cela se pratique généralement.

— Probablement, acquiesça Prudence.

Elle s'empara d'un sandwich au concombre, puis le fixa comme si elle ne comprenait pas comment il était arrivé dans sa main.

— Qu'y a-t-il ? demanda Constance.

Prudence reposa le sandwich.

— Tu sais, par moments, j'avais presque l'impression qu'il flirtait avec moi. De temps à autre, il abandonnait son expression arrogante et changeait du tout au tout. C'était très étrange.

— Rien n'interdit aux hommes divorcés de flirter, observa Constance. C'est même assez fréquent. Cependant, je trouve choquant qu'un avocat flirte avec une cliente potentielle.

— Sauf s'il n'a pas l'intention de nous défendre, remarqua Chastity. Si c'est un libertin, il est peut-être en train de faire marcher Prudence… Pour arriver à ses fins avec elle, ajouta-t-elle dans un chuchotement.

— Oh, Chastity !

Ses sœurs eurent un rire amusé.

— Voyons, pourquoi un libertin s'intéresserait-il à moi, attifée comme je suis ? demanda Prudence. J'ai l'air d'une gouvernante collet monté, d'une vieille fille rance.

— Cette image a dû s'effacer quand tu t'es mise en colère, rétorqua Constance avec humour. As-tu enlevé tes lunettes ?

— Je ne sais pas, je… Oh, pour l'amour du Ciel, qu'est-ce que cela change ?

Ses sœurs haussèrent les sourcils sans répondre, et Prudence reprit son sandwich qu'elle avala en deux bouchées.

— J'ai besoin de prendre des forces !

— Donc, tu as accepté l'invitation, reprit Chastity.

— Oui, je ne pouvais pas refuser une telle occasion de le convertir à notre cause.

— Est-il séduisant ?

Prudence réfléchit un instant.

— Pas pour moi, déclara-t-elle d'un ton définitif. Je comprends que certaines femmes puissent le trouver attirant mais, pour ma part, ce genre de mâle persuadé de sa supériorité m'indiffère.

Ses sœurs opinèrent du chef.

— Certes, il a une belle voix, admit Prudence par souci d'honnêteté. Et quand il sourit vraiment, on peut le trouver plaisant.

— Mais tu ne t'es pas laissé prendre à son numéro de charme, fit Constance.

— Pas une minute !

— Eh bien, il sera intéressant de voir où mène la soirée, conclut Chastity.

6

— Tu sors, ma chérie ?

Lord Duncan s'arrêta dans le hall tandis que sa deuxième fille descendait l'escalier, son manteau sur le bras.

— Oui, un dîner, répondit Prudence.

Son père parut visiblement surpris qu'elle puisse se rendre à un dîner vêtue comme pour un enterrement. Sa robe de soie marron était franchement démodée. Il ne lui semblait même pas la connaître.

Prudence n'avait pas l'intention de subir des commentaires sur sa tenue, aussi lança-t-elle vivement à l'adresse de l'ami de son père :

— Bonsoir, lord Barclay.

Les deux hommes ne remarquèrent pas son intonation plutôt fraîche.

— Bonsoir, Prudence, répondit le comte avec un sourire entendu. Un beau célibataire, je suppose ?

Il fit mine de lui tapoter la joue, mais elle se déroba.

Le comte gloussa.

— Inutile de jouer les oies blanches avec moi, Prudence. Écoutez le conseil d'un sage, mademoiselle. Il est normal pour une débutante de se montrer farouche, mais cela sied mal à une femme qui prend de l'âge.

Prudence remarqua l'air contrarié de son père et en fut étonnée. En général, lord Duncan se rangeait aveuglément à l'avis de Barclay, et elle se réjouit de constater que ce dernier pouvait l'irriter. Peut-être que son père n'était pas entièrement convaincu de l'innocence de son ami, finalement, même s'il clamait le contraire. De toute façon, une telle allusion à son âge et à son célibat était parfaitement grossière, or lord Duncan était à cheval sur la courtoisie, et c'était en outre un père aimant.

Prudence gratifia le comte d'un sourire glacial.

— Comment évolue votre affaire de diffamation, monsieur?

La question eut l'effet souhaité. Le teint de Barclay prit une vilaine couleur violacée.

— Ces lâches n'ont pas encore répondu. Pas un mot de leur part, selon mes avoués. De vraies anguilles. Mais s'ils s'imaginent qu'ils s'en sortiront aussi facilement, ils se trompent!

— Ils ne pourront pas se cacher indéfiniment, Barclay, intervint lord Duncan.

— Oh, nous les pincerons, tôt ou tard, et je les ferai pendre haut et court, tous! Je les fouetterai jusqu'au sang, je leur prendrai jusqu'à leur dernier sou.

— Cela me paraît beaucoup à la fois, objecta Prudence. Combien sont-ils, à votre avis, monsieur? Vous semblez certain qu'il y a plus d'une personne.

— C'est évident! Toute une équipe d'efféminés, de travestis prêts à toutes les perversions, croyez-moi!

Il agitait un doigt menaçant sous le nez de Prudence.

— Croyez-moi, répéta-t-il, tous les exemplaires de ce torchon seront brûlés en place publique! Je les ruinerai, et ils pourriront en prison jusqu'à la fin de leurs jours!

— D'après vous, se pourrait-il que ces journalistes soient des femmes, lord Barclay?

Il la fixa comme si elle avait perdu l'esprit.

— Absurde ! Totalement absurde ! Des femmes, vraiment ! s'exclama-t-il avec un rire tonitruant en tapant sur l'épaule de lord Duncan. Des femmes qui écriraient de telles horreurs, qui inventeraient des mensonges, qui iraient dans ces endroits mal famés… Que pensez-vous de cela, Duncan ?

Lord Duncan fronça les sourcils. Il se rappelait sa défunte épouse.

— Peu vraisemblable, reconnut-il. Mais pas impossible.

— Oh, vous avez le cerveau brouillé, mon ami ! déclara le comte. Pas une dame respectable ne se mêlerait de cela !

— Il y a tout de même des femmes respectables qui lisent ce journal, remarqua Prudence. Ma propre mère trouvait certains articles fort intéressants.

Ce commentaire fit taire lord Barclay, qui ne pouvait guère critiquer l'épouse de son ami.

Prudence attendit une réponse qui ne vint pas, et finit par demander :

— Vous dînez à la maison, père ?

Soulagé par le changement de sujet, lord Duncan répondit :

— Oui, je pense. Jenkins et Mme Hudson nous trouveront bien quelque chose à manger.

Le majordome et la gouvernante auraient certainement apprécié d'être avertis un peu plus tôt, dans la mesure où les finances de la maison ne permettaient pas d'avoir un garde-manger bien garni, pour le cas où leur maître déciderait d'inviter quelques amis à l'improviste.

Prudence jeta un coup d'œil à l'horloge. Il était presque 8 heures. Chastity dînait avec Constance et Max, aussi lui incombait-il la tâche de réconforter Mme Hudson quand elle apprendrait qu'elle allait devoir concocter un repas passable en une heure.

— Je vais en cuisine, annonça-t-elle. Le feu est allumé dans la bibliothèque. Je vous envoie Jenkins.

Elle posa son manteau sur la rampe et se hâta vers l'office.

La gouvernante était installée dans son rocking-chair, savourant à l'avance une soirée paisible, et elle se leva à l'arrivée de Prudence.

— C'est Sa Seigneurie, mademoiselle Prudence ?

— Hélas, oui, madame Hudson. Je suis désolée. Il a invité lord Barclay à dîner. Avons-nous quelque chose à leur offrir ?

Prudence ouvrait déjà la porte de la réserve.

— Oh, grands dieux ! Et j'ai donné sa soirée à Ellen ! Il faudra que M. Jenkins m'aide…

— Je vous l'aurais bien proposé moi-même, mais on passe me chercher à 8 heures.

À cet instant, la sonnette de l'entrée tinta.

— Oh, c'est sûrement pour moi ! Il y a quelques côtes de chevreuil. Pouvez-vous les préparer ?

— Je ne sais pas, répondit la gouvernante. Je me demande si elles sont assez faisandées… Bah, il faudra bien que ça aille ! Avec des pommes de terre et des choux de Bruxelles…

Sa voix se perdit tandis qu'elle s'avançait dans la pièce pour inventorier le contenu des étagères.

— Un peu de gelée de cassis et un verre de madère dans la sauce…

— Et un pudding en dessert, suggéra Prudence.

— Oui, ça, je peux le faire. Il reste aussi un peu de ce Stilton que votre père aime tant.

Mme Hudson sortit de la réserve avec les deux côtes de chevreuil.

— Je vais les mettre tout de suite au four. Mais je ne sais pas quoi faire comme entrée.

— Une automobile vous attend, mademoiselle Prudence, vint annoncer Jenkins. J'ai cru comprendre que Sa Seigneurie et lord Barclay dînaient à la maison, ce soir.

— En effet. Et Mme Hudson va réaliser des miracles, comme d'habitude, ajouta Prudence. Pourriez-vous servir le whisky dans la bibliothèque, Jenkins ? Je suis désolée de ne pouvoir vous aider, mais…

— Sauvez-vous et passez une bonne soirée, mademoiselle Prudence, intervint Mme Hudson. Nous nous débrouillerons. Je ferai des toasts aux sardines pour commencer, avec un peu de persil et des rondelles d'œufs durs.

Prudence sourit.

— Vous êtes une fée. Ne m'attendez pas, Jenkins, j'ai ma clé.

— Le chauffeur dit qu'il est envoyé par un certain sir Gideon Malvern, observa négligemment Jenkins en précédant Prudence dans le hall.

Il lui tendit son manteau.

— Un vieux monsieur, mademoiselle Prudence ?

Le regard perplexe qu'il posait sur la robe marron en disait long. Il était habitué à ce que les trois sœurs soient vêtues avec la plus grande élégance lorsqu'elles sortaient. Et Prudence était la plus pointilleuse en la matière.

— Pas vraiment, répondit-elle.

— J'ai entendu parler d'un avocat qui porte ce nom, mademoiselle Prudence. Un avocat fort célèbre.

— C'est lui, Jenkins, avoua-t-elle tandis qu'il lui ouvrait la porte. Et nous avons désespérément besoin de lui, alors souhaitez-moi bonne chance. Il faut que je sois très persuasive, ce soir. J'espère avoir l'air d'une personne sérieuse, capable de discuter de problèmes graves.

Elle haussa les sourcils, l'invitant à donner son avis.

— C'est exactement l'impression que j'ai, mademoiselle Prudence, assura-t-il en l'accompagnant jusqu'à la Rover noire devant laquelle se tenait un chauffeur en livrée. Je suis sûr que tout ira bien.

— Vous êtes plus confiant que moi, Jenkins.

Prudence prit place à l'arrière de l'automobile et sourit au conducteur qui fermait la portière.

— Où allons-nous ? s'enquit-elle lorsqu'il eut regagné son siège.

— À Long Acre, madame.

Le véhicule avait un toit, mais les flancs étaient ouverts, et elle se félicita que la pluie ait cessé. Elle serra cependant davantage son foulard sur ses cheveux et releva le col de son manteau. Covent Garden était un curieux choix, songea-t-elle. Les restaurants proches de l'Opéra et des théâtres de Drury Lane étaient très fréquentés, ils avaient donc toutes les chances de rencontrer des connaissances. Si on la voyait avec sir Gideon, les ragots iraient bon train. Et quand le procès aurait lieu, on se rappellerait les avoir vus ensemble et on se poserait des questions. C'était un peu trop risqué pour qu'elle se sentît à l'aise. Il lui parut soudain stupide de ne pas avoir demandé à l'avocat où il l'emmènerait, mais sur le moment, elle n'y avait pas pensé. De toute façon, quand on était invité à dîner, soit on acceptait, soit on refusait ; la réponse n'était pas fonction du nom du restaurant !

Le chauffeur conduisait prudemment sur les pavés humides. L'odeur du crottin de cheval était amplifiée par la pluie, mais du moins n'y avait-il pas de poussière.

Comme ils s'engageaient dans les petites rues de Covent Garden, Prudence se renfonça davantage dans l'angle de la banquette, regrettant de ne pas avoir mis de voilette.

La voiture s'immobilisa enfin devant une maison à la façade discrète, dont la porte ouvrait directement sur la rue. Le chauffeur aida la jeune femme à descendre et l'escorta sur le trottoir. Elle leva les yeux, mais ne vit aucune enseigne. On aurait dit une demeure privée.

La porte ne tarda pas à s'ouvrir sur un gentleman en tenue de soirée.

— Sir Gideon vous attend dans le salon rouge, madame.

Le salon rouge ? Prudence se tourna vers le chauffeur, mais celui-ci regagnait déjà sa voiture.

Elle se trouvait dans un hall élégant, au sol de marbre blanc et au plafond mouluré, d'où partait un escalier à rampe de cuivre.

— Par ici, madame, reprit l'homme en gravissant les marches.

Ils empruntèrent un long corridor. Des voix masculines et féminines s'élevaient derrière les portes closes, auxquelles se mêlaient des bruits de verres et de porcelaine. Prudence était aussi intriguée que surprise.

L'homme s'arrêta enfin devant une double porte à laquelle il frappa discrètement avant d'annoncer d'un ton théâtral :

— Votre invitée, sir Gideon.

Prudence pénétra dans une grande pièce meublée comme un salon, hormis une table éclairée aux chandelles et dressée pour deux dans une alcôve vitrée donnant sur les jardins. Les rideaux et les sièges étaient de damas rouge.

Gideon Malvern se tenait près de la cheminée où brûlait un petit feu. Il posa son verre de whisky et rejoignit Prudence.

— Bonsoir, mademoiselle Duncan. Laissez-moi vous débarrasser de votre manteau.

Il portait une élégante tenue de soirée au gilet orné de boutons de diamant, et Prudence regretta soudain d'avoir choisi une toilette aussi triste. Afin qu'il comprenne sans l'ombre d'un doute qu'il s'agissait d'un dîner de travail, elle avait décidé de conserver son image de sinistre vieille fille. Sans exagération, elle était affreuse dans cette robe dénichée au fond d'un placard qui n'avait pas été ouvert depuis dix ans. Elle ne savait même pas d'où provenait cette vieillerie. Elle n'appartenait certainement pas à sa mère, en tout cas.

Gideon prit son manteau et le remit à l'homme qui l'avait accompagnée et qui se retira en fermant la porte derrière lui.

L'avocat observait son invitée en se demandant comment une femme, surtout relativement jeune comme celle-ci, pouvait envisager de sortir aussi mal fagotée. Mais peut-être était-elle daltonienne en même temps que myope ? Ce qui l'obligeait à porter ces grosses lunettes. En tout cas, elle était certainement aveugle en matière de mode !

Il plissa imperceptiblement le nez. N'était-ce pas une odeur de naphtaline qu'exhalait l'atroce robe marron ?

— Puis-je vous offrir un verre de sherry avant le dîner ?

— Volontiers, merci.

Prudence avait obtenu l'effet escompté, c'était évident, pourtant elle en était plutôt contrariée. Elle était plus habituée aux regards admiratifs qu'à l'expression de son hôte, qui oscillait entre la pitié et le dédain.

— Asseyez-vous, je vous en prie, fit-il en indiquant l'un des sofas avant d'aller lui chercher à boire.

Il lui rapporta un verre.

Elle le remercia avec un sourire guindé qui convenait à son apparence.

— Où sommes-nous ? s'enquit-elle.

— Dans un club privé, répondit-il en prenant place sur le canapé qui lui faisait face. J'ai pensé qu'un restaurant serait un peu trop public.

— En effet, il vaut mieux que l'on ne nous voie pas ensemble, confirma-t-elle en lissant sa jupe.

Sir Gideon approuvait de tout son cœur. Sa réputation ne s'en relèverait pas si on le surprenait en si triste compagnie !

Il l'étudia discrètement. Ses cheveux étaient retenus en un chignon serré sur la nuque, mais la coiffure démodée ne parvenait pas à en dissimuler la riche couleur. Entre cannelle et roux, nota-t-il.

Décidément, quelque chose clochait chez l'Honorable Mlle Duncan, sans qu'il pût préciser quoi exactement. Il la revoyait dans son cabinet lorsqu'elle avait ôté ses lunettes pour se lancer dans sa violente diatribe. Les deux images ne se superposaient pas... Et vu ce qu'il avait lu ensuite, il se serait bien gardé de tirer des conclusions au sujet des sœurs Duncan !

— Si je me souviens bien, mademoiselle Duncan, vous vous occupez de l'aspect financier de votre publication. Vous êtes une mathématicienne, en somme.

— Je ne dirais pas tout à fait cela. Je suis plutôt comptable.

Il éclata de rire.

— Oh, non ! Je suis persuadé que vous n'êtes pas plus comptable que votre sœur n'écrit des contes de fées !

Prudence parut sidérée.

— Auriez-vous lu le *Mayfair Lady* depuis notre entretien ?

— J'ai découvert une réserve imprévue d'anciens numéros, expliqua-t-il avec humour. Sous mon propre toit ! Ma fille et sa gouvernante semblent être des lectrices assidues.

— Ah, oui ! Votre fille.

— Cela ne semble pas vous surprendre, observa-t-il.

— Le *Who's Who*. Nous avons consulté votre notice.

— Dans ce cas, vous en savez plus sur moi que moi sur vous, mademoiselle Duncan.

Prudence rougit légèrement, comme s'il l'accusait d'indiscrétion.

— Le *Who's Who* est à la disposition du public, se défendit-elle. Et sans lui, nous n'aurions jamais pu vous trouver.

— Bien sûr…

— Votre fille vit avec vous ? s'étonna-t-elle à retardement.

— En effet, répondit-il brièvement. Elle étudie au North London Collegiate, et sa gouvernante s'occupe de son éducation en général. Il semblerait que le suffrage des femmes intéresse tout particulièrement Mlle Winston, ce qui explique sa fidélité à votre publication.

Il alla se resservir du whisky après avoir jeté un coup d'œil au verre de sherry que Prudence avait à peine touché.

Cet homme réservait bien des surprises, se dit Prudence, sa curiosité éveillée. Le North London Collegiate, fondé en 1850 par la redoutable Frances Buss, l'une des idoles de sa mère, était la plus célèbre école de jeunes filles de la capitale. De même que lady Duncan, Mlle Buss avait milité avec ardeur pour défendre les droits des femmes.

— Ainsi, vous êtes pour l'éducation des femmes ?

— Bien sûr, fit-il en se rasseyant. Cela vous surprend, j'imagine ?

— Après votre discours de tout à l'heure sur les femmes qui ne sont pas « armées » – c'est bien le terme ? – pour se lancer dans la bataille légale, et ainsi de suite, j'avoue que je suis étonnée, en effet. Vous nous avez conseillé, à mes sœurs et à moi, de nous cantonner aux ragots des soirées mondaines et d'abandonner la plume et l'encre ! C'est bien cela, n'est-ce pas, sir Gideon ? conclut-elle en souriant.

— Oui.

Il ne semblait pas le moins du monde troublé par l'évidente contradiction.

— Bien que je sois un partisan de l'éducation des femmes, je maintiens que la plupart d'entre elles ne sont pas éduquées et donc pas « armées » pour se défendre dans le milieu qui est le mien. Encore un peu de sherry ?

Elle acquiesça, et il alla remplir son verre.

— Si ce n'était pas le cas, poursuivit-il, je ne vois pas pourquoi vous auriez besoin de moi.

Il se tenait devant elle, l'air intrigué, et Prudence se sentait de plus en plus mal à l'aise. Elle avait l'impression qu'il lisait en elle, par-delà la façade qu'elle lui offrait.

— Votre fille… commença-t-elle afin de détourner son attention.

— Nous ne sommes pas là pour parler de ma fille, coupa-t-il. Sachez seulement que, sous l'égide de Mlle Winston, elle est devenue une adepte passionnée du droit de vote pour les femmes.

— Et vous ?

La question était vive, acerbe. Machinalement, comme cela lui arrivait souvent dans les moments de tension, elle ôta ses lunettes et les frotta sur sa manche sans quitter sir Gideon des yeux.

Il prit une longue inspiration. Des yeux magnifiques. Trop beaux pour appartenir à une vieille fille banale. À quel petit jeu jouait Mlle Duncan ? Il avait la ferme intention de le découvrir avant la fin de la soirée.

— Je n'ai pas encore pris de décision à ce sujet, répondit-il enfin. Peut-être pourriez-vous tenter de me convaincre tout en essayant de me persuader de vous défendre ?

Il sourit, et ses yeux gris devinrent soudain lumineux tandis qu'ils demeuraient rivés aux siens.

Elle chaussa ses lunettes à la hâte. Le regard était

trop intense, trop fort. Et son intonation… Son instinct la mettait en garde. Mais en garde contre quoi ? Logiquement, il ne pouvait être attiré par elle, cependant ses yeux, sa voix, son sourire disaient le contraire. Jouait-il au chat et à la souris ? Voulait-il qu'elle se retrouve en porte à faux ?

Elle s'efforça de se concentrer. Elle était là pour lui démontrer que leur cas était intéressant, et…

Elle se figea soudain. Était-ce cela qui rendait l'affaire intéressante à ses yeux ? Un jeu cruel de feinte séduction ? Y avait-il là une sorte de quiproquo qui lui échappait ?

Prudence songea au *Mayfair Lady*, à la montagne de dettes qu'elles commençaient tout juste à éponger. Elle pensa à son père, jusqu'à présent protégé des réalités, comme du vivant de leur mère. Avec de tels enjeux à la clé, elle pouvait prendre Gideon Malvern à son propre piège, voire s'en amuser.

Elle lissa de nouveau sa jupe et déclara d'un ton d'institutrice :

— En ce qui concerne notre affaire, nous considérons que notre faiblesse est de ne pas avoir encore les preuves tangibles des escroqueries de lord Barclay. Mais nous savons où en trouver d'incontestables.

— Si nous dînions ? proposa-t-il. Je n'aime pas discuter l'estomac vide.

Prudence se leva.

— Je suis impressionnée par votre zèle, sir Gideon. Je suis certaine que vous avez eu une journée bien remplie, au tribunal et à votre cabinet, pourtant, vous êtes prêt à travailler pendant le repas !

— Non, mademoiselle Duncan. C'est *vous* qui allez travailler, répliqua-t-il. Je profiterai du dîner pendant que vous tenterez de me convaincre des mérites de votre cause.

Prudence pinça les lèvres.

C'était l'homme de cet après-midi, arrogant, sûr de lui, maître de la situation. Beaucoup plus facile à affronter, finalement, que le séducteur dont elle avait eu de brefs aperçus. Elle s'assit et déplia sa serviette.

Son hôte agita une petite sonnette avant de s'asseoir à son tour.

— Ce club est très réputé pour la qualité de sa cuisine, reprit-il. J'ai choisi le menu avec soin, j'espère qu'il vous plaira.

— Puisque vous venez de me dire que je n'aurai pas le loisir de l'apprécier, votre sollicitude me semble quelque peu hypocrite, observa-t-elle. Je me serais contentée d'un œuf à la coque.

Il ignora sa réflexion, et il en avait le droit, dut-elle admettre en acceptant la corbeille à pain qu'il lui tendait tandis que deux serviteurs posaient devant eux des bols remplis d'une soupe au fumet délicat.

— Consommé de laitue et de livèche, précisa-t-il. Vous verrez, c'est exquis.

Il beurra généreusement un petit pain.

— Parlez-moi de vos sœurs, continua-t-il. Commençons par Mme Ensor.

— Constance.

— Constance, répéta-t-il. Et votre plus jeune sœur s'appelle… ?

— Chastity.

Les yeux gris pétillèrent.

— Constance, Prudence et Chastity… Quelqu'un ne manquait pas d'humour dans votre famille. Votre mère, sans doute ?

Elle parvint à s'empêcher de rire.

— Nous sommes les illustrations parfaites de nos prénoms, je dois dire, sir Gideon.

— Vraiment ? Prudence de nom et Prudence de nature ? Si vos sœurs correspondent à leurs prénoms comme vous au vôtre, mademoiselle Prudence Duncan, j'ai hâte de les rencontrer!

Prudence s'absorba dans la dégustation de son potage, plutôt que de s'aventurer sur ce terrain glissant. S'il avait en tête de la démasquer, pas question qu'elle lui apporte son aide!

— Cette soupe est délicieuse, commenta-t-elle avec un de ses petits sourires pincés.

— C'est l'une de mes préférées.

Elle leva vers lui un regard curieux malgré sa résolution de s'en tenir au travail.

— J'ai l'impression que vous êtes un fin gourmet, sir Gideon.

— Il faut boire et manger pour vivre, alors autant que ce soit agréable.

— Mon père serait tout à fait de votre avis.

— Et je soupçonne que vous aussi, déclara-t-il en faisant tourner le pied de son verre entre ses doigts.

Il avait remarqué qu'elle appréciait le bordeaux blanc qu'on leur avait servi, et elle se rendit compte que sa façade se fissurait. Elle haussa les épaules.

— Non, en général, cela m'indiffère. Nous vivons très simplement, mes sœurs et moi.

— Vraiment, fit-il d'un ton neutre.

— Vraiment, affirma-t-elle.

Elle allait prendre son verre, mais s'en abstint.

Les serveurs apportaient le plat suivant, et ils débarrassèrent avant de se retirer.

— Carrelet, annonça l'avocat. Un poisson que l'on ne consomme pas assez. Grillé avec du beurre persillé, c'est encore plus délicat que la sole.

— C'est votre avis, murmura Prudence.

Son compagnon ne l'entendit pas, tout occupé qu'il était à savourer sa première bouchée de poisson. Elle l'imita et dut reconnaître qu'il avait raison, c'était délicieux.

— Il va être impossible de combattre l'action en diffamation de Barclay sans révéler vos identités.

Le changement de sujet était si soudain que Prudence demeura un instant perplexe. Elle battit des paupières, se ressaisit et lâcha :

— Il n'en est pas question.

— Je ne peux pas appeler un journal à la barre, rétorqua-t-il, très professionnel. J'ai passé presque deux heures à lire vos anciennes publications, et je suis convaincu que vos sœurs et vous êtes assez intelligentes pour comprendre que vous n'échapperez pas au témoignage.

Lui tendait-il une embuscade ?

— Nous ne pouvons en aucun cas témoigner, sir Gideon. Notre anonymat est capital pour le *Mayfair Lady*.

— Pourquoi ?

— Je suis convaincue que *vous* êtes assez intelligent pour répondre vous-même à cette question, sir Gideon, répliqua-t-elle. Nous ne pouvons divulguer nos identités, car les théories et opinions que nous défendons seraient prises à la légère si notre lectorat savait que nous sommes des femmes. Le succès du journal dépend du mystère concernant ses auteurs et la position de ceux-ci dans la société.

— Ah, oui, la position… Je me doute que les gens ne vous parleraient plus librement s'ils savaient qu'ils s'exposent à la plume ironique, voire acerbe, du *Mayfair Lady*.

— Je réfute le terme « acerbe », protesta Prudence en s'empourprant légèrement. Ironique, certes, car nous ne supportons guère les imbéciles, mais nous ne sommes pas vindicatives.

— Il y a une nuance entre acerbe et vindicative, fit-il remarquer.

— C'est un peu trop subtil pour moi, riposta-t-elle froidement.

Il haussa les épaules, mais ne fit pas mine de revenir sur son jugement.

Prudence s'efforça de se reprendre. Certes, Constance et elle avaient tendance à exercer leur esprit critique, mais c'était un plaisir privé, dont Chastity était la seule spectatrice. D'ailleurs même leur jeune sœur, qui avait une nature plus tolérante, s'autorisait parfois des propos d'une ironie décapante face à la prétention ou à l'arrogante stupidité, surtout lorsqu'un tiers en pâtissait. Dans leur publication, elles tournaient en dérision certains travers, mais jamais elles ne citaient de noms.

— Mademoiselle Duncan, reprit Gideon, si vous ne parvenez pas à sortir blanchies de cette accusation, votre journal cessera d'exister. Et, si j'ai bien compris, au cas où vos identités seraient dévoilées, il cesserait aussi d'exister. Dans ce cas, dites-moi, quelle aide légale puis-je vous apporter ?

Voilà. Il jugeait qu'elles n'avaient aucune chance de gagner. Il n'y avait pas cru un instant. Tout cela n'était donc bien qu'un jeu de sa part. Mais dans quel but ? Ce dîner raffiné n'était-il que l'occasion de la voir se débattre tel un papillon épinglé sur une planche ? Eh bien, quelles que soient ses raisons, elle n'accepterait pas son jugement sans le discuter.

Elle ôta une fois de plus ses lunettes pour les nettoyer avec sa serviette.

— Nous demandons peut-être l'impossible, sir Gideon, mais j'avais cru comprendre que vous étiez spécialisé dans les cas désespérés. Nous refusons de perdre le *Mayfair Lady*, qui nous fait vivre, de même que L'Intermédiaire. Jamais ce service ne fonctionnerait dans notre cercle social si nos clients savaient à qui ils ont affaire. Cela me semble évident.

— L'Intermédiaire... Cette sorte d'agence matrimoniale pour laquelle vous faites de la publicité ? Je n'avais pas compris que vous vous en occupiez vous-mêmes.

— Croyez-le ou non, sir Gideon, nous nous en sortons plutôt bien. Les résultats vous surprendraient.

Elle s'interrompit, le temps pour les serveurs de déposer devant eux des escalopes de veau, et de remplir leurs verres d'un délicat bordeaux rouge.

Gideon goûta les deux avant de déclarer en secouant la tête :

— Vos sœurs et vous formez un trio très audacieux.

Prudence, qui avait toujours ses lunettes sur les genoux, leva les yeux vers lui. Et s'aperçut aussitôt de son erreur. Chaque fois qu'elle enlevait ses lunettes, l'expression de l'avocat changeait de façon troublante. Elle les chaussa de nouveau, les sourcils froncés. Tout dans son expression exprimait sa détermination farouche de réussir l'impossible.

— Audacieuses ou pas, il nous faut absolument gagner ce procès. C'est aussi simple que cela.

— Aussi simple que cela, répéta sir Gideon. Je dois appeler un journal à la barre des témoins. À supposer que nous surmontions cette difficulté, il en existe une autre. Voudriez-vous m'expliquer comment vous vous proposez de justifier les accusations qui concernent les exactions financières ?

— Je vous l'ai dit, sir Gideon, nous savons où trouver les preuves.

— Pardonnez-moi, mademoiselle Duncan, mais votre certitude ne me suffit pas.

— Il faudra bien, pourtant. Actuellement, je ne peux pas me montrer plus précise.

Elle but une gorgée de vin, croisa les mains sur la table et se pencha en avant.

— Nous avons besoin d'un avocat de votre stature, sir Gideon. Nous vous offrons un cas qui constitue un véritable défi. Mes sœurs et moi ne sommes pas de malheureuses victimes, nous sommes capables de nous défendre vigoureusement !

— Et êtes-vous en mesure de payer mes honoraires, mademoiselle Duncan ? s'enquit-il, visiblement amusé.

Prudence n'avait pas prévu cette question, pourtant, elle n'hésita pas une seconde.

— Non.

— C'est bien ce que je pensais.

— Comment pourriez-vous le savoir ? s'étonna-t-elle.

— Appelons cela de l'instinct, mademoiselle Duncan. Je suppose que votre beau-frère, Max Ensor, ne vous propose pas son aide financière.

Prudence se sentit rougir.

— Constance... Nous... Jamais nous ne le lui demanderions. Il ne s'y attend d'ailleurs pas. C'est notre entreprise. Constance est matériellement indépendante.

Il haussa les sourcils.

— Original !

— Nous sommes des femmes originales, sir Gideon. C'est pourquoi nous vous proposons cette affaire, ajouta Prudence avec une magistrale indifférence à la réalité des faits. Si nous gagnons – or nous gagnerons, car notre cause est juste –, nous partagerons volontiers les dommages et intérêts dans la proportion que vous souhaiterez. Mais en aucun cas nous ne pouvons révéler notre identité.

— Vous pensez que vous allez gagner parce que votre cause est juste ? observa-t-il avec ce rire moqueur qu'elle détestait. Qu'est-ce qui vous fait croire que la justice d'une cause garantit la justice devant un tribunal ? Ne soyez pas naïve, mademoiselle Duncan.

Prudence lui adressa un sourire glacial.

— Cela, sir Gideon, c'est exactement la raison pour laquelle vous allez accepter de nous défendre. Vous aimez vous battre, or plus durs sont les combats, plus glorieuse est la victoire. Nous sommes le dos au mur, si nous perdons, nous perdons aussi notre seule source de revenus. Notre père, lui, perdra ses illusions, et nous aurons failli à notre mère.

Elle écarta les mains en geste d'offrande.

— Pouvez-vous résister à de tels enjeux ?

Il la regarda droit dans les yeux.

— Avez-vous été désignée comme interprète à cause de vos talents d'oratrice, Prudence, ou y a-t-il une autre raison ?

— Nous nous partageons le travail en fonction des circonstances, répondit-elle sèchement avant même de se rendre compte qu'il l'avait appelée par son prénom. Mes sœurs vous auraient volontiers attaqué elles-mêmes, mais elles avaient autre chose à faire.

— Attaqué ?

Il eut un rire sincère.

— Je dois vous dire, Prudence, que vous auriez mieux fait de m'attaquer sans le...

Il eut un geste expressif de la main.

— ... Sans ce sourire pincé et cette horrible robe. Ce n'est guère convaincant, ma chère. Soit vous améliorez votre jeu, soit vous renoncez purement et simplement à ce rôle. Je sais parfaitement que vous êtes une jeune femme élégante et raffinée. Je sais aussi que vous êtes cultivée et que vous avez horreur des imbéciles. Alors, cessez de me traiter comme tel.

Prudence soupira.

— Je n'en avais pas l'intention. Je voulais seulement m'assurer que vous me preniez au sérieux, que vous ne me considériez pas comme une mondaine écervelée.

— Oh, croyez-moi, mademoiselle Duncan, vous n'y parviendrez jamais !

Encore ce sourire déconcertant, et elle n'avait même pas enlevé ses lunettes !

Il fallait qu'elle se jette à l'eau. Cela devait arriver de toute façon, et au moins cela effacerait le sourire de l'avocat.

— Très bien, dit-elle. Vous acceptez de nous défendre ?

7

Il y eut un instant de silence, que brisa l'arrivée des serveurs. Prudence avait l'estomac noué, elle serra les mains sur ses genoux pour les empêcher de trembler. Elle venait de jouer son va-tout. S'il refusait, c'était fini. Elle n'avait plus le moindre argument, plus d'éléments de persuasion.

Les domestiques déposèrent sur la table un plateau de fromages, une coupe de raisin, des noisettes et des figues fraîches, ainsi qu'une carafe de porto, puis ils disparurent.

Gideon lui proposa du porto, qu'elle refusa d'un signe de tête, puis il emplit son verre. Il lui indiqua le plateau de fromages, et, de nouveau, elle refusa. Il prit une tranche de Stilton et une grappe de raisin.

— Alors, reprit-elle, incapable de supporter plus longtemps son silence. Vous nous défendrez ?

— Vous ne lâchez pas facilement, n'est-ce pas ?

— Vous le ferez ?

Gideon ouvrit la bouche pour donner la réponse qu'il avait en tête depuis le début, mais, à sa grande surprise, il s'entendit déclarer :

— Oui.

Prudence crut défaillir de soulagement.

— J'étais persuadée que vous alliez refuser, souffla-t-elle.

— Moi aussi, avoua-t-il. Je n'avais pas l'intention d'accepter.

— Mais vous ne pouvez revenir sur votre décision, à présent, dit-elle vivement. Vous avez dit oui, c'est oui.

— En effet.

Il retourna à son fromage avec un petit haussement d'épaules résigné. Il n'avait rien d'un impulsif. Comme la plupart de ses confrères, il ne se laissait pas guider par ses élans. Mais alors, que lui avait-il pris ? Question intéressante sur laquelle il se pencherait plus tard.

Prudence termina son verre de bordeaux. Sir Gideon ne semblait pas à proprement parler enchanté de sa décision. Cela signifiait-il qu'il traiterait leur cas par-dessus la jambe ? Elle respira un bon coup.

— Si vous n'avez pas beaucoup de temps à consacrer à cette affaire, il vaut peut-être mieux que vous renonciez, finalement.

Il la transperça du regard, la bouche soudain dure.

— Que voulez-vous dire ? s'enquit-il sèchement.

Prudence regrettait d'avoir insisté, mais elle ne pouvait plus faire marche arrière.

— Vous semblez partagé. Et comme nous ne pouvons pas vous payer, j'ai pensé que…

— Que j'accepterais le cas sans y consacrer tout mon talent, la coupa-t-il. C'est bien cela, mademoiselle Duncan ?

Son incrédulité était perceptible dans sa voix.

— Pour quel genre d'avocat me prenez-vous, poursuivit-il durement.

— Un avocat très onéreux, répliqua-t-elle, refusant de se laisser intimider. Je me demandais si vous aviez un barème de rémunération en fonction des efforts et des heures passées. Je ne trouve pas cela contraire à l'éthique. En général, on paie pour le service que l'on obtient.

— Je n'ai jamais, au grand jamais, défendu une cause sans y consacrer tout mon savoir, mon intelligence et mon énergie, déclara-t-il en détachant chaque mot. Et je vous avertis, mademoiselle Duncan : ne mettez jamais en doute ma conscience professionnelle.

Il jeta sa serviette sur la table avant d'agiter vigoureusement la clochette.

Prudence demeura sans voix. Elle était stupéfaite par la violence de sa réaction. Mais elle l'avait, sans le vouloir, blessé dans son orgueil. Elle se promit de ne plus recommencer.

— Allons prendre le café près de la cheminée, suggéra-t-il tandis que les serveurs entraient avec un plateau.

Sa voix avait repris son aimable inflexion. Il contourna la table, aida Prudence à se lever.

Elle prit son sac.

— Voudriez-vous m'excuser une minute ?

— Par ici, madame, dit l'un des valets.

Elle le suivit, et il lui indiqua les toilettes, qui ressemblaient plus à celles d'une demeure privée que d'un restaurant.

Elle s'aspergea les poignets et le visage d'eau fraîche. Elle aurait dû jubiler, mais elle se sentait presque déprimée. La collaboration s'annonçait difficile ! Gideon Malvern n'en ferait qu'à sa tête. En outre, il fallait à tout prix qu'elles trouvent un moyen de le rémunérer. Il y allait de l'orgueil des Duncan, assez colossal, lui aussi. Une idée lui traversa soudain l'esprit, et elle eut un petit sourire. Oui, c'était la solution idéale. Mais l'avocat serait-il de cet avis ?

Elle retourna au salon, prit place sur le sofa et accepta une tasse de café. Puis elle s'éclaircit la voix.

— J'aimerais discuter de vos honoraires, sir Gideon.

— Certainement. Si Barclay perd le procès, tous les frais légaux, les vôtres comme les siens, seront à sa charge. En outre, je demanderai à la cour des dommages et intérêts pour le *Mayfair Lady*, dont la réputation aura été salie par cette accusation sans fondement. Donc, si nous gagnons, mademoiselle Duncan – j'ai bien dit « si » –, mes honoraires seront réglés par lord Barclay, et je réclamerai en plus quatre-vingts pour cent des dommages et intérêts obtenus pour le *Mayfair Lady*.

Prudence absorba l'information sans broncher.

— Je crois que vous êtes divorcé, sir Gideon.

Il tressaillit légèrement.

— Quel rapport ?

— Élever un enfant, surtout une fille, sans l'aide d'une épouse, doit être une tâche difficile.

— Je ne trouve pas, répliqua-t-il, les sourcils froncés. Et je ne vois toujours pas le rapport avec mes conditions. Vous les acceptez, ou pas ?

Elle avala une gorgée de café.

— J'ai une suggestion plus équitable à vous faire, dit-elle.

— Oh ?

À son corps défendant, il était intrigué. Il s'attendait qu'elle soit outrée par ses exigences, pas du tout à cette calme attitude.

— De quoi s'agit-il ?

— D'un marché à l'ancienne, sir Gideon. Un échange de services. Contre vos prestations légales, L'Intermédiaire se chargera de vous trouver une épouse, une belle-mère pour votre fille.

— *Quoi ?*

Il la fixait, abasourdi.

— C'est assez simple. Naturellement, si nous échouons, le partage que vous proposez sera respecté, expliqua-t-elle avec un sourire placide. Et même si nous ne gagnons pas le procès, nous remplirons notre part du contrat. Nous vous trouverons une épouse… Vous avez tout à gagner ! conclut-elle.

— En effet, murmura-t-il, admirant mentalement le mélange d'aplomb et de naïveté dont elle faisait preuve. Mais il se trouve, mademoiselle Duncan, que je ne suis pas sur le marché du mariage.

— Vous ne cherchez sans doute pas activement, mais si l'épouse idéale vous tombait dans les bras, vous n'y seriez pas opposé. Une compagne pour vous, une mère pour votre fille... Il n'est pas aisé pour une enfant de grandir sans les conseils d'une mère.

— Croyez-moi ou non, un divorce m'a suffi, riposta-t-il, les lèvres serrées. Largement suffi. Et une fille unique me satisfait pleinement. Mais qu'en sauriez-vous, mademoiselle Duncan, puisque vous n'avez jamais été mariée ?

Prudence ne s'offusqua pas. Gideon Malvern n'avait pas besoin de savoir que son célibat était dû à son indifférence totale sur le sujet. Elle lui aurait bien demandé qui était responsable du divorce, mais elle ne trouvait pas les mots adéquats. C'était tout de même une question très personnelle...

— Je vois, dit-elle. Chat échaudé craint l'eau froide. Mais un deuxième échec n'est pas obligatoire... Permettez-nous seulement de vous faire des suggestions. En travaillant avec vous, nous apprendrons à mieux vous connaître, et nous aurons une idée plus précise du genre d'épouse qui vous conviendrait.

Gideon n'était pas habitué à porter le coup de grâce et à se voir ignoré. Il considéra Prudence avec un intérêt renouvelé.

— C'est une idée grotesque, lâcha-t-il. Je n'ai pas de temps à consacrer à ces fadaises romantiques !

— Oh, mais je ne parle pas de romantisme, au contraire ! insista-t-elle. Je suggère simplement que nous vous proposions quelques candidates. Si certaines vous intéressent, nous arrangerons une rencontre. Comme je vous le disais, vous avez tout à gagner.

Mlle Prudence Duncan ne renonçait pas facilement ! Et il était intrigué, bien que la proposition ne le tentât absolument pas. Il s'intéressait davantage à son port de tête, à son expression déterminée, à cette impression d'efficacité qui émanait de sa personne. En total désaccord avec son apparence timorée et fade.

Après tout, que risquait-il à accepter son absurde marché ? Il serait peut-être amusant, et utile, de jouer le jeu quelque temps, histoire de voir comment se débrouillaient les sœurs Duncan.

— Je ne vous empêcherai pas d'essayer, dit-il enfin, mais je vous préviens : je suis très difficile. Je pense que je me replierai sur le quatre-vingts pour cent.

— À condition que nous gagnions.

— Je perds rarement.

— Il en est de même pour nous, répliqua-t-elle de son petit ton calme, un peu supérieur. Alors, marché conclu ?

Elle lui tendait la main, et il la serra solennellement.

— Si vous y tenez.

— Vous avez l'impression de me faire plaisir, sir Gideon, mais vous serez surpris, affirma-t-elle avec une feinte confiance.

Il inclina la tête en souriant.

— Pardonnez mon scepticisme. Toutefois, vous avez raison, je ne risque rien.

— Dans ce cas, je pense que cette soirée aura eu une conclusion satisfaisante, déclara-t-elle.

— Sommes-nous obligés de la conclure sur-le-champ ? Je déteste terminer un dîner sur une note professionnelle.

Son regard avait foncé, et Prudence se surprit à regarder sa bouche. Une bouche très sensuelle, nota-t-elle.

— C'était pourtant un dîner professionnel, sir Gideon, lui rappela-t-elle en se levant.

— Portez-vous vos lunettes en permanence ? s'enquit-il à brûle-pourpoint.

— Si je veux voir, oui, rétorqua-t-elle. Et il se trouve que j'attache plus d'importance à ma vue qu'à mon apparence.

— J'en doute, fit-il. J'espère vous voir avec vos vraies couleurs lors de notre prochaine rencontre.

— L'aspect que je choisis de présenter dépend de l'impression que je souhaite donner, lança-t-elle avec raideur. Pourriez-vous demander mon manteau, s'il vous plaît ?

Il sonna, puis se tourna vers elle avec un sourire vaguement interrogateur.

— Y a-t-il un homme dans votre vie, Prudence ?

La question était sans détour, et elle se surprit, à son grand agacement, à y répondre de façon tout aussi directe.

— Non, pas en ce moment.

— Il y en a eu ?

Elle le fusilla du regard.

— Je ne saisis pas en quoi cela vous regarde, sir Gideon. Je suis votre cliente, et ma vie privée n'a rien à voir là-dedans.

— Je voulais simplement savoir si vous profitiez de vos propres services. Ce serait une sorte de recommandation, non ?

Impossible de répondre à cela. Heureusement, un serviteur entrait. Gideon demanda leur vestiaire, et pria qu'on amenât sa voiture devant la porte. Il revint ensuite à Prudence, tout sourire disparu.

— Afin d'éviter les malentendus, je vais être clair. Vos affaires personnelles comme celles de vos sœurs deviennent les miennes. Vous devrez répondre à toutes les questions que je jugerai bon de vous poser.

Prudence était irritée par cette déclaration, ainsi que par la manière calme et confiante dont il l'avait énoncée.

— Que voulez-vous dire ?

— C'est simple. Je suis votre avocat, désormais, et à ce titre, j'aurai certainement des questions d'ordre privé à vous poser, à vous et à vos sœurs. Je dois tout connaître de vous. Je ne veux pas prendre le risque d'avoir des surprises au tribunal.

— Comment pourriez-vous en avoir si personne ne sait qui nous sommes ?

— Je gagne la plupart de mes affaires parce que je ne laisse rien au hasard. Si vos sœurs et vous ne me garantissez pas une totale coopération, je crains que notre accord ne soit nul et non avenu.

Prudence se rembrunit. Elle comprenait son point de vue, mais lui reprochait son ton.

— Vous vous apercevrez peut-être que tel est pris qui croyait prendre, sir Gideon. Afin de vous trouver une épouse, nous serons obligées de vous poser également des questions intimes.

— À cette différence près que je suis beaucoup moins intéressé par la recherche d'une épouse que vous ne l'êtes par la réussite de votre procès. Vos enjeux sont infiniment plus importants que les miens, Prudence, reconnaissez-le.

C'était jeu, set et match, en effet…

— Je pense que nous nous sommes tout dit pour ce soir.

— Sans doute, acquiesça-t-il aimablement en l'aidant à passer son manteau.

Il enfila son pardessus et ses gants, tandis que Prudence nouait son foulard sous son menton.

— La nuit est plutôt fraîche, commenta-t-il d'un ton aimable, comme si l'échange tendu n'avait pas eu lieu. J'ai un plaid dans la voiture.

Il la guida jusqu'à la sortie, une main légère glissée sous son coude.

L'automobile ronflait déjà le long du trottoir. Il fit monter Prudence, lui posa la couverture sur les genoux et prit place derrière le volant.

— Je vous verrai avec vos sœurs à mon cabinet, demain matin à 8 h 30, déclara-t-il en se faufilant habilement dans les rues où se déversait la foule de l'Opéra.

— 8 h 30 ! s'exclama Prudence. Autant dire à l'aube.

— Je dois être au tribunal à 10 heures. Croyez-le ou non, Prudence, mais j'ai d'autres clients pour lesquels je ne travaille pas gratuitement, ni du jour au lendemain… et avec qui je ne passe pas d'étranges marchés, ajouta-t-il avec une pointe d'acidité.

Quel type arrogant ! Il traitait son offre comme s'il s'agissait d'une plaisanterie… et même pas une bonne plaisanterie. Le dos raide, Prudence regardait droit devant elle. Elle mourait d'envie de lui suggérer d'aller se jeter dans la Tamise. Mais, bien sûr, elle perdrait un avocat de talent dans l'opération, ce qu'elle ne pouvait se permettre.

— Lorsque vous viendrez, reprit-il, il vous faudra m'expliquer sur quoi vous allez appuyer vos accusations d'escroquerie. Je ne peux rien faire si je n'ai pas les preuves en main.

— Je ne les aurai pas demain, mais nous avons un fil conducteur. Je vous raconterai tout.

— Je devrai m'en contenter et vous remercier, je suppose, fit-il en se garant le long du trottoir devant le 10, Manchester Square.

Il se tourna vers elle et, avant qu'elle ait pu répondre, il avait pris son visage entre ses mains et capturé ses lèvres.

Elle tenta de s'écarter, mais il la tenait fermement.

Il plaça la main sur sa nuque, dérangeant le foulard, tandis qu'elle s'évertuait sans succès à le repousser. Elle parvint à tourner la tête, et la bouche de Gideon glissa ; il en profita pour lui caresser les lèvres du bout de la langue.

Elle haletait lorsqu'il la lâcha enfin et la regarda en souriant.

Rouge de colère, elle était incapable de prononcer un mot.

— Voilà qui satisfait ma curiosité, observa-t-il d'un ton léger. J'en avais envie depuis que vous êtes entrée comme une tornade dans mon bureau, cet après-midi.

— Comment osez-vous ! s'indigna-t-elle en remettant de l'ordre dans sa coiffure. Sans même me demander mon avis ? Qu'est-ce qui vous autorise à penser que moi j'en avais envie ?

Elle le foudroya du regard et, en dépit de ses verres épais, il voyait presque ses yeux lancer des éclairs. À coup sûr, il les imaginait !

— À quoi pensiez-vous ? enchaîna-t-elle, toujours aussi furieuse. Vous vouliez un paiement pour vos services ?

Avec un rire doux, il l'attira de nouveau contre lui et l'embrassa encore avant de la lâcher brusquement. Elle était hors d'haleine.

— En réalité, dit-il d'un ton grave que démentait son regard amusé, je pensais que cela pourrait vous aider de savoir quel genre de femme me conviendrait éventuellement avant d'entreprendre vos recherches. Et il serait utile pour les futures candidates d'apprendre quel amant je suis. Sans doute en avez-vous une idée plus juste, à présent.

Il sortit, vint lui ouvrir la portière et lui offrit sa main.

Elle ne bougea pas.

— Vous êtes un goujat, sir Gideon, articula-t-elle. Nous n'acceptons pas les clients qui font peu de cas des femmes. Les hommes qui sont persuadés qu'il leur suffit de faire montre de je ne sais quelle absurde autorité pour tourner la tête d'une femme ne m'intéressent pas... je veux dire, ne *nous* intéressent pas, rectifia-t-elle vivement.

Ignorant sa main tendue, elle descendit de voiture.

— Il y a un temps et un lieu pour tout, répondit-il sans ciller. Parfois, la surprise est la clé du succès. Bonne nuit, Prudence.

Il porta la main de la jeune femme à ses lèvres, ce qui la choqua presque autant que son baiser.

— N'oubliez pas, lui rappela-t-il. Demain 8 h 30.

Elle se dégagea d'une secousse et se dirigea vers le porche sans un mot, vexée de l'entendre rire dans son dos.

Il attendit qu'elle fût rentrée pour regagner sa voiture.

Sur le chemin du retour, il se demanda à quoi diable il jouait. Il n'était pas impulsif, bon sang ! Il ne l'avait jamais été. Sans tenir compte de ce que lui soufflait son instinct, il avait accepté de travailler avec cette femme. Et il s'était retrouvé en train de l'embrasser ! Où avait-il la tête ? Il avait la désagréable impression d'avoir perdu ses amarres et de dériver à son corps défendant sur une mer inconnue.

Prudence avait à peine fermé la porte que ses sœurs se ruaient dans l'escalier.

— Constance, qu'est-ce que tu fais là ? s'écria-t-elle, surprise.

— Max a été convoqué pour un vote au Parlement alors que nous finissions de dîner. Il en a sûrement pour une bonne partie de la nuit, alors j'ai décidé de venir aux nouvelles... Tu es un peu ébouriffée, ma chérie, ajouta-t-elle en étudiant sa sœur avec attention.

— Rien d'étonnant ! répliqua Prudence qui se débarrassa de son manteau. Allons dans le boudoir, que je vous raconte.

Ses sœurs la fixaient, l'air effaré.

— Quoi ? Qu'y a-t-il ?

— Cette robe hideuse, fit Constance, où l'as-tu dénichée ?

— Dans la vieille armoire en cèdre. Elle était censée tenir l'avocat à distance, expliqua-t-il avec une pointe d'amertume.

— Et ça n'a pas marché ? s'enquit Chastity. Voilà qui est étonnant, Prudence. Mais peux-tu au moins nous dire s'il a accepté de nous défendre.

— Oui, finalement, il a accepté, répondit sa sœur en ouvrant la porte du petit salon où brûlait un bon feu. Mais je commence à penser que c'est une très mauvaise idée de frayer avec sir Gideon Malvern.

— Tu n'as pas réussi à le manipuler ?

— Non. Je m'en croyais capable, mais ce n'est pas le cas… du moins, pas toute seule.

Constance semblait soucieuse.

— Tout va bien, Prudence ?

— Je pense.

Elle effleura ses lèvres encore un peu frémissantes.

— Aussi bien que possible après une voie de fait.

— *Quoi ?*

— Explique-toi, Prudence ? Qui t'a attaquée ?

— Oh, j'exagère un peu ! soupira Prudence. Ce n'était pas un viol, juste un baiser. Mais je ne m'y attendais pas, et il n'a pas demandé la permission, or je déteste être embrassée de force.

Ses sœurs commençaient à se faire une idée de la scène.

— Le genre dominateur, c'est cela ? fit Constance, méprisante.

— C'est en tout cas ce qu'il aime à croire, répondit Prudence avant de demander abruptement : Tu dors ici ?

— Oui, dans mon ancienne chambre.

Constance récupéra le verre de cognac qu'elle avait abandonné sur la table à l'arrivée de sa sœur.

— Ça n'ennuie pas Max ? Il est un peu tôt pour déserter le lit conjugal, non ?

Prudence jeta son foulard et son manteau sur le sofa.

Constance savait qu'il ne fallait pas la brusquer mais la laisser raconter à son rythme, aussi riposta-t-elle d'un ton léger :

— À vrai dire, je ne lui ai pas vraiment demandé son avis. Je lui ai juste laissé un mot. Il ne rentrera pas avant l'aube, j'imagine, donc cela ne le gênera pas.

— Cela tombe bien que tu sois là, observa Prudence qui rectifiait le désordre de sa coiffure devant le miroir de la cheminée. Parce que nous devons être au cabinet de sir Malvern à 8 h 30.

Son ton hostile n'échappa pas à ses sœurs qui échangèrent un rapide coup d'œil.

— Donc, il a accepté notre affaire ? insista Chastity tout en se demandant comment procéder pour que Prudence leur parle du baiser importun.

Elle était visiblement bouleversée, et il fallait crever l'abcès.

— Oui, dit-elle en se massant les tempes. J'ai trop bu, ajouta-t-elle.

— Où avez-vous dîné ?

— Dans un club privé, à Covent Garden. Pour des raisons de discrétion. Au fait, Constance, tu te trompais ! Sa fille vit avec lui, pas avec sa mère.

— Oh... Il en a obtenu la garde. Et je suppose qu'il les empêche de se voir.

Prudence secoua la tête.

— J'aimerais être de ton avis, mais il est inutile que tu te lances dans une diatribe féministe à ce sujet. J'ignore pourquoi il a divorcé, néanmoins il me semble être un très bon père. Il envoie sa fille au North London Collegiate, et il lui permet de lire le *Mayfair Lady* avec sa gouvernante, laquelle gouvernante est une adepte du vote des femmes.

Constance haussa les sourcils.

— Eh bien, voilà qui est original ! Mais revenons à nos moutons. Comment allons-nous le payer ?

— Il suggère de prendre quatre-vingts pour cent des dommages et intérêts que percevra le *Mayfair Lady* si Barclay est débouté. Et c'est Barclay qui réglera les frais de procédure... À condition que nous gagnions, naturellement.

— Cela semble fort raisonnable, commenta Chastity.

— Quatre-vingts pour lui, Chastity, et seulement vingt pour nous...

— Nous n'avons pas le choix, se résigna Constance.

— J'ai suggéré un autre arrangement, reprit Prudence qui leur expliqua son projet.

— C'est une brillante idée, Prudence ! s'écria Chastity. Quel genre de personne lui conviendrait ?

Prudence eut un rire bref.

— Mieux vaudrait dire : à quelle femme pourrait-il convenir ? Tu ne vas pas l'apprécier, je te préviens. Il est arrogant, prétentieux, autoritaire, brutal...

— Et il a pour habitude d'embrasser les femmes non consentantes, conclut Constance.

— Il ne t'a pas fait de mal, au moins, Prudence ? s'inquiéta Chastity.

— C'est mon orgueil qui a souffert. J'ai horreur d'être bousculée. J'aurais dû le gifler, mais j'ai été tellement surprise que je suis restée bouche bée, comme un poisson pris à l'hameçon.

— Il est vraiment si terrible ? insista Chastity. Est-il attirant, au moins ? Ou intéressant ?

Prudence fronça les sourcils.

— Ne le prends pas mal, Constance, mais il me rappelle Max au début. Tu trouvais que c'était le plus arrogant, le plus insupportable des individus.

— Je le pense encore parfois, répliqua sa sœur. Mais ses qualités surpassent ses défauts ! Et puis, ajouta-t-elle honnêtement, je ne suis pas précisément un ange. Il m'arrive d'être absolument odieuse... Donc, nous sommes bien assortis.

Elle ne put s'empêcher de rire.

— Ce Gideon doit tout de même avoir quelques bons côtés, lui aussi, reprit-elle.

— Je n'en ai pas encore découvert, déclara Prudence. Je le trouve détestable, mais c'est certainement un brillant avocat, et c'est tout ce qui nous intéresse. Il faudra simplement que je ne montre pas trop mon antipathie.

Chastity observait sa sœur d'un air songeur. N'en rajoutait-elle pas un peu ?

— Pense-t-il que nous avons une chance de gagner ?

— Il a d'abord prétendu que non. Parce que nous refusons de témoigner.

Il y eut un bref silence.

— C'est difficile, je le conçois, admit enfin Constance. Y a-t-il un moyen de contourner le problème ?

— Il doit avoir une idée, sinon il ne perdrait pas son temps avec nous, fit remarquer Chastity.

— Tu as dit « d'abord », releva Constance. Qu'est-ce qui l'a fait changer d'avis, selon toi ?

— Honnêtement, je ne sais pas. Mon entêtement, peut-être. Je l'ai eu à l'usure. Enfin, peu importe, il a cédé, et nous avons ce que nous voulions.

Elle se demandait pourquoi il n'avait pas pris ombrage de sa réaction après le baiser. Visiblement, il avait trouvé cela plutôt drôle. Quel monstre !

Elle appuya la tête contre le dossier du sofa en étouffant un bâillement.

— Je suis éreintée, et il faut que nous soyons en pleine forme demain matin, leur rappela-t-elle en se levant. Je vous préviens, il faudra faire appel à toute notre intelligence. Il m'a déjà avertie qu'il nous poserait des questions très personnelles.

— Tu ne lui as pas dit que nous avions tendance à mordre lorsqu'on marchait sur nos plates-bandes, je suppose ? demanda Constance en se levant à son tour.

— Il le découvrira bien assez tôt ! répliqua Prudence dans un sourire. Petit-déjeuner à 7 heures ? Je vais laisser un mot à Jenkins.

Elle griffonna un message qu'elle déposa près des verres sales, certaine que le majordome le trouverait le lendemain matin.

— Nous voilà une fois de plus sur la brèche, conclut Constance tandis qu'elles regagnaient leurs chambres respectives.

8

Constance se réveilla quelques heures plus tard dans la lumière grise de l'aube. Elle ne sut ce qui l'avait dérangée dans son sommeil qu'en entendant la porte se fermer doucement. Elle sourit, repoussa ses cheveux et se redressa.

— Bonjour, Max. Comment se fait-il que vous ne soyez pas dans votre lit ?

— C'est exactement la question que j'allais vous poser, répondit son mari en posant un plateau sur la table de chevet. Je suis rentré à la maison pour trouver un lit glacial et un petit mot de ma femme qui m'annonçait qu'elle retournait dans le giron familial.

— Seulement pour une nuit, précisa Constance. Je pensais que cela ne vous ennuierait pas, puisque vous deviez travailler une grande partie de la nuit.

— Eh bien, il se trouve que ça m'a ennuyé !

Il servit deux tasses de thé et vint s'asseoir au bord du lit.

— Allons, vous exagérez ! fit-elle. C'est vous qui avez préparé le thé ?

— C'est Jenkins. Il m'a dit que vous vouliez le petit-déjeuner à l'aube, alors j'ai décidé de vous réveiller moi-même.

— C'est charmant de votre part, mais j'aurais aimé avoir mon baiser du matin avant le thé.

— Il faut nous concentrer sur Gideon Malvern, poursuivit-elle. Tu as apporté une robe de jour, Constance ? Ou veux-tu que nous te prêtions une tenue adaptée ?

— J'ai une jupe et une veste, répondit Constance en rejetant la couverture. Pas aussi élégante que si j'avais su que je ne rentrais pas directement chez moi ce matin, mais ça ira. En revanche, je n'ai pas de chapeau. Est-il à cheval sur les principes ?

Prudence eut un petit rire.

— Pas en ce qui concerne les libertés qu'il s'autorise !

— Il ne va tout de même pas recommencer en notre présence ! s'exclama Constance.

— Il ne recommencera plus jamais, riposta Prudence. Je vais cacher une épingle à chapeau dans ma manche. Viens, Chastity. Nous nous retrouvons en bas dans une demi-heure, Constance.

Une fois dans sa chambre, Prudence examina sa garde-robe. Il était temps d'abandonner la tenue de vieille fille, cependant, elle devait éviter toute marque excessive de frivolité. Il lui fallait une toilette qui dise… qui dise quoi ? Elle se mordilla les lèvres en passant en revue les soies, les tweeds, les lainages, les velours. Coton ou mousseline étaient trop légers pour une fraîche matinée d'automne. Quelle image voulait-elle offrir à Gideon, au juste ?

Professionnelle. Rien de trop habillé qui laisserait croire qu'elle avait fait un effort particulier… mais rien de trop modeste non plus. Une tenue convenable pour un rendez-vous banal, avec un petit quelque chose en plus. Bien qu'elle répugnât à se l'avouer, elle avait souffert de son atroce déguisement, la veille.

Prudence avait un sens infaillible de l'élégance. Elle savait toujours ce qui convenait le mieux à telle ou telle occasion, et ses sœurs s'en remettaient volontiers à son jugement.

Elle sélectionna un tailleur noir fort élégant, qui avait appartenu à sa mère et avait subi depuis un certain nombre de transformations. Lady Duncan, se souvint-elle, le portait lorsqu'elle était d'humeur rebelle. Ce qui était exactement son actuel état d'esprit.

Elle posa le tailleur sur son lit, ainsi qu'une sévère blouse de soie blanche boutonnée haut et recula afin de juger de l'effet. Non. Sinistre. Elle revint à son armoire.

Le chemisier de soie rouge sombre avec une cravate nouée était parfait. Il égayait le sobre tailleur tout en lui conférant une classe irréprochable, et la couleur s'harmonisait avec celle de ses cheveux. Donc, pas de chapeau. À coup sûr, pas de chapeau.

Ses sœurs étaient déjà dans la salle à manger quand elle descendit.

— Bravo, Prudence ! applaudit Chastity.

— Parfait, renchérit Constance qui se beurrait un toast. Pas de chapeau ?

— Le chignon à la Pompadour suffira, déclara Prudence en effleurant sa coiffure élaborée.

— Impeccable ! Chastity et moi nous sommes habillées de façon à nous fondre dans le décor, tandis que tu occuperas le devant de la scène.

Constance portait une jupe à rayures grises et blanches ornée d'une large ceinture qui soulignait sa taille fine, une jaquette cintrée et des bottines à boutons. Chastity avait choisi une robe vert sombre, un boléro à manches longues serrées aux poignets. Il était impossible que l'une ou l'autre se fonde dans le décor, même si leurs toilettes, comme celle de Prudence, avaient été plusieurs fois retouchées !

— Je pensais que tu avais abandonné ta garde-robe d'avant Max, s'étonna Prudence en décapitant un œuf à la coque.

— Je trouverais déplacé de jeter des vêtements qui sont encore portables, dit Constance d'un ton grave.

— Tu pourrais les donner à des œuvres, suggéra Chastity.

— Je n'ai pas encore eu l'occasion de les trier. En outre, cette tenue était l'une des préférées de mère. À présent, Prudence, prépare-nous un peu à ce qui nous attend. Il faut que nous soyons en parfaite harmonie pour l'attaque... ou la défense, je ne sais pas.

— Sans doute les deux, répondit Prudence.

Gideon était arrivé à son cabinet peu après 6 heures du matin. Le concierge avait allumé du feu dans les deux bureaux, mais le charbon ne prenait pas vite. Thadeus n'était pas là, aussi mit-il de l'eau à chauffer afin de se faire un café bien fort qui compenserait son manque de sommeil.

Il prit ensuite quelques livres sur les étagères et s'installa à sa table de travail, sans quitter son écharpe et ses gants, car les vieux murs emmagasinaient le froid de la nuit.

Il cherchait des cas de diffamation où les défendeurs étaient anonymes.

Lorsque Thadeus arriva, une heure plus tard, il n'en avait trouvé aucun.

Le secrétaire lui proposa des toasts et de la confiture.

— Volontiers, merci, marmonna-t-il en ouvrant un nouveau volume.

— Des problèmes, sir Gideon ? hasarda Thadeus depuis le seuil.

— Des clients anonymes.

— Il y a eu un cas, monsieur, en 1762, je crois, où les accusés étaient séparés de la cour par un rideau.

Thadeus disparut pour revenir peu après avec les toasts beurrés.

— Encore un peu de café, sir Gideon ?

— Oui... Et ce cas que vous évoquiez, Thadeus.

— Tout de suite, monsieur.

Une minute plus tard, l'employé lui tendait le volume en question, ouvert à la bonne page. D'un doigt taché de nicotine, il désigna le passage intéressant.

— Vous êtes précieux, Thadeus ! déclara Gideon sans lever les yeux.

— Merci, monsieur. Je ferai entrer les dames dès leur arrivée.

— Bien... Oh, et trouvez-moi deux autres sièges, s'il vous plaît !

— C'est fait, monsieur. Le clerc de sir Thomas Wellbeck nous a prêté deux chaises.

— Une fois de plus, vous êtes précieux, Thadeus, répéta Gideon dans un sourire.

— À votre service, sir Gideon, déclara le secrétaire, ravi.

Sans cesser de lire, Gideon termina ses toasts, s'essuya les mains et avala son café. Il avait le début d'une stratégie en tête, lorsqu'il entendit la porte s'ouvrir, à 8 h 30 précises. Il se leva afin d'accueillir ses clientes.

Il leur offrit un regard neutre et courtois qui ne trahissait en rien sa curiosité à l'idée de rencontrer les autres sœurs. Il ne fut pas déçu devant ces trois époustouflantes jeunes femmes.

Prudence, enfin elle-même de toute évidence, avait encore plus de présence qu'il ne s'y attendait. Sa coiffure mettait en valeur les riches reflets de sa chevelure, rehaussée par la blouse rouge. Elle avait troqué ses grosses lunettes à monture d'écaille pour de plus légères, cerclées d'or, qui ne masquaient en rien l'éclat de ses yeux verts. Elle était absolument magnifique !

Les sœurs Duncan formaient un trio vraiment impressionnant ! Malgré leurs différences, elles semblaient partager la même vivacité, la même énergie, la même intelligence aiguë qui transparaissaient dans les colonnes du *Mayfair Lady*. L'avocat en lui nota avec plaisir quels excellents témoins elles feraient. Sauf, évidemment, si elles s'obstinaient à refuser de paraître à la barre.

Mais il réglerait ce problème plus tard. Pour l'instant, il était soumis aux regards attentifs et critiques des deux sœurs qu'il ne connaissait pas, et il ne pouvait s'empêcher de se demander ce que Prudence leur avait raconté au sujet du dîner de la veille. Cette dernière affichait une expression indéchiffrable.

— Bonjour, sir Gideon, fit-elle. Permettez-moi de vous présenter mes sœurs.

— Laissez-moi deviner, dit-il en tendant la main à Constance. Je suis ravi de vous rencontrer, madame Ensor.

Constance lui serra la main.

— Je ne vous demanderai pas comment vous avez deviné.

Il sourit à peine avant de se tourner vers Chastity.

— Mademoiselle Chastity Duncan.

— C'est moi, dit-elle en lui offrant une poignée de main aussi franche que celle de son aînée. Ai-je l'air d'avoir deux ans de moins que Constance ?

— Je préférerais ne pas m'aventurer sur ce terrain, répondit-il. Asseyez-vous, je vous en prie.

Elles s'installèrent en demi-cercle face à lui. Elles avaient toutes trois les yeux verts, remarqua-t-il machinalement. Ceux de Prudence étaient plus clairs que ceux de sa sœur aînée, et ceux de Chastity avaient un peu de noisette. Leurs cheveux aussi offraient une gamme de roux différents.

Dieu ! Quel spectacle, au banc des témoins !

Il se racla la gorge.

— J'ai cru comprendre que vous étiez la responsable de l'article offensant, madame Ensor.

— L'article en question, rectifia-t-elle. Je ne l'ai jamais considéré, je ne le considère pas comme offensant.

— Il a cependant offensé lord Barclay.

— Certaines personnes ne supportent pas la vérité.

— Incroyable ! railla-t-il. Un homme s'offusquerait d'être traité publiquement de violeur, de suborneur de jeunes filles, de tricheur, de voleur, d'escroc ?... Quelle susceptibilité !

Les trois jeunes femmes soutinrent son regard ironique sans un battement de cils.

— Je croyais que nous avions réglé cette question hier soir, intervint Prudence. Nous nous sommes également mis d'accord : aucune de nous n'est responsable en particulier de cette poursuite en diffamation. Nous sommes partie prenante au même titre. C'est le *Mayfair Lady* qui est en cause, or cette publication est l'œuvre des trois sœurs Duncan.

— Vous ne me facilitez pas la tâche.

— Nous ne cherchons pas à la compliquer à plaisir, rétorqua Prudence. Ce que nous pensons de lord Barclay est clairement exprimé dans cet article. Si nous n'avions pas été persuadées que ces accusations étaient fondées, jamais nous ne les aurions publiées.

Elle jeta un coup d'œil à ses sœurs qui semblaient décidées à lui laisser mener le jeu. Elle vit aussi que, en dépit de leur calme apparent, elles étaient conscientes des côtés autoritaires et brutaux de l'avocat.

Celui-ci baissa les yeux sur le journal.

— Il est clair en effet que vous défendez vigoureusement la condition féminine. Je suppose que vous êtes aussi pour le droit de vote des femmes.

— Qu'est-ce que nos opinions politiques ont à voir avec le sujet ? riposta Prudence.

— Un jury pourrait les trouver antipathiques.

— Or nous avons besoin de la sympathie du jury, ajouta Constance.

— Très franchement, je pense que ce sera difficile à obtenir.

Chastity se pencha en avant.

— Sir Gideon, seriez-vous à ce point désespéré que les éventuels quatre-vingts pour cent de dommages et intérêts vous suffisent pour accepter de défendre une cause à laquelle vous ne croyez pas ?

Chastity s'énervait rarement, mais quand cela lui arrivait, elle était pire que ses deux sœurs réunies. Celles-ci échangèrent un bref regard.

Les narines de sir Gideon palpitèrent.

— Je croyais que votre… agence matrimoniale devait me trouver une épouse en échange de mes services, répliqua-t-il avec une note de dédain dans la voix.

— Dans ce cas, vous devriez peut-être vous montrer plus aimable. Nous ne réussissons pas de miracles, déclara Prudence.

— Moi non plus, mademoiselle Duncan.

Il s'empara négligemment d'un étui à cigarette en argent et l'ouvrit. Puis il hésita. Certaines femmes fumaient, certes, seulement en privé. En règle générale, jamais il ne lui serait venu à l'esprit d'offrir une cigarette à une jeune femme, mais avec ces trois-là… Il se pencha et le tendit à Prudence.

— Non, merci. C'est un moyen de choquer le monde dont nous nous dispensons, ajouta-t-elle, glaciale.

— Dans ce cas, j'espère que la fumée ne vous dérange pas. Cela m'aide à réfléchir.

Il alluma une cigarette et fuma en silence pendant quelques minutes, fixant un point au-dessus de la tête de ses clientes.

— J'ai le sentiment que nous perdons notre temps, dit enfin Prudence.

Il lui intima le silence d'un geste qui les hérissa toutes les trois, et termina sa cigarette dont il jeta le mégot dans le feu.

— Votre publication cultive la provocation, même quand elle n'attaque pas une personne en particulier. Je voulais simplement préciser qu'un jury exclusivement masculin, composé de douze vrais mâles, ne sera pas porté à condamner l'un des leurs en faveur d'un groupe de femmes subversives.

— Tous les membres du jury ne seront pas forcément de la classe sociale de lord Barclay, objecta Prudence. Ils pourraient témoigner de la compassion pour les jeunes femmes dont Barclay a gâché la vie.

— Oui, renchérit Chastity. Certains pourraient même être ravis, pour quelque raison – jalousie, rancune personnelle –, de voir un individu comme Barclay recevoir enfin le châtiment qu'il mérite.

— Motifs assez bas, mais à considérer, reconnut sir Gideon. Néanmoins, je ne peux pas organiser une défense sans base solide. Donc, Prudence, c'est le moment de me fournir ce que vous avez pour appuyer ces accusations de vol et d'escroquerie.

Elle prit une profonde inspiration.

— Pour l'instant, nous ne disposons pas de preuves formelles, mais nous soupçonnons Barclay d'avoir embarqué notre père dans un projet frauduleux qui lui a fait perdre toute sa fortune.

— Et Prudence est persuadée qu'elle en trouvera la trace dans les papiers de notre père, conclut Constance.

Gideon fronça les sourcils.

— Cela sent la vengeance familiale ; le jury n'aimera pas.

— Puisque personne ne connaîtra notre identité, on ne pourra pas faire le rapprochement, fit remarquer Prudence.

Gideon secoua la tête et se pencha en avant.

— Écoutez-moi bien. Croyez-vous une seconde que les avocats de Barclay vous permettront de rester anonymes ? Ils vont retourner ciel et terre pour découvrir qui vous êtes. Ensuite, ils vous écraseront.

— Inutile de prendre ce ton condescendant, lança sèchement Prudence. Nous ne sommes pas inconscientes !

— Pardonnez-moi, mais je crois que si.

Il se renfonça dans son siège, puis il lança un regard noir à Prudence.

— Avez-vous une raison personnelle de vous venger de lord Barclay, madame ? Peut-être vous a-t-il fait des avances déplacées ?

— Non ! se récria Prudence, choquée. Non, absolument pas !

— Vous demanderez au jury de croire que cette croisade contre un membre respecté de notre société n'est motivée que par le respect du bien public ? s'exclama-t-il, sardonique.

— Non… Je veux dire, si, répliqua Prudence qui s'empourprait. Il n'y a rien de personnel là-dedans. Lord Barclay a ruiné la vie de…

Il l'interrompit d'un geste.

— Nous n'avons pas besoin d'entendre une fois de plus vos accusations outrageantes, madame. Le jury retiendra qu'il s'agit d'accusations venant de quelques servantes, des jeunes filles aisément manipulées et sans doute prêtes à obtenir des faveurs de leur patron en échange des leurs. C'est une situation assez banale.

Prudence bondit sur ses pieds une seconde avant ses sœurs.

— Comment osez-vous ? Vous n'êtes qu'un monstre sans cœur, monsieur, et nous n'en écouterons pas davantage !

Elle tourna les talons, mais, plus rapide, il lui saisit le poignet

— Rasseyez-vous, Prudence. Je veux que vous me répondiez ! insista-t-il, impérieux, tandis qu'elle tentait de se dégager. Asseyez-vous, toutes les trois.

— Tu te trompais, Prudence, déclara Chastity. Il est nettement pire que Max.

Gideon fut un instant déconcerté par cette remarque qui lui parut hors de propos. Il desserra son étreinte, et Prudence en profita pour se dégager en se frottant ostensiblement le poignet.

— Je suis désolé, s'excusa-t-il. Je vous ai fait mal ?

Elle ne daigna pas répondre tout de suite.

— Je croyais vous avoir fait clairement comprendre, hier soir, que je détestais être touchée sans mon consentement, lâcha-t-elle enfin d'un ton froid. Si vous êtes incapable de vous dominer, sir Gideon, nous n'avons plus rien à nous dire.

Il semblait si stupéfait qu'elle faillit éclater de rire. Elle était parvenue à le déstabiliser, à le mettre en position d'infériorité.

— Pardonnez-moi, reprit-il d'un ton plus modéré. J'essayais seulement de vous démontrer quelque chose. À présent, asseyez-vous, je vous en prie.

Elles obtempérèrent, et Prudence, dont la colère s'était calmée, observa :

— Je suppose que vous vouliez nous offrir un avant-goût de ce qui pourrait se passer avec un jury hostile.

— En effet.

— Mais nous vous avons déjà expliqué que nous ne pouvions en aucun cas témoigner à visage découvert, rétorqua-t-elle, agacée. Nous tournons en rond, sir Gideon.

— Pas tout à fait. Je crois apercevoir une brèche pour sortir du cercle. Vous possédez sûrement une voilette épaisse, qui dissimule totalement votre visage.

— Sans doute. Cela suffirait, à votre avis ?

— Il faudra aussi modifier ta voix, intervint Constance. Mais nous y travaillerons ensemble.

— Et si Constance et moi portons aussi un voile, nous pourrons assister aux débats, renchérit Chastity. Ce sera au moins un réconfort moral.

— Pourquoi moi ? demanda soudain Prudence.

Comme personne ne répondait, elle haussa les épaules, résignée. Elle jouait le rôle principal depuis le début, il était logique qu'elle continue.

— C'est risqué, dit-elle néanmoins.

— Dans cette affaire, tout est risqué, Prudence, déclara sir Gideon.

— Vous voilà de nouveau condescendant ! s'indigna-t-elle. Cessez de nous répéter ce que nous savons déjà.

Gideon Malvern était l'un des avocats les plus éminents du barreau, et il n'avait absolument pas l'habitude d'entendre critiquer ses manières. Surtout par des clients sans le sou ! Il résista pourtant à l'envie de remettre la jeune femme à sa place. Il était convaincu que son attaque contre l'une des trois sœurs susciterait la colère des deux autres, et il n'était pas certain de sortir vivant de la confrontation. Une à la fois… et encore ! Les trois en même temps, sûrement pas.

Il préféra ignorer la réflexion de Prudence.

— Alors, comment répondriez-vous à ma question devant un tribunal, Prudence ?

— Si je me souviens bien, il ne s'agissait pas d'une question mais d'une répugnante assertion destinée à séduire un jury masculin.

— Et à vous déstabiliser.

— C'est réussi !

— Alors, allez-y, répondez-moi.

— Je dirais probablement que...

— Non, une réponse spontanée, coupa-t-il.

— Nous avons rassemblé assez de preuves grâce aux jeunes femmes qui ont été violées et abandonnées par lord Barclay et aux personnes qui les ont recueillies pour qu'il n'existe aucun doute. D'ailleurs, la presse a repris...

— La presse à scandale, madame. La *Pall Mall Gazette*, qui se spécialise dans le sensationnel. Est-ce paru dans le *Times*, le *Telegraph*, le *Morning Post* ? Non. Les gens respectables n'accordent aucun crédit aux journaux de ce genre. Si c'est là votre seule preuve, madame *Mayfair Lady*, je ne vois pas comment le jury pourrait se prononcer en votre faveur.

— Superbe, s'écria Constance. Madame *Mayfair Lady*...

— Quel génial pseudonyme ! renchérit Chastity.

— Attendez, Gideon, êtes-vous en train de dire que, en dépit de toutes nos preuves, nous sommes en terrain peu sûr ? demanda Prudence.

— Les avocats de Barclay essaieront de discréditer vos preuves. Je tenais à vous montrer à quel point vous étiez en équilibre précaire, malgré les bases assez solides de vos accusations. Et vous n'avez pas...

— Nous aurons tout ce dont vous avez besoin, l'interrompit Prudence.

— Oui, vous me l'avez dit. Je réserve cependant mon jugement jusqu'à ce que j'aie les documents entre les mains.

La bouche pincée, Prudence fixa le plafond. À cet instant, Gideon la regarda, et de fines rides se creusèrent au coin de ses yeux. Il avait marqué un point, apparemment, et il en était enchanté, un peu comme un enfant, ce qui le surprit lui-même.

— Falstaff, Harley et Greenwold sont d'excellents avoués, surtout en matière de diffamation, poursuivit-il. Et ils ont engagé Samuel Richardson, conseiller de la couronne, pour défendre la cause. Ils travaillent toujours ensemble.

— Il est bon ?

— C'est le meilleur, Prudence.

— Je croyais que *vous* étiez le meilleur.

— Dans certains domaines, sans doute, mais Richardson a davantage d'expérience que moi en la matière.

— Par conséquent ce cas vous apportera une expérience supplémentaire, déclara Prudence. Raison de plus pour que vous l'acceptiez.

— Raison parmi d'autres, répondit-il sans ciller. Donc, mesdames, nous nous lançons dans la bagarre. Je vais rédiger une lettre et la faire parvenir aux avoués cet après-midi. Puis nous attendrons la date du procès. C'est-à-dire que je m'occuperai de mes autres clients pendant que vous rassemblerez les preuves qui me permettront de vous défendre efficacement.

Il se leva.

— Si vous voulez bien m'excuser, je dois être au tribunal à 10 heures.

C'était une façon ferme mais courtoise de les congédier. Prudence rassembla son sac et ses gants, imitée par ses sœurs. Dans le bureau voisin, sir Gideon revêtait déjà la robe noire et la perruque blanche.

— Je déjeune avec sir Donald à la pause de midi. Je serai de retour dans l'après-midi, Thadeus, dit-il à son secrétaire.

— Je travaillerai sur le dossier Carter ce matin, répondit ce dernier en lui tendant une liasse de documents. Les déclarations des témoins sont toutes là.

Gideon acquiesça.

— S'il manque un élément, j'enverrai un coursier… Permettez-moi de descendre avec vous, ajouta-t-il à l'intention des trois sœurs.

Il les suivit dans l'escalier.

— Vous nous tiendrez au courant ? demanda Prudence quand ils se retrouvèrent dans la rue.

— Au jour le jour, répondit-il en retenant sa perruque qu'une rafale de vent menaçait d'emporter. Nous aurons beaucoup à faire pour vous préparer à la barre, alors soyez assurée que vous aurez très bientôt de mes nouvelles.

Sur un signe de tête, il s'éloigna en direction du palais de justice.

— Ça, c'était pour toi seulement, Prudence, observa Constance dès qu'il eut disparu. Malgré son arrogance, notre ami l'avocat n'est pas aussi hostile qu'il le paraît. Je dirais même que tu l'intéresses sérieusement, Prudence.

— Il a une étrange façon de le montrer, répliqua sa sœur d'un ton maussade.

— Je suis d'accord avec Constance, dit Chastity. Même après ta sortie… Je suis étonnée qu'il s'en soit remis aussi vite.

— Ce type a une peau de rhinocéros. Mais s'il ose me toucher de nouveau, pour quelque raison que ce soit, je le pique avec mon épingle à chapeau.

— À ta place, je ferais attention de ne pas être piquée en retour, fit Constance en riant. Je ne le pousserais par trop loin !

— En effet, acquiesça Chastity, il a quelque chose de dangereux… Évidemment, ajouta-t-elle avec un regard en coin à Prudence, certaines femmes peuvent trouver cela séduisant. Des femmes qui aiment jouer avec le feu.

Prudence fut irritée par la désinvolture de sa sœur. Elle ne voyait rien d'amusant là-dedans ! D'ordinaire, elle ne se formalisait pas d'être l'objet de taquineries de la part de ses sœurs, mais elle n'avait aucune envie qu'on la taquine au sujet de Gideon Malvern.

Elle ne répondit pas, et Chastity continua gaiement :

— Franchement, Constance, il est bien pis que Max !

— Oh, ce sont tous les mêmes, ces hommes qui réussissent ! Tellement sûrs d'eux, prêts à écraser toute opposition... Mais à dire vrai, je préfère cette sorte d'arrogance à celle des aristocrates qui n'ont d'autre mérite que d'avoir hérité. Pas vous ?

Elle se tourna vers Prudence, toujours silencieuse.

— Quelque chose ne va pas, Prudence ?

— Non, rien du tout. Et tu as certainement raison. Je crois entendre mère parler.

Chastity la scruta, étonnée par la légère hésitation qu'elle avait perçue dans sa voix. Prudence lui sourit.

— Il est presque 10 heures. *Fortnum* ouvre dans une demi-heure. Allons planifier notre enquête autour d'un café et de pâtisseries.

Chastity trouvait sa sœur un peu bizarre, mais le moment était mal choisi pour l'interroger.

— Bonne idée ! acquiesça-t-elle. Je meurs d'envie d'une tranche de gâteau Battenburg.

— Et cet après-midi, nous dresserons la liste des candidates au mariage à proposer à sir Gideon, suggéra Constance. Ou, du moins, nous déciderons quel genre de femme est susceptible de lui plaire. Maintenant que nous l'avons rencontré, c'est plus facile.

Elle héla un fiacre, et ajouta en y montant :

— Il vaudrait mieux que vous veniez chez moi, cet après-midi. Je vais sans doute devoir rester cloîtrée à la maison en attendant les visites traditionnelles à la jeune mariée.

9

— Déjà beaucoup de visites, Constance ? s'enquit Chastity tandis qu'elles pénétraient dans le salon de leur sœur.

— Quelle pièce agréable ! s'exclama Prudence. J'adore ce papier peint chinois.

— Lady Bainbridge n'a guère apprécié, dit Constance. Elle était ici il y a une demi-heure. Elle traite avec dédain cet engouement pour ce qu'elle appelle l'« ultramoderne ».

Elle tapota un coussin de soie brodé de paons colorés.

— Elle m'a examinée avec attention, poursuivit-elle. Surtout mon tour de taille.

— Il serait un peu tôt pour que cela se voie, même si vous y songiez, fit remarquer Prudence. Qui d'autre as-tu vu ?

— Letitia... Oh, et tante Agnès, qui a adoré le thème oriental !

— Voilà qui ne m'étonne pas, fit Chastity. Tante Agnès ne critique jamais personne.

Elle aimait beaucoup la sœur de leur père, qui était aussi leur tante préférée.

— Je vais sonner pour le thé, puis nous dresserons une liste.

Constance tira le cordon près de la cheminée.

— Je me suis creusé la tête pour essayer de trouver des jeunes femmes qui conviendraient à notre avocat.

Une domestique parut sur le seuil.

— Pourriez-vous nous apporter du thé, Brenda ? Merci.

— Quel genre de personne lui plairait ? demanda Chastity en se calant dans l'angle d'un sofa.

— Je n'en ai pas la moindre idée, répondit Prudence qui se laissa tomber dans un profond fauteuil.

— Bravo ! railla Constance. C'est toi qui as eu cette idée, pourtant.

— Je sais, soupira Prudence. Sur le moment, ça m'a paru judicieux. Mais depuis je me suis rendu compte que je ne souhaiterais pas un pareil mari à ma pire ennemie.

— N'exagère pas, fit Constance qui débarrassa une table de marqueterie pour permettre à la servante de poser le plateau de thé.

Prudence eut un sourire crispé, puis se pencha pour prendre un sandwich au concombre.

— Bon, qui commence ?

Constance était assise dans le sofa en face de Chastity.

Celle-ci répondit par une autre question.

— Avez-vous songé qu'il allait être difficile de dénicher une femme qui accepte d'épouser un divorcé ?

— Il est riche et renommé dans sa profession, répliqua Prudence. En outre, il est de bonne famille et n'a rien de rebutant physiquement.

— C'est le moins qu'on puisse dire, rectifia Constance en riant. Je le trouve plutôt distingué.

— Il a de beaux yeux, concéda Prudence. Et de beaux cheveux.

— Ainsi qu'une belle voix, gloussa Chastity.

— Le divorce constitue moins un handicap pour un homme que pour une femme, observa Constance avec une pointe d'acidité.

— En effet.

— Mais nous ignorons qui avait les torts, souligna Prudence.

— Même si c'était sa femme, je suis certaine qu'il s'est comporté convenablement, déclara Chastity.

— En l'autorisant à divorcer ? fit Prudence d'un air renfrogné. Je serais d'accord pour la plupart des hommes, mais, pour autant que je sache, sir Gideon ne respecte pas toujours les règles du jeu.

— Il n'a fait que t'embrasser, lui rappela Chastity.

— Sans ma permission ! Ça te plairait, à toi ?

Sa sœur haussa les épaules.

— Cela m'arrive souvent. Je me contente de leur tapoter la joue en leur expliquant que cela ne m'intéresse pas.

Prudence lui lança un regard agacé.

— Mais je ne suis pas toi, Chastity. Je ne flirte pas, pour oublier aussitôt. Je m'attends qu'un homme me laisse tranquille tant que je ne l'ai pas invité à s'approcher de moi.

— Tout cela ne nous mène nulle part, intervint Constance. Envisageons les qualités que sir Gideon souhaiterait trouver chez une deuxième épouse.

— La fidélité, dit Prudence spontanément.

— Cela va de soi.

— Le genre soumis, ajouta Prudence. Une femme qui ne s'offusque pas d'être prise sans son consentement.

— Tu ne nous aides pas, Prudence ! lui reprocha Constance.

— D'accord. Puisqu'il croit à l'éducation des femmes, il la préférera sans doute cultivée.

— Et capable de tenir sa place dans les milieux qu'il fréquente, renchérit Chastity qui sortit un bloc et un crayon de son sac. Dressons la liste des qualités que nous jugeons indispensables, et nous la lui soumettrons. Quoi d'autre ?

— Je vous rappelle qu'il a une fille, intervint Constance. Accordera-t-il de l'importance à son opinion ?

— Il faudra que ce soit une personne qui aime les enfants et s'entende bien avec eux, décréta Prudence. Nous ne pourrions en toute conscience aider à une union où l'épouse potentielle détesterait les enfants.

— Tu as raison.

— Le niveau intellectuel de la candidate est important aussi, remarqua Constance, puisqu'il confie sa fille au North London Collegiate. Il doit envisager de l'envoyer à Girton, non ? Il lui faudrait une épouse capable de la suivre dans ses études.

Girton, le collège féminin de l'université de Cambridge, autorisait les jeunes filles à passer des examens.

— Il doit souhaiter qu'elle entreprenne une carrière. De professeur, je suppose, dit Prudence.

— Qui conviendrait ? Pas une gouvernante, mais peut-être une enseignante. Ce qui réglerait le problème de l'entente avec les enfants.

— Astrid Bellamy, suggéra Chastity. Elle est passionnée par l'éducation des filles. Elle a fréquenté le *Lady Margaret Hall*, à Oxford.

— Trop vieille ! s'écria Prudence. Elle a presque quarante ans.

— Nous ignorons si l'âge est un critère important à ses yeux. Sauf s'il désire d'autres enfants, bien sûr…

— Il chercherait plus activement, si c'était le cas, contra Prudence. Il doit approcher les quarante ans, lui aussi.

Constance fronça les sourcils.

— Tu as sans doute raison, mais une fois qu'il sera intéressé par le processus, cela pourrait devenir un facteur à considérer.

— Possible…

— Nous pourrions lui poser la question.

— En effet.

— Cela ne semble pas t'enthousiasmer, Prudence, nota Constance.

— Mais si, bien sûr que si, protesta sa sœur.

— Excuse-moi, je me suis trompée.

Chastity jeta un coup d'œil à ses sœurs et revint à son bloc-notes.

— Et le physique ? Vous pensez que c'est capital, pour lui ? Faut-il que la femme soit très belle ?

Prudence réfléchit un instant.

— Je dirais que l'apparence est moins importante que le cerveau et la personnalité, mais… comment le saurais-je ?

— Tu le connais mieux que nous, en tout cas, fit Chastity en mordillant le bout de son crayon. Tu as passé une soirée avec lui.

— Je n'arrive pas à voir au-delà de sa personnalité dominatrice, avoua Prudence. Quelle femme de caractère voudrait lui accorder une seconde d'attention ?

— Je crois me rappeler une comparaison avec Max, murmura Constance du fond de son sofa. Mais je ne suis peut-être pas une femme de caractère.

Prudence lui lança l'un des coussins colorés.

— Max a des qualités qui rachètent ses défauts.

— Nous en trouverons peut-être chez Gideon Malvern, en cherchant bien, risqua Chastity. Que penseriez-vous d'Agnès Hargate ? Elle est assez jeune, plutôt séduisante, et elle est cultivée, bien qu'elle ne soit pas allée à l'université.

— C'est une veuve, et elle a un petit garçon de cinq ans, objecta Prudence.

— Ce qui signifie qu'elle aime les enfants.

— Mais nous ignorons s'il a envie d'une famille toute faite.

— Encore une question à lui poser. Je suis certaine en tout cas qu'Agnès serait d'accord. Elle est très seule.

— Après avoir accepté le marché, t'a-t-il dit quelque chose qui pourrait nous aider, Prudence ? N'importe quoi, un détail...

— Oui, insista Constance. Un indice sur le genre de femme qu'il apprécie ?

Prudence hésita. Qu'avait-il dit après le baiser ? Que c'était censé la renseigner sur le type de femme qui lui conviendrait. Qu'elle saurait mieux ainsi quel amant il serait... Mais elle n'avait aucune envie d'en parler à ses sœurs.

— Non. Il a seulement déclaré qu'il n'était pas sur le marché du mariage et qu'il était très difficile à satisfaire.

— Ma foi, voilà qui est encourageant ! ironisa Constance. Encore un peu de thé ?

Prudence lui tendit sa tasse. Sa sœur avait raison, elle manquait d'enthousiasme. Mais pourquoi ? Cette idée de trouver une épouse à l'avocat venait pourtant d'elle, et c'était une solution brillante pour régler le problème de ses honoraires. Et cependant, elle rejetait systématiquement toutes les jeunes personnes qui lui venaient à l'esprit. Elle devait être déprimée, voilà tout, se dit-elle. Plus elle songeait au procès, plus il lui semblait impossible de le gagner.

Ses sœurs échangèrent une grimace de connivence. Leur imperturbable sœur n'allait pas bien du tout ! En général, elle demeurait maîtresse de ses nerfs quoi qu'il arrive. Elles-mêmes perdaient parfois leur sang-froid, Prudence jamais. Elle était trop raisonnable, toujours concentrée sur son sujet... Mais pas cet après-midi-là.

— Excusez-moi, madame, fit la domestique qui venait d'apparaître sur le seuil, Fred vient de livrer ceci pour Mlle Prudence.

Elle tendait une lettre.

— Elle était adressée à Manchester Square, mais M. Jenkins a pensé qu'elle était peut-être importante et l'a fait envoyer ici.

— Merci, Brenda... Cela vient du cabinet de sir Gideon Malvern, annonça Constance en la remettant à sa sœur. Il n'a pas perdu de temps !

Prudence déplia la feuille et la parcourut.

— Il dit que les avoués ont pris bonne note du fait qu'il était notre avocat dans le dossier Barclay contre le *Mayfair Lady*. Il leur avait écrit cet après-midi. Je me demande si leur rapidité à répondre est bon signe ou non...

— Quoi d'autre ?

— Ils demandent que le procès ait lieu le plus tôt possible, et il n'a pas l'intention de contester. Il souhaite me voir ce soir pour préparer le dossier... J'aurais cru qu'il aurait tout fait pour le retarder, non ? Nous ne possédons pas encore la preuve de l'escroquerie.

— Nous n'avons pas eu le temps de fouiller dans les papiers de père, dit Chastity en posant une main rassurante sur celle de sa sœur, qui grattait nerveusement la tapisserie de l'accoudoir. Nous le ferons à la première occasion.

— Je sais... mais tout va si vite !

— Nous devrions disposer d'environ un mois pour rassembler les documents nécessaires, fit Constance avec optimisme. On n'organise pas un procès du jour au lendemain.

— C'est vrai, admit Prudence en s'efforçant de sourire. Donc, je ferais bien de lui envoyer un message pour lui dire que je viendrais à... où, au fait ? Oh, 7 Pall Mall Street ! J'aurais plutôt pensé à son bureau.

— Il en a peut-être un autre, suggéra Chastity.

— Je le découvrirai à 19 heures.

— Il ne parle pas de dîner, nota Constance.

— J'en conclus que ce sera un entretien strictement professionnel, déclara Prudence d'un air crispé. D'ailleurs il ne m'envoie pas son chauffeur.

— Alors, avec un peu de chance, tu n'auras pas à te défendre contre ses avances, murmura Chastity.

— Si père n'a pas besoin de lui, je demanderai à Cobham de me conduire avec la calèche et de venir me rechercher à 20 heures, ainsi je serai de retour pour le dîner. Une heure devrait suffire. En tout cas, pour moi, ce sera amplement suffisant !

— Tu comptes emporter cette liste ? s'enquit Chastity. Ou au moins lui demander quelles sont ses préférences ?

— Non pour la liste, oui pour les préférences, répondit Prudence en se levant. Nous devrions rentrer, Chastity, il est presque 17 heures. Tu dînes à la maison, ce soir, Constance ?

— Non, au 10, répondit son aînée en poussant un soupir à fendre l'âme.

Elle faisait allusion à la résidence du Premier ministre.

— Quel honneur ! Y aurait-il anguille sous roche ?

Constance sourit.

— Je n'en sais rien. Max est muet sur le sujet. Mais j'ai l'impression… juste une impression…

— Un poste au cabinet ?

— Je te l'ai dit, Max est une vraie tombe.

— Eh bien, il le mériterait, en tout cas, déclara Chastity en embrassant sa sœur.

— J'espère que ce poste ne sera pas trop incompatible avec une épouse féministe convaincue, dit Prudence.

Constance fit la grimace.

— Nous réglerons ce problème le cas échéant.

— J'en suis certaine. À demain… Pour le compte-rendu de nos soirées respectives.

Constance les raccompagna à la porte alors que Max arrivait.

— Vous partez ? s'étonna-t-il.

— Nous étions juste venues pour le thé, répondit Prudence.

— Attendez une minute, je vais demander à Frank de vous raccompagner avant d'aller ranger l'automobile.

Il déposa un baiser sur la joue de son épouse et entra vivement pour appeler son valet de chambre.

Un peu avant 19 heures, Prudence grimpa dans la calèche en adressant un chaleureux sourire au cocher.

— Comment vont les chevaux, Cobham ?

— Plutôt bien, mademoiselle Prudence. Ils se préparent à la retraite. Comme moi.

Il fit claquer son fouet, et les deux beaux alezans partirent au trot.

— Ils n'ont pas encore l'air prêts à passer leurs journées au pré, fit remarquer Prudence. Pas plus que vous. Je vous trouve en pleine forme.

— C'est gentil à vous, mademoiselle, mais j'aurai soixante-dix ans cette année. Le bon moment pour aller cultiver un bout de jardin à la campagne.

Il y avait un message dans cette déclaration. Si Cobham était décidé à prendre sa retraite, ce dont il avait parfaitement le droit, il avait droit aussi à une rente qui lui permettrait de vivre confortablement… Mais elle n'avait pas de réserve dans son budget.

Elle se mit à calculer à toute vitesse. Elle avait du mal à payer les gages de Cobham chaque semaine. À vrai dire, avec les omnibus motorisés et les fiacres, ils pouvaient parfaitement se passer de cocher, et de chevaux, qui coûtaient une fortune à entretenir en ville. Néanmoins, il n'était pas imaginable de renvoyer le vieil homme avant qu'il n'ait décidé lui-même de se retirer.

Cependant, si on mettait les chevaux au pré à Romsey, cela coûterait beaucoup moins cher, et il deviendrait possible de louer les écuries de Manchester Square. Les écuries étaient fort prisées à Londres, car elles servaient de garages pour les automobiles, et le loyer paierait la pension de Cobham. S'il acceptait d'habiter dans l'un des cottages de leur propriété de Romsey, il aurait une existence agréable avec la moitié des gages qu'il touchait à Londres. Il vieillirait à l'abri du besoin, et les finances de la famille en bénéficieraient.

— Avez-vous songé à l'endroit où vous aimeriez vivre, Cobham ? s'enquit-elle.

— Ma femme rêve du vieux village, mademoiselle Prudence. Elle a passé assez de temps en ville, et sa sœur lui manque.

Prudence acquiesça. Son épouse était originaire de Romsey. C'était ainsi que Cobham, citadin jusqu'au bout de ses bottes, était venu travailler pour la famille Duncan au manoir.

— Il y a un cottage de libre sur la route de Lyndhurst, si cela vous intéresse. Sans loyer, naturellement. Ce serait une partie de votre pension, au cas où cela vous conviendrait.

Il y eut un silence, durant lequel le cocher rumina dans ses moustaches.

— Je pense que oui, mademoiselle Prudence. J'en parlerai à ma femme.

— Parfait. Tenez-moi au courant, et nous réglerons les détails ensemble.

Prudence s'appuya à la banquette avec le sentiment du devoir accompli.

La calèche s'engageait dans une calme allée bordée de hautes demeures.

— Numéro 7, annonça Cobham en tirant sur les rênes.

Prudence examina d'un regard curieux la maison géorgienne, avec la traditionnelle imposte au-dessus de la porte laquée noire, les rampes sombres et les marches peintes en blanc, les deux rangées de bow-windows.

Ce n'était pas un restaurant privé. Il s'agissait, si elle ne se trompait pas, de la résidence de sir Gideon Malvern, conseiller de la couronne. Une fois de plus, il jouait de l'effet de surprise pour la déstabiliser.

Le cocher déplia le marchepied et ouvrit la portière.

— Merci, Cobham. Voulez-vous venir me chercher à 20 heures, s'il vous plaît ?

— Certainement, mademoiselle Prudence. Comme c'est seulement dans une heure, si vous le permettez, je vais aller attendre au *Black Dog*, juste au coin.

— Bien sûr ! À tout à l'heure.

Elle actionna avec détermination le marteau de cuivre à tête de lion.

La porte s'ouvrit aussitôt sur son hôte, encore en tenue de ville, comme s'il rentrait tout juste de son cabinet. Prudence ne regretta pas d'avoir gardé elle aussi la tenue qu'elle portait pour leur rendez-vous du matin.

— Un attelage, commenta-t-il en souriant tandis que Cobham s'éloignait. Cela coûte cher, les chevaux, à Londres !

Il s'effaça pour la laisser entrer.

— Oui, reconnut-elle, mais beaucoup moins qu'une automobile. Croyez-moi, j'ai fait le calcul. Mon père s'était mis en tête d'en acheter une, jusqu'à ce qu'il s'aperçoive qu'on ne pouvait pas compter sur ces moteurs.

Elle jeta un coup d'œil autour d'elle. Sobriété et élégance. Rien à dire, décida-t-elle.

— Ils sont en effet imprévisibles, acquiesça-t-il aimablement. Puis-je vous débarrasser ?

— Merci.

Elle glissa les gants dans ses poches et lui tendit son manteau.

— Vous avez l'habitude de traiter vos affaires à votre domicile, sir Gideon ?

— Seulement quand elles m'obligent à faire des heures supplémentaires, fit-il en la guidant vers une porte, au fond du hall. Lorsque le délai est court, mademoiselle Duncan, je dois prendre sur mon temps de loisir, or je trouve plus agréable de le passer ici.

Prudence pénétra dans une agréable bibliothèque à l'atmosphère très masculine. Un parfum de cuir, de fumée de cigare et de cire s'y attardait. Un tapis d'Aubusson recouvrait le parquet, les tentures de velours n'étaient pas encore tirées devant les hautes fenêtres, et des rayonnages remplis de livres couraient sur trois des murs.

— Un verre ? proposa Gideon en refermant la porte derrière eux.

— Non, merci. Je suis ici pour parler de notre affaire.

— J'aime bien discuter devant un verre, dit-il en se servant un whisky. Asseyez-vous, je vous en prie.

Il désignait un profond fauteuil, face à une table sur laquelle se trouvait simplement une petite pile de papiers bien nette.

— Pourquoi les avoués du comte ont-ils répondu si rapidement à votre lettre ? Est-ce bon signe ?

— Ni bon ni mauvais, répondit Gideon après avoir goûté son whisky. Ils pensent peut-être que l'affaire est pratiquement réglée et ils préfèrent s'en débarrasser au plus vite. Ou alors ils ont des doutes et veulent que nous abattions nos cartes.

— Dès que nous pourrons consulter les papiers de mon père, nous aurons les preuves, affirma Prudence.

Gideon appuya les avant-bras sur la table, le regard perçant.

— Comme je vous l'ai dit ce matin, j'attends de le voir pour le croire. Contentons-nous pour l'instant de ce dont nous disposons.

Le ton était indubitablement professionnel. Pas la moindre touche personnelle dans son attitude. Cela aurait dû la rassurer, pourtant, curieusement, elle avait l'impression de perdre du terrain. Elle chassa cette idée importune.

— Très bien, fit-elle, les mains croisées sur les genoux. Posez-moi vos questions.

Il prit une feuille et une plume.

— J'ai besoin de faits précis. Quand le journal a-t-il débuté ?

— Je ne suis pas absolument certaine de la date... C'est ma mère qui l'a fondé. Nous avons commencé à l'aider quand Constance avait quinze ans, il me semble. Donc, j'en avais quatorze.

— Je ne pense pas que nous devions mêler votre mère à tout ça. Cela ne ferait que compliquer la situation. Quand vos sœurs et vous avez-vous repris le flambeau ?

— Il y a quatre ans, à sa mort.

— Parfait. Avez-vous déjà été poursuivie en justice ?

— Non, bien sûr que non !

— Le « bien sûr » est superflu. Combien de réactions négatives ? Protestations de lecteurs, par exemple ?

— Pas beaucoup.

— Combien ? Plus de dix, moins de cinq ?

— Sans doute plus de dix.

— Donc vous seriez d'accord pour admettre que c'est une publication controversée ?

— Oui.
— Êtes-vous délibérément insultante ?
— *Non !* Quelles questions me posez-vous là ?
— Le genre que l'on vous posera au tribunal. Et si vous vous montrez agressive, indignée, vous vous aliénerez le jury, tout en fournissant des armes à l'accusation. Perdez votre sang-froid, vous perdez la partie.
Il s'empara de son verre et se dirigea vers la table à liqueurs.
— Vous ne voulez vraiment pas un sherry ?
— Non, je vous remercie. Il faut que je garde l'esprit clair si je tiens à survivre à cette épreuve.
— Cela n'a rien d'une épreuve.
— Mais si !
— Seulement dans votre intérêt.
— Cela me fait plus de mal qu'à vous ? ironisa-t-elle.
Il secoua la tête, exaspéré.
— Non !
Il prit une cigarette.
— « La cigarette représente le type parfait d'un plaisir parfait. C'est exquis et cela laisse insatisfait », cita Prudence.
— Oscar Wilde ?
— *Le Portrait de Dorian Gray*.
Il eut un demi-sourire.
— Je ne fume que lorsque je travaille. Si nous reprenions ?
— Allons-y, soupira-t-elle. Je dois partir à 20 heures.
Un instant, il parut déconcerté, mais il se ressaisit bien vite.
— Vos sœurs et vous fréquentez-vous souvent…
Il fut interrompu par un coup frappé à la porte.
— Oui ? répondit-il sèchement.
Un visage d'enfant apparut dans l'entrebâillement.
— Je ne voulais pas vous déranger, papa, mais Mary est sortie pour la soirée et j'ai ces citations littéraires que je n'arrive pas à situer…

Des yeux gris, semblables à ceux de Gideon, se fixèrent sur Prudence qui s'adossa à son fauteuil, bien décidée à en découvrir le plus possible sur les relations de l'avocat et de sa fille.

— Pourquoi n'entres-tu pas carrément ? demanda Gideon. Je n'aime pas parler avec des têtes désincarnées.

Avec un lumineux sourire, la fillette pénétra dans la pièce, mais demeura près de la porte.

— Il y en a seulement deux que je ne retrouve pas, papa. Pourriez-vous m'aider, s'il vous plaît ?

Le ton suppliant fit sourire Prudence. Elle savait s'y prendre !

— Je suis avec une cliente, Sarah, répliqua Gideon. Et si j'en crois les notes mensuelles de *Hatchards*, tu possèdes une bibliothèque assez bien fournie en ouvrages de référence. Je demanderai à Mary pourquoi il n'y a pas de dictionnaire des citations sur tes étagères.

Sarah eut une expression penaude.

— Je suis certaine d'en avoir un, mais je ne parviens pas à mettre la main dessus. Et j'ai tellement d'autres devoirs pour demain, du français, du latin, que j'ai pensé…

Avant que son père puisse répondre, elle poursuivit :

— « La beauté… »

— « La beauté est vérité, la vérité beauté », intervint Prudence. Keats. *L'Ode à l'automne*, 1820.

— Oh, merci ! s'écria Sarah. Et il y en a une autre : « L'amour construit sur… »

— « L'amour construit sur la beauté meurt dès que la beauté meurt », récita Prudence. John Donne, dans *Les Élégies*, je crois. Sans doute vers 1595.

Sarah était aux anges.

— Merci infiniment, mademoiselle…

— Duncan, répondit Prudence en se levant, la main tendue.

La fillette lui serra la main avec chaleur.

— Je suis désolée de vous avoir dérangés.

— Ce n'est rien, marmonna son père. Si ta curiosité est satisfaite, Sarah...

— Ce n'était pas de la curiosité, se défendit-elle. J'avais vraiment besoin de ces citations...

— Mais oui, bien sûr, fit-il avec un sourire en coin.

— Merci de votre aide, mademoiselle Duncan, dit poliment Sarah, qui demanda avant de se retirer : Vous dînez dehors, papa ?

Il lança un coup d'œil à Prudence qui fixait résolument la fenêtre obscure.

— Apparemment pas. Je monterai te dire bonsoir dans une heure.

Sarah fit une petite révérence.

— Bonne nuit, mademoiselle Duncan. Et merci encore.

Prudence sourit.

— Cela m'a amusée. Bonne nuit, Sarah.

La porte se referma sur l'enfant.

— Ainsi, vous êtes une espèce d'expert en littérature anglaise, commenta Gideon.

— Nous le sommes toutes les trois. C'était l'une des passions de notre mère, et nous en avons été nourries dès notre plus jeune âge.

Il se leva pour aller tirer les épais rideaux de velours.

— Sarah est très douée pour les mathématiques. Elle joue également de la flûte.

— La musique et les mathématiques sont souvent complémentaires. Elle semble être une élève très passionnée. Ce qui me rappelle que j'ai quelques questions à vous poser, ajouta Prudence en sortant un carnet de son sac. Nous avons dressé une première liste des jeunes femmes qui pourraient vous convenir, cet après-midi, et il y a un ou deux points que nous aimerions clarifier.

Gideon retourna s'asseoir, croisa les bras et haussa les sourcils, l'air guère encourageant.

— Je vous avertis que j'ai fort peu de temps, mademoiselle Duncan. Si vous voulez en prendre sur votre affaire, cela vous regarde, naturellement.

— Il me semble que nous devons travailler en parallèle. Vous avez votre tâche, j'ai la mienne, or elles sont en relation. Bon. Il nous paraît indispensable que votre future épouse plaise à Sarah. Il faudrait que votre fille puisse se confier à elle, se sente bien avec elle.

— Si vous êtes en train de me demander si je me marierais uniquement pour donner une mère à Sarah, la réponse est non. C'est à mon avis la plus mauvaise raison de s'unir à quelqu'un, et je n'imagine pas une femme digne de ce nom acceptant un tel marché. Si je me remarie un jour, ce sera avec une personne qui me plaira à *moi*. Et il me plaît de penser que Sarah la trouvera aussi charmante et sympathique.

Il posa les coudes sur la table.

— Voilà. Si cela répond à votre question, peut-être pourrions-nous revenir aux miennes.

— Voyons, vous ne pouvez envisager une seconde de choisir quelqu'un qui déteste les enfants, insista Prudence. Nous avons pensé à une possibilité... Une veuve du nom d'Agnès Hargate. Elle est très séduisante, très plaisante. Elle a un fils de cinq ans. Serait-ce un handicap ?

Elle remonta ses lunettes sur son nez et le scruta.

— Cette perspective ne me remplit pas de joie, je l'avoue, déclara-t-il. Dites-moi, vos sœurs et vous avez-vous l'habitude de fréquenter des filles perdues ?

— Non. Et je ne sais pas ce que vous entendez par « filles perdues ». Je suis persuadée que beaucoup de femmes de nos cercles, sans parler de ceux de lord Barclay, se sont permis quelques aventures extra-conjugales. Ce qui soulève une autre question : tenez-vous absolument à ce qu'une épouse éventuelle ait une réputation inattaquable ?

Il soupira.

— J'essaie de vous dire, Prudence, que je ne suis absolument pas intéressé par un remariage.

Il jeta un coup d'œil à la pendule avant de reprendre, nettement irrité :

— Nous n'avons pas avancé autant que je l'aurais souhaité. J'espérais que nous pourrions avoir un dîner de travail, mais puisque vous devez partir…

— Votre message – ou plutôt, votre convocation – ne mentionnait pas de dîner, fit-elle remarquer. De toute façon, j'aurais dû refuser, mentit-elle effrontément, car je suis déjà prise.

— Ce n'était pas une convocation, répliqua-t-il.

— Je l'ai prise comme telle.

— Dans ce cas, pardonnez-moi.

Il ne semblait pas s'excuser le moins du monde. Il se leva brusquement et pointa le doigt sur elle.

— Vos sœurs et vous avez-vous l'habitude de fréquenter les femmes de la rue, madame *Mayfair Lady* ?

Prudence allait de nouveau protester quand elle réalisa ce qu'il avait dit.

— Personne ne saura que nous sommes plusieurs, objecta-t-elle. Nous étions d'accord, il n'y aura qu'une représentante du *Mayfair Lady*. Ils ne pourront poser cette question parce qu'ils ne connaîtront rien de nous.

Il secoua la tête.

— N'en soyez pas si sûre. Ils vont remuer ciel et terre pour vous démasquer. Je ne serais pas surpris qu'ils aient recours à une agence de détectives. Je vous assure qu'ils n'aiment pas plus que moi l'idée de voir un journal à la barre.

La pendule sonnait huit coups.

— Des détectives ? Sûrement pas ! fit Prudence en enfilant le manteau qu'il lui tendait.

— Restez tout de même sur vos gardes, conseilla-t-il en lui ouvrant la porte.

— À votre avis, de combien de temps disposons-nous avant le procès ?

— Trois semaines, peut-être quatre. Samuel Richardson a quelque influence au tribunal, et ses assistants sont remarquablement efficaces. Ils découvriront qui sera le président, Samuel bavardera avec lui autour d'un agréable dîner au club, et l'affaire sera traitée au moment qu'il aura choisi.

Prudence s'assombrit.

— Vous n'avez pas ce genre d'influence, vous aussi ?

— Certes, mais je n'ai pas l'intention d'en user.

— Mais nous n'avons pas encore tous les éléments indispensables.

— Apportez-les-moi, mademoiselle Duncan, et tout ira bien, comme vous l'avez dit.

Ils sortirent dans la rue, dont les réverbères avaient été allumés. Cobham fumait la pipe, sur son siège, tandis que les chevaux s'agitaient dans l'air frais de cette soirée d'automne.

Gideon aida Prudence à monter en voiture.

— Vous le croyez vraiment ? demanda-t-elle, vexée par son ton sarcastique.

Il eut un petit rire qu'elle trouva plutôt désagréable.

— Je n'ai pas le choix, ma chère. La confiance entraîne pour une bonne part le succès. Je ne peux pas aller au tribunal en m'attendant à perdre.

— Or vous vous y attendez ?

Elle ôta ses lunettes et fixa sur lui un regard anxieux qui paraissait doré à la lumière de la rue.

Une étincelle de surprise s'alluma fugitivement dans les yeux gris. Gideon entrouvrit la bouche comme pour répondre, puis il secoua la tête, s'écarta et lui fit un geste d'adieu.

10

— Encore une lettre pour vous, mademoiselle Prudence. De sir Gideon.

Jenkins déposa une longue enveloppe près de son assiette, le lendemain, à la table du petit-déjeuner.

— Si je puis me permettre, poursuivit-il, cet avocat me semble un correspondant fort assidu.

— J'espère qu'il l'est autant dans ses efforts pour nous défendre, répliqua Prudence d'un ton acide en ouvrant le message qu'elle parcourut rapidement.

— Tu n'as aucune raison de penser le contraire, Prudence, protesta Chastity qui lui jeta un coup d'œil par-dessus le *Times* qu'elle était en train de lire.

— Non, sans doute pas, reconnut Prudence dans un soupir. J'ai seulement eu l'impression, hier soir, que c'était de l'énergie gaspillée, que nous n'avions aucune chance de l'emporter, et qu'il nous en voulait de lui faire perdre son temps.

Elle froissa la lettre qu'elle jeta dans la cheminée.

— Il n'avait peut-être pas envie de parler d'une future épouse, suggéra Chastity. Tu venais juste de faire la connaissance de sa fille, cela a dû lui paraître embarrassant.

— Pas du tout ! Il n'était pas le moins du monde gêné. La petite était curieuse, et ça l'amusait plutôt. Je crois simplement qu'il ne prend pas – qu'il n'a jamais pris – ce marché au sérieux. Il préfère s'en tenir à son quatre-vingts pour cent

— Persévérons quand même, fit Chastity avec son optimisme coutumier. J'ai pensé à Lavender Riley, ou même à Priscilla Heyworth.

Elle arqua les sourcils, attendant une objection qui ne vint pas.

— Pourquoi pas ? se contenta de répondre Prudence en haussant les épaules.

— Alors, que disait sa lettre ? s'enquit Chastity en désignant la feuille qui n'avait pas encore pris feu.

— Il me prie d'une manière étonnamment polie de me rendre libre toute la journée de demain pour une préparation plus intensive.

— À son cabinet ?

— Non. Il passera me prendre à 8 h 30.

— Il est matinal, même le dimanche, commenta Chastity.

Elle replia le journal avec soin. Lord Duncan n'était pas encore descendu, or il détestait qu'on lise son quotidien avant lui.

— Hier soir, il m'a dit sans détour qu'il prenait sur ses loisirs pour s'occuper de notre affaire. Je ne peux guère mettre les miens en avant, bien que ce soit dimanche.

— Bonjour, mes chéries !

Lord Duncan entra, le visage encore tout rose de ses ablutions matinales, ses cheveux blancs impeccablement coiffés.

— Jenkins m'a parlé de harengs. Une journée qui commence par des harengs ne peut que bien se dérouler.

— Vous êtes d'humeur joyeuse, ce matin, père, remarqua Chastity en posant le journal près de son assiette. Avec ce temps, pourtant.

Les vitres ruisselaient de pluie.

— Oh, qu'est-ce qu'une petite averse ? J'accompagne lord Barclay chez ses avoués, où il rencontrera son avocat. Ils veulent me citer comme témoin.

Prudence s'étrangla avec son café et, les yeux humides de larmes, enfouit le nez dans sa serviette.

— Vraiment ? dit Chastity d'une toute petite voix. C'est gentil de votre part d'accepter.

— C'est la moindre des choses que de défendre un ami en difficulté ! Mmm... Délicieux, Jenkins. Félicitez Mme Hudson de ma part.

Il humait l'assiette que le majordome venait de placer devant lui.

— Avec du pain bis et du beurre, naturellement, ajouta-t-il en se tapotant l'abdomen.

Prudence lui servit une tasse de café.

— L'entretien est censé durer longtemps ?

— Aucune idée, répondit lord Duncan. À en juger par le prix exorbitant des honoraires qu'ils réclament, cela devrait durer toute la journée !

Il dégusta une bouchée de hareng avec un plaisir non dissimulé.

— Quelle merveille ! murmura-t-il. Je ne comprends pas que vous n'aimiez pas cela, vous, les filles.

— Trop d'arêtes... Quand j'ai fini de les enlever, le hareng est froid et je n'ai plus faim.

— Tu n'as qu'à les avaler. Les petites sont inoffensives, répliqua le vieux monsieur en dépliant son journal.

— Déjeunerez-vous à la maison ? demanda Prudence.

— Je ne pense pas, ma chérie. Si nous en avons terminé assez tôt avec ces hommes de loi, Barclay et moi irons déjeuner au club. Quel jour sommes-nous ? Ah, samedi ! Curieux qu'ils travaillent le week-end... Enfin peu importe. C'est le jour de la tourte à la viande et aux huîtres, au club. Oui, nous y déjeunerons.

— Vous n'avez pas oublié le dîner avec Max et Constance, ce soir ?

— Bien sûr que non. Dommage que Barclay n'ait pu accepter l'invitation. Il a de la famille qui vient en ville.

— Je crois qu'il y aura les Wesley. Vous adorez jouer au bridge avec eux. Constance sera votre partenaire.

— Une excellente soirée en perspective, j'en suis certain. Excellente, répéta-t-il en revenant à son journal.

Après un discret regard à sa sœur, Prudence plia sa serviette.

— Si cela ne vous ennuie pas, père, nous allons vous laisser. Chastity et moi avons à faire, ce matin.

Elle repoussa sa chaise, déposa un baiser sur la joue de son père et quitta la pièce en compagnie de sa sœur.

Dans le hall, elle s'arrêta.

— Il faut qu'on s'en occupe ce matin, Chastity, murmura-t-elle en se tapotant les lèvres du bout du doigt.

— Chercher dans ses papiers ?

— Oui. Cela me paraît le moment idéal.

— Veux-tu que nous appelions Constance à la rescousse ?

— Oui. Demande à Fred de faire un saut à Westminster. S'il y a quelque chose à trouver, à nous trois, nous le découvrirons.

Chastity se rua dans la cuisine où Fred, le garçon à tout faire, cirait des chaussures en bavardant avec Mme Hudson.

— Lord Duncan a adoré vos harengs, madame Hudson, dit Chastity.

— Oh, j'espérais bien que cela lui plairait. Le poissonnier n'en a pas souvent, le jeudi, mais cette semaine c'était le cas, et en plus ils n'étaient pas chers. Deux pence pièce.

— Eh bien, ils lui ont fait plaisir pour beaucoup plus que cela !... Fred, quand vous en aurez terminé avec ces souliers, pourriez-vous aller chez Mme Ensor et lui demander de venir ici le plus vite possible ?

Fred crachait sur les escarpins vernis de lord Duncan.

— J'en ai encore pour dix minutes, mademoiselle Chastity, répondit-il en frottant vigoureusement le cuir rutilant.

— Mlle Constance restera déjeuner, mademoiselle Chastity ? s'enquit la gouvernante.

— Oui, mais du pain et du fromage nous suffiront.

— Je vais quand même vous cuisiner quelque chose, puisqu'il n'y a pas de dîner à préparer. Que diriez-vous d'une tourte au veau et au jambon ?

— Merveilleux !

— Et un roulé à la confiture comme dessert.

— Vous nous gâtez, madame Hudson, malgré notre budget serré.

— Oh, ce n'est pas bien difficile, mademoiselle Chastity, quand on sait marchander, répondit la brave femme avec un sourire épanoui.

Chastity sortit de la cuisine en songeant qu'elles avaient bien de la chance d'avoir Mme Hudson et Jenkins. D'ailleurs, elles s'en félicitaient tous les jours.

Elle rejoignit sa sœur dans le boudoir.

— Il faut absolument empêcher père de témoigner au procès, déclara-t-elle sans ambages. Il risque de reconnaître ta voix, Prudence. Même si tu la déguises, tu es sa fille...

— Je sais, répondit Prudence qui se tenait devant la fenêtre. En outre, Gideon procédera à un contre-interrogatoire. Ce sera affreux !

— Tout ce que nous dirons à Gideon lui servira contre père. Nous ne pouvons pas faire une chose pareille, Prudence.

— Il le faut pourtant, déclara simplement sa sœur. Nous devons trouver une solution. Il n'est pas question que nous perdions, Chastity, tu le sais. Père serait anéanti… brisé.

— Alors il faudra que tu joues la comédie comme tu ne l'as encore jamais fait, la prévint Chastity. Tu devras adopter une voix qui n'ait rien de commun avec la tienne.

— Notre seul atout, c'est que jamais père, dans ses cauchemars les plus fous, n'imaginerait que nous puissions être mêlées à cette affaire. Même s'il avait l'impression de vaguement reconnaître le témoin voilé de la défense, il ne ferait pas le rapprochement avec l'une d'entre nous.

— J'espère de tout cœur que tu as raison, soupira Chastity.

Elle rejoignait sa sœur à la fenêtre lorsqu'un fiacre s'arrêta devant la maison. Constance en descendit. Sans un regard vers la fenêtre du boudoir, elle grimpa vivement les marches. La porte s'ouvrit au même instant, et elle faillit entrer en collision avec son père qui sortait, armé comme elle d'un grand parapluie noir.

— Bonjour, chérie, dit-il rapidement en agitant son parapluie en direction du fiacre qui venait de la déposer. Pas le temps de bavarder. Je prends cette voiture.

— À ce soir, père.

Jenkins la débarrassa de son parapluie dégoulinant.

— Je vais le mettre à sécher, dit-il. Joli temps pour les canards !

— En effet ! Mes sœurs sont là-haut ?

— Elles vous attendent, mademoiselle Constance.

Celle-ci se hâta de grimper à l'étage.

— Alors, que se passe-t-il ? Le message était bien pressant pour quelqu'un qui donne un important dîner ce soir, remarqua-t-elle en riant.

Elle reprit son sérieux devant l'expression grave de ses sœurs.

— Des ennuis ?

— Plutôt, et nous avons besoin de ton aide, fit Prudence avant de lui expliquer la situation.

— Enfer et damnation ! pesta Constance. Il le fera, n'est-ce pas ?

— Oui, dit Prudence, résignée. Question de loyauté.

— Et nous allons réduire cette loyauté en miettes.

Un lourd silence s'installa.

— Bien, mettons-nous au travail, reprit Prudence sombrement. J'ai demandé à Jenkins d'allumer un feu dans la bibliothèque. J'ai la clé du coffre, ajouta-t-elle en ouvrant un tiroir du secrétaire.

— Depuis quand ?

— Des mois. Jenkins me l'a fait refaire. Je ne peux pas veiller sur les finances de la famille sans savoir ce que dépense père. Toutes ses factures sont dans le coffre, alors je les vois avant qu'elles n'arrivent à échéance. Ainsi je m'assure qu'il a assez sur son compte en banque pour les régler… ou du moins pour ne pas être trop à découvert.

Constance posa la main sur l'épaule de sa sœur.

— Pourquoi ne nous en as-tu jamais parlé, Prudence ?

— C'est mon rôle, je ne vois pas de raison de vous ennuyer avec cela. Je n'aime guère ces indiscrétions, mais comme père ne m'entretient jamais de ses affaires, il fallait bien que je trouve un moyen de me tenir au courant.

— Prudence chérie, intervint Chastity, tu n'as pas à porter ce fardeau toute seule. Tu aurais dû nous en parler, nous t'aurions soutenue, naturellement. Ne te sens surtout pas coupable.

— Je ne peux pas m'en empêcher... À présent, allons nous enfoncer davantage dans la duplicité, fit-elle en s'engageant résolument dans l'escalier.

— Comment s'est passée ta soirée d'hier ? lui demanda Constance alors qu'elles pénétraient dans la bibliothèque. Notre avocat a trouvé une ligne de défense ?

Prudence ferma la porte, qu'elle verrouilla après une brève hésitation.

— Il est très agressif dans ses questions, mais je suis certaine qu'il a raison, parce que nos adversaires le seront, et il vaut mieux que je sois armée pour leur répondre. Il m'a aussi prévenue qu'ils pourraient bien engager des détectives pour découvrir nos identités.

— Des détectives ?

Prudence hocha la tête.

— C'est assez normal si l'on y songe.

— Par où commenceront-ils ? Oh, le *Mayfair Lady*, évidemment !

— Oui. C'est ce que je pense. Ils poseront des questions chez tous les revendeurs. Bien entendu, aucun ne nous connaît. Quand nous venons chercher l'argent, nous sommes toujours voilées, cependant... c'est inquiétant. Lundi, nous passerons voir quelques-uns d'entre eux, par exemple Helene, de Milliners, Robert, de Piccadilly, et un ou deux autres, afin de savoir si on est venu les interroger à notre sujet.

— Bonne idée.

— Aide-moi avec le Stubbs, Constance.

Prudence poussa de côté un grand tableau de Stubbs représentant une scène de chasse à courre, et tandis que sa sœur le retenait, elle ouvrit le coffre et en sortit le contenu qu'elle remit à Chastity.

— Mon Dieu ! Il doit y avoir beaucoup de papiers obsolètes, là-dedans !

Elle referma le coffre et le tableau reprit sa place.

Chastity posa la liasse sur le bureau qui faisait face au jardin clos de murs.

— Tu t'occupes de ces papiers, Prudence, pendant que Chastity et moi fouillons dans les tiroirs ? proposa Constance.

— D'accord. Nous cherchons quelque chose qui ressemble à un contrat légal. Un document à en-tête d'une firme officielle... ou qui en a l'apparence.

— Jaggers, Tulkinghorn et Chaffanbrass, lança Constance en ouvrant l'un des tiroirs du bureau.

— Tu mélanges les auteurs, observa Prudence qui se dirigeait avec son butin vers le sofa près de la cheminée. Chaffanbrass, c'est chez Trollope, pas chez Dickens.

— Je sais, mais je trouve que ça sonne bien. Alors, quand revois-tu notre avocat ?

— Demain, répondit sa sœur sans cesser de feuilleter ses dossiers. Aux aurores ! J'aimerais avoir quelque chose de concret à lui montrer.

— Je me demande pourquoi il ne te donne pas rendez-vous à son cabinet, intervint Chastity, accroupie devant un cartonnier près du bureau. S'il te prépare pour l'interrogatoire, pourquoi vient-il te chercher avec sa voiture ?

— Aucune idée. Cet homme est un mystère ambulant.

— Évidemment, c'est dimanche, souligna Constance.

Elle leva les yeux, consciente que sa sœur n'écoutait pas.

— Qu'y a-t-il ? Tu as trouvé quelque chose ?

— Je ne sais pas... Il y a un mot signé de Barclay. Non daté. Il fait allusion à « notre accord ». « *Conformément à notre accord de la semaine dernière, le paiement devra être avancé afin de profiter des circonstances favorables du marché. Je sais de source sûre que les taux d'intérêt monteront le mois prochain, à notre désavantage.* »

— Mais il ne précise pas de quel accord il s'agit ?

— Non, Chastity. Dommage qu'il n'y ait pas de date !

— Montre-moi.

Constance s'approcha, et Prudence lui tendit la feuille.

— Ce n'est pas récent, déclara Constance. Il y a une tache, là, en bas. Tu as vu comme elle est passée ?

— Le papier a un peu jauni, et l'encre a pâli.

— Nous ferions d'excellents détectives, dit Prudence. Imaginons donc que ce papier date de trois ans, à peu près l'époque où père investissait dans le Transsaharian Railway. Il s'agit de taux d'intérêt, de programme de paiement...

— Mais sans préciser dans quel but.

— Peut-être avaient-ils une entente verbale. Si Barclay mijotait une escroquerie, il ne tenait pas à ce que ce soit écrit noir sur blanc.

— Père ne se serait tout de même pas engagé sur une somme aussi énorme sans un écrit ? s'exclama Constance.

— Vraiment ? rétorqua Prudence d'un ton amer. Un homme capable de croire à un chemin de fer dans le désert saharien ?

Ses sœurs ne trouvèrent rien à répondre.

— Continuons nos recherches, reprit-elle. Je donnerai cette note à Gideon demain, cela pourra peut-être lui servir.

Au bout d'une heure, elle considéra la pile de papiers devant elle en proie à un découragement proche du désespoir.

— Voilà. Nous avons tout passé au peigne fin.

— Il doit bien y avoir autre chose à faire, dit Chastity en remettant une pelletée de charbon dans la cheminée.

— La banque ! s'écria soudain Prudence. Il nous faut l'accès à ses relevés de banque.

— Le directeur te connaît, puisque c'est toi qui t'occupes des comptes de la maison, fit Constance. Il acceptera sans doute de te montrer les relevés personnels de père.

— Non. M. Fitchley est très à cheval sur le règlement. Jamais il ne permettrait que je consulte les comptes de père sans son autorisation. Cela dit, il y a peut-être un moyen pour que père me signe une procuration, poursuivit-elle, songeuse.

— Lequel ?

— Il signe tout ce que je lui présente sans prendre la peine d'y jeter un coup d'œil, avoua-t-elle à contrecœur, comme si on lui arrachait les mots de la bouche.

Ses sœurs commençaient à comprendre.

— C'est tellement retors, soupira Chastity. Je déteste cette idée.

— Moi aussi, dit Prudence, mais je ne vois pas d'autre solution. Je rédigerai une autorisation, je la glisserai parmi les autres papiers et je lui ferai signer le tout ce soir, avant d'aller chez Constance. Il aura partagé un bon déjeuner avec Barclay, il aura sans doute bu un whisky tout en s'habillant pour le dîner, il signera sans regarder.

— C'est horrible, murmura Constance, mais nous n'avons pas le choix. Munie de l'autorisation, tu pourras te rendre à la banque dès lundi matin.

— Je vais la rédiger tout de suite.

Prudence alla prendre une feuille de papier aux armes de son père et s'installa au bureau pour écrire.

Ses sœurs attendirent en silence qu'elle ait terminé et leur tende la feuille.

— Est-ce que cela vous paraît suffisamment officiel ?

— Ce serait encore plus convaincant avec le sceau de père sur l'enveloppe, fit remarquer Constance. Je crois qu'il le range dans ce tiroir... Oui, il y est. Il ne l'enferme jamais, n'est-ce pas ?

— Pas que je sache. Pourquoi le ferait-il ? Il n'a aucune raison de craindre que l'on s'en serve à son insu, ironisa Prudence, l'air sombre. Mais c'est pour son bien...

— Sans l'ombre d'un doute. Parfois, la fin justifie les moyens.

Prudence reprit la feuille.

— Je vais préparer d'autres document à signer, afin que celui-ci passe inaperçu.

— Je ferais mieux de rentrer chez moi, déclara Constance en se levant. C'est ma première réception en tant que Mme Ensor.

— Au fait, comment s'est passée la soirée, à Downing Street ? s'enquit Prudence.

Elle avait été si absorbée par ses propres problèmes qu'elle avait oublié de questionner sa sœur au sujet du dîner avec le Premier ministre.

Constance sourit.

— Avec tout ça, cela m'était sorti de l'esprit. Le Premier ministre a offert à Max le ministère des Transports.

— Merveilleux ! s'exclamèrent ses sœurs. Il doit être enchanté !

— Je crois qu'il aurait préféré les Affaires étrangères ou l'Intérieur. Ou même les Finances, mais il y a un début à tout.

— Je trouve incroyable qu'on lui propose un portefeuille après seulement une année sur les bancs de l'Assemblée, observa Prudence.

— Moi aussi. Et il est réellement ravi. Il souriait encore ce matin au réveil.

— Eh bien, nous fêterons l'événement ce soir ! déclara Chastity qui raccompagnait sa sœur à la porte.

Prudence s'habilla de bonne heure et attendit le retour de son père au salon. Dès qu'elle entendit son pas dans le hall, elle passa le nez dans l'entrebâillement.

— Vous allez vous préparer, père ?

Lord Duncan s'arrêta.

— Oui. Je n'en ai pas pour longtemps. À quelle heure sommes-nous attendus ?

— Vingt heures. Cobham sera là à moins le quart. Quant vous serez prêt, j'aimerais que vous me signiez quelques papiers. Certains concernent Romsey. Il y a deux toits de fermes qui ont besoin d'être remplacés, et j'aimerais poster les ordres dès lundi.

Lord Duncan acquiesça avec un sourire.

— Je te rejoins à la bibliothèque dans une demi-heure.

Prudence retourna au salon où elle passa rapidement en revue les papiers qu'elle souhaitait faire signer à son père. Naturellement, celui qu'elle voulait cacher semblait se remarquer comme le nez au milieu de la figure. Sans doute parce qu'elle avait mauvaise conscience.

Chastity la rejoignit peu après, habillée elle aussi pour la soirée.

— Nous nous occuperons de cela ensemble, annonça-t-elle en voyant l'air abattu de sa sœur. Allons attendre père à la bibliothèque. Jenkins nous apportera du sherry. À mon avis, tu as bien besoin d'un remontant.

— En effet.

Elles descendirent bras dessus, bras dessous. Jenkins arrangeait des chrysanthèmes dans un vase de cuivre.

— Voulez-vous du sherry, mademoiselle Prudence ?

— Dans la bibliothèque, répondit Chastity. Nous y attendrons lord Duncan.

— Alors, j'apporte aussi le whisky.

Il recula pour examiner le résultat de ses efforts.

— Décidément, je ne possède pas votre talent, mademoiselle Chastity.

— Nul besoin de talent pour les chrysanthèmes, assura Chastity qui s'approcha en souriant. Il suffit de les relever un peu, comme ça... Et de les laisser retomber et prendre leur place à leur guise. Vous voyez ?

Les grosses fleurs formaient à présent un ensemble parfaitement harmonieux.

Jenkins secoua la tête.

— Je vais chercher le sherry.

Chastity suivit sa sœur dans la bibliothèque en riant. Prudence posa les papiers sur la table et s'éloigna de quelques pas. Elle secoua la tête, puis en fit une pile bien nette...

— Cela ne fait pas naturel. Il vaudrait peut-être mieux que je les dépose devant lui quand il s'assiéra. Qu'en penses-tu ?

— Je pense que si tu ne te détends pas, il se doutera de quelque chose dès qu'il entrera dans la pièce.

Chastity éparpilla un peu les papiers, comme s'ils venaient d'être déposés en hâte sur le bureau.

— Où est sa plume ? Ah, la voilà ! Maintenant, asseyons-nous, et quand il arrivera, demande-lui simplement de signer.

— Pourquoi es-tu aussi calme ? s'enquit sa sœur.

— Parce que tu ne l'es pas. Nous ne pouvons nous permettre de paniquer toutes les deux en même temps.

Prudence sourit à l'instant où Jenkins pénétrait dans la pièce, suivi de lord Duncan.

— Bravo, Jenkins. Whisky. Vous lisez dans mes pensées.

— Vous prenez toujours un whisky à cette heure-ci, père, lui rappela Prudence d'un ton léger. Jenkins n'a pas besoin d'être devin ! Les papiers à signer sont sur votre bureau, ajouta-t-elle, et je crois qu'il y a une plume aussi. Oh, merci ! Jenkins, fit-elle en acceptant d'une main relativement ferme le verre que lui offrait le majordome.

Après avoir avalé une longue gorgée de whisky, lord Duncan se dirigea vers son bureau. Sans prendre la peine de s'asseoir, il entreprit de signer les papiers

— Savez-vous que l'on a proposé à Max le ministère des Transports ? demanda Prudence tandis qu'il repoussait la première feuille signée pour jeter un coup d'œil à la suivante.

— Est-ce la facture du vétérinaire ? s'enquit-il en l'examinant de plus près. Je ne reconnais pas le nom.

— En effet, il est nouveau. Il a pris la suite de Beddings. Vous avez entendu ce que j'ai dit, au sujet de Max ?

Lord Duncan signa, écarta la facture. La lettre d'autorisation était à présent sur le dessus, et Prudence essaya de nouveau de détourner l'attention de son père.

— Constance et lui dînaient hier soir à Downing Street, et le Premier ministre lui a offert un portefeuille.

Lord Duncan leva les yeux.

— Magnifique ! s'écria-t-il. J'ai toujours su qu'il irait loin. Constance ne s'y est pas trompée. Les Transports, tu as dit ?

Il apposait enfin sa signature sur la fameuse autorisation.

— Oui.

Chastity s'approcha pour rassembler les papiers signés, glissant discrètement le pouvoir sous la pile.

— Constance a prétendu qu'il aurait préféré les Finances ou l'Intérieur, s'esclaffa-t-elle, mais il est ravi, bien sûr. Encore deux, fit-elle le plus naturellement du monde en poussant les dernières factures vers son père.

— Ah, oui... Nous devrions emporter de quoi fêter l'événement, ce soir. Pourquoi pas un bon champagne millésimé ? Demande à Jenkins d'aller en chercher.

— Oui, père.

Prudence gagna la porte, les mains moites, les jambes flageolantes.

— Je pense qu'il n'en reste qu'une bouteille.

Son père poussa un profond soupir.

— C'est toujours la même chanson ! Dès que je demande quelque chose de particulier, il n'en reste qu'une bouteille... Quand il y en a ! Dis-lui de la monter quand même. Ce n'est pas tous les jours que mon gendre accède à un poste ministériel.

Dans le hall, Prudence s'appuya un instant contre la porte close.

C'était fait. Terminé. Merci à Chastity et à sa vivacité d'esprit !

Il ne lui restait plus qu'à se rendre à la Hoare's Bank, sur Piccadilly. Là, elle trouverait certainement quelque chose. *Il le fallait !*

11

— Voilà !

Prudence scella l'enveloppe contenant l'autorisation de son père pour la banque, puis jeta un coup d'œil par la fenêtre de la bibliothèque.

L'aube pointait à peine. Chastity et elle étaient les seules à être réveillées dans la maison silencieuse. Lord Duncan ronflait paisiblement après une soirée copieusement arrosée.

— Retournons nous coucher, suggéra Chastity en resserrant le col de son peignoir.

— Vas-y. Moi, je ne me rendormirais pas, répondit sa sœur. Je vais me préparer une tasse de thé et lire un peu. De toute façon, il faut que je sois prête à 8 h 30.

— Mais il est seulement 6 heures, objecta Chastity en réprimant un bâillement. À tout à l'heure pour le petit-déjeuner.

— Huit heures, lui rappela Prudence.

Elle rangea le sceau, s'assura que tout était en ordre, éteignit la lampe et sortit de la pièce.

Dans sa demeure de Pall Mall Place, Gideon Malvern était debout, lui aussi. Il dormait rarement plus de quelques heures par nuit, et il était encore plus éveillé que d'habitude. Il ne parvenait pas à chasser Prudence Duncan de son esprit. Il se sentait mis au défi, comme si elle était en soi un cas à gagner. Il ne l'avait pas vue la veille, pourtant, il n'avait cessé de penser à elle. Ou plutôt, rectifia-t-il mentalement, au rôle qu'elle jouait dans l'affaire qu'il avait à défendre. Travailler avec les témoins faisait partie des tâches d'un avocat, et Prudence étant son seul témoin, il ne pouvait se permettre aucune erreur.

Il remplit le lavabo de la salle de bains d'eau chaude et entreprit de se raser en songeant à la journée à venir. Il avait décidé que leur prochain rendez-vous aurait lieu dans un cadre différent, loin de son cabinet et de ses livres de droit. Sa bibliothèque même ressemblait à un bureau. Il avait envie de voir comment Prudence se comportait lorsqu'elle était détendue, dans un environnement plus neutre.

Le visage couvert de mousse, il s'observa dans le miroir, les sourcils froncés. Il voulait la tester. Serait-elle meilleur témoin si elle n'était pas sur la défensive, pas agressive ? Il avait provoqué ce genre de réaction chez elle, et devait reconnaître que cela n'avait pas toujours été intentionnel. Il y avait dans la façon dont ils réagissaient l'un à l'autre une composante qu'il ne s'expliquait pas, qui lui échappait totalement. En revanche, il avait voulu vérifier comment elle se comportait lorsqu'on la poussait dans ses retranchements, et savait désormais qu'un juge et un jury seraient aussi hérissés qu'il l'avait été par son esprit revendicateur.

Il rinça le savon à barbe, s'essuya le visage, puis se plongea avec délices dans la baignoire en se demandant si la journée lui donnerait toute satisfaction.

Il avait envie, non, besoin, de lui apprendre à arrondir les angles, de la persuader qu'elle devrait s'attirer la sympathie, au tribunal. Mais ce ne serait pas facile ! Elle aurait sans doute l'impression que jouer un rôle était une preuve de faiblesse, puisqu'elle était sûre de son bon droit. Pourtant, s'il parvenait à lui faire oublier provisoirement cet aspect combatif de sa personnalité, leurs chances seraient meilleures. À condition qu'il ne la froisse pas de nouveau. Elle était tellement susceptible !

Cependant, il était plutôt optimiste lorsqu'il descendit prendre son petit-déjeuner. Sarah, en tenue d'équitation, dévorait déjà une montagne d'œufs brouillés. Elle le gratifia d'un lumineux sourire.

— Milton m'a dit qu'il allait chercher la voiture. Vous sortez, papa ?

— Je vais faire un tour à la campagne, répondit-il en lui embrassant les cheveux.

— Il y a des rognons grillés pour vous, dit-elle en désignant un plat à couvercle d'argent sur la desserte. Vous partez seul ?

— Non, répondit Gideon en se servant. Avec une cliente.

Il s'assit et déplia son journal.

— Mlle Duncan ?

Comment avait-elle deviné ? Il lui lança un coup d'œil un peu agacé par-dessus le *Times*.

— En effet.

— Vous voyez rarement des clients le dimanche, et vous allez plus rarement encore vous promener avec eux.

— Il y a un début à tout.

Sarah se beurrait généreusement un toast.

— Vous aimez bien Mlle Duncan ? reprit-elle d'un ton faussement indifférent.

Il tourna ostensiblement sa page.

— Là n'est pas la question. Elle est ma cliente.

— Vous la trouvez jolie ? insista Sarah en attaquant sa tartine.

— On ne parle pas la bouche pleine.

Elle avala, s'essuya les lèvres avec sa serviette.

— Mais c'est vrai ?

Gideon replia son quotidien.

— Non, décréta-t-il d'un ton sans appel. Ce n'est pas le mot que j'utiliserais pour qualifier Mlle Duncan.

— Moi, je la trouve jolie, fit Sarah, déçue.

— Chacun son point de vue… Quels sont tes projets, aujourd'hui ? ajouta-t-il en se radoucissant.

— Ce matin, je vais monter au parc avec Isabelle, puis elle revient ici avec moi, et Mme Keith nous prépare du poulet rôti pour le déjeuner. Hier, nous sommes allées au musée de Mme Tussaud, continua-t-elle, les yeux brillants. Il y avait une chambre des horreurs, avec une guillotine… En cire, bien sûr, mais on ne fait pas la différence.

Gideon eut une petite grimace.

— J'espère que tu la ferais si on était sur le point de te couper la tête.

Sarah éclata de rire.

— Vous êtes sot, papa ! Bien sûr que je ferais la différence. Celle qui est en cire ne couperait rien du tout !

Il joignit son rire à celui de sa fille.

— C'est Mary qui t'y a emmenée ?

— Non, la gouvernante d'Isabelle. Mary est allée voir sa sœur pour le week-end. Vous avez oublié ?

— Apparemment. Mais ne devrais-tu pas te préparer ?

Sarah repoussa sa chaise et vint près de lui. Il lui entoura la taille du bras et l'étreignit tendrement.

— Ne tombe pas de cheval, d'accord ?

Elle rit de nouveau devant l'absurdité d'une telle éventualité et l'embrassa sur la joue.

— À quelle heure rentrez-vous ?

— Je ne sais pas exactement. Sans doute pas avant que tu sois couchée.

Elle acquiesça joyeusement et quitta la pièce d'un pas sautillant. Gideon, souriant, revint à son petit-déjeuner.

À 8 h 30 précises, la Rover noire se gara au bord du trottoir.

— Le voilà ! annonça Chastity qui guettait à la fenêtre. Il conduit lui-même, et il a l'air très en forme. Va chercher tes affaires, je descends le prévenir que tu arrives.

Prudence retourna dans sa chambre et étudia son reflet dans la psyché. Elle lissa sa longue veste prune sur ses hanches et secoua les plis de sa jupe bordée d'une bande rouge sombre. Elle se sentait un peu nerveuse, son cœur battait anormalement vite, et son teint, d'ordinaire pâle, était coloré. Mais pourquoi ? Sir Gideon Malvern ne l'inquiétait pas du tout.

Cette simple idée était ridicule ! Elle se débrouillait fort bien avec lui depuis leur première rencontre, et leur petite séance de préparation était seulement destinée à mieux l'armer contre les réflexions déplaisantes qu'elle risquait d'entendre au tribunal. Pourtant, elle regrettait que ses sœurs ne puissent les accompagner. Leur présence lui donnait de la force. Mais pourquoi avait-elle besoin de force ? se demanda-t-elle, irritée. Gideon n'était qu'un homme. Tout à fait banal. Ce n'était pas la première fois qu'elle se trouvait seule avec un homme, et jamais elle n'en avait éprouvé de l'anxiété.

Elle s'ébroua, enfila son cache-poussière fauve et fixa une voilette de soie sur son chapeau de feutre. Elle pourrait la rabattre sur son visage s'il y avait trop de poussière. Mais où allaient-ils ? Pourquoi était-il venu en automobile ? Peut-être qu'ils se rendaient tout simplement chez lui, et qu'il avait jugé plus poli de venir la chercher. Non, ce n'était pas son genre.

Elle mit ses gants, prit sa bourse, un mouchoir, son bloc, un crayon, la note de lord Barclay, et fourra le tout dans les vastes poches de son imperméable avant de descendre.

Chastity et Gideon s'entretenaient dans le hall, devant la porte ouverte. Il portait un manteau en loup et une casquette à visière. Visiblement, il ne s'agissait pas d'un court trajet dans les rues de Londres.

Il se tourna vers elle, et le sourire qui s'était formé sur ses lèvres se figea.

— Non, décréta-t-il. Ça ne va pas.

— Qu'est-ce qui ne va pas, ? demanda-t-elle, prise de court.

— Votre tenue. Vous allez geler ! En dépit du soleil, il ne fait pas chaud.

— Nous ne serons pas dans la voiture si longtemps, protesta-t-elle.

Il ignora la question sous-jacente.

— Vous allez geler, répéta-t-il. Il vous faut un manteau plus chaud.

— La fourrure, Prudence ? suggéra Chastity avec un infime haussement d'épaules.

— Nous ne sommes qu'en octobre, et il fait beau !

— Si vous avez un manteau de fourrure, je vous conseille vivement de vous en munir. Croyez-moi, vous en aurez besoin.

Prudence hésita. L'espace d'un instant, elle faillit éclater de rire tant l'effort que faisait Gideon pour mater son tempérament autoritaire était évident. Elle fut tentée de le mettre à l'épreuve, mais y renonça et remonta l'escalier.

Ses sœurs et elle avaient hérité de leur mère un manteau de renard argenté, un capuchon et un manchon, en même temps que trois rangs de magnifiques perles. Elles se partageaient la fourrure comme le bijou en fonction de leurs besoins. Prudence alla chercher le manteau dans le coffre de cèdre où on le rangeait pour l'été. Il sentait un peu le bois, mais ce n'était rien comparé à l'odeur de naphtaline de l'autre jour !

À peine l'eut-elle enfilé qu'elle se sentit baigner dans une atmosphère de luxe et d'élégance. C'était une fourrure extravagante, dont le haut col lui caressait délicieusement le cou. Le capuchon lui couvrait les oreilles tout en révélant sa frange rousse. Elle enfouit ses mains gantées dans le manchon et décida que, même si elle mourait de chaud, cela en valait la peine. Elle transféra le contenu de ses poches dans le manchon et redescendit.

Chastity était seule dans le hall.

— Tu es ravissante, Prudence !

— Je sais, c'est le manteau, quelle que soit la personne qui le porte. Où est-il ?

— Il avait laissé le moteur en marche, alors il est retourné à la voiture.

— Il t'a dit où nous allions ?

Chastity secoua la tête.

— J'ai essayé de le cuisiner, mais il a simplement répondu que vous risquiez de rentrer tard et que nous ne devions pas nous inquiéter, que tu étais en de bonnes mains.

— Il est impossible ! s'exclama Prudence. Croit-il vraiment que les femmes aiment être bousculées ainsi ?

— À mon avis, il ne peut pas s'en empêcher, s'esclaffa sa sœur.

Le son d'un klaxon les fit sursauter. Prudence leva les yeux au ciel, tandis que Jenkins traversait le hall pour lui ouvrir la porte.

— Je crois que sir Gideon attend, mademoiselle Prudence.

— Comment avez-vous deviné ?

Elle embrassa rapidement sa sœur.

— À plus tard.

— Bonne chance.

— Pourquoi en aurais-je besoin, Chastity ?

— On ne sait jamais...

Il y eut un autre coup d'avertisseur, et Prudence, exaspérée, se hâta de sortir.

Gideon se tenait près de la voiture, le pied sur le marchepied, la main sur le klaxon. Il ouvrit de grands yeux en la voyant descendre les marches en courant.

— Il me manque un traîneau tiré par des chiens et un lac gelé, commenta-t-il.

— Les chiens se seraient enfuis en entendant votre satanée corne ! rétorqua Prudence. C'était tout à fait superflu.

— Je sais, pardonnez-moi. J'essaie de m'améliorer, mais la patience n'est pas ma qualité principale.

Il ouvrit la portière et gâcha son bel effort pour s'excuser en ajoutant :

— Vous vous y habituerez, vous verrez.

— Je ne suis pas sûre que ce soit indispensable, marmonna-t-elle en s'installant.

— Pardon ?

— Non, rien, répondit-elle avec un sourire suave. J'aime bien me parler toute seule. Vous vous y habituerez, vous verrez.

Il haussa les sourcils, ferma la portière et alla se mettre au volant.

— Il vaudrait mieux que vous portiez ceci, fit-il en se retournant pour prendre un objet à l'arrière. Tenez.

Il lui tendait une paire de lunettes teintées à monture de cuir et de métal.

Il en chaussa une lui-même.

— Est-ce nécessaire ? s'étonna Prudence.

— Pour vous protéger les yeux, bien sûr. Le vent est violent, parfois.

Il passa une vitesse et s'écarta du trottoir en douceur.

— Vous devez dormir très peu si vous commencez toutes vos journées de si bonne heure, observa Prudence qui continuait à jouer avec les lunettes. C'est le week-end, après tout.

— Pardonnez-moi si je vous ai privée de votre grasse matinée, dit-il gaiement, mais même en roulant à trente bons kilomètres heure, il nous faudra presque trois heures pour arriver à destination.

— Trois heures ! s'écria Prudence. Mais où diable allons-nous ?

— C'est une surprise. Je vous l'ai dit, je pense, la surprise est l'essence du succès.

— Devant une cour de justice, précisa-t-elle.

— Certes, reconnut-il en riant. Mais comme vous l'avez justement fait remarquer, nous sommes dimanche, alors nous ne parlerons pas du procès.

— Je croyais que vous deviez me préparer pour le tribunal !

— En effet, mais pas comme nous l'avons fait jusqu'à présent. Nous n'allons pas gâcher une si belle journée par trop de pression. En outre, j'aime bien me détendre pendant le week-end. Cela me permet de garder l'esprit clair.

Prudence demeura un instant à court de mots. Elle était dans cette automobile qui la menait Dieu seul savait où, pour des raisons mal définies, avec un homme qu'elle détestait davantage à chaque minute.

— Donc, vous avez menti, lâcha-t-elle enfin. Juste pour m'amener à passer la journée avec vous.

— C'est un peu sévère, fit-il d'un ton léger. Je vous ai déjà expliqué qu'apprendre à vous connaître est un élément important de ma préparation.

C'était logique, et elle ne pouvait guère protester.

— Je pensais que vous passiez vos dimanches avec votre fille.

— Oh, Sarah a mieux à faire, aujourd'hui ! Son emploi du temps est surchargé, et elle n'a pas une minute à consacrer à son père !

— Je vois...

Ils prenaient de la vitesse, et le vent la faisait pleurer. Résignée, elle chaussa les grosses lunettes et tourna la tête pour observer son compagnon.

Il souriait et, bien qu'elle ne pût distinguer ses yeux, elle devina qu'une petite flamme dansait dans le regard gris. Sa bouche était toujours aussi sensuelle, nota-t-elle avant de se détourner et de fixer de nouveau la route, les mains enfoncées dans le manchon.

— Alors, où allons-nous, Gideon ?

— À Oxford. Nous devrions y arriver juste à temps pour déjeuner au *Randolph*. Ensuite, s'il ne fait pas trop froid, nous pourrions prendre une barque à fond plat pour nous promener sur la rivière. À vrai dire, vous pourriez affronter une tempête de neige, équipée comme vous l'êtes !

— Nous allons faire plus de cent cinquante kilomètres aller et retour ?

— J'adore conduire. Et j'adore cette voiture. Elle fait du trente-cinq à l'heure sans problème, il fait beau... Cela ne vous plaît pas ?

— Il ne vous est pas venu à l'esprit que je puisse avoir des projets pour cet après-midi ? remarqua-t-elle d'un ton pincé.

— Si, mais j'ai supposé que vous m'enverriez un message si mon invitation ne vous convenait pas, répondit-il en lui lançant un coup d'œil oblique tandis que son sourire s'élargissait. Je me suis donné un mal fou pour que cela ressemble à une invitation et non à une convocation. J'espère y être parvenu.

Il marquait un point.

— C'était une convocation un peu plus courtoise que d'habitude, concéda-t-elle.

— Vous exagérez ! s'exclama-t-il. J'essaie de m'améliorer, et voilà ma récompense !

— Je me moque de la façon dont vous vous comportez en privé. Seule votre attitude devant la cour m'intéresse. À ce propos, j'ai une information à vous communiquer.

Mlle Duncan était aussi difficile à apprivoiser que prévu, songea-t-il. En général, les femmes réagissaient bien quand il prenait la peine de leur faire du charme.

— Laissez-moi d'abord jouir un peu de cette journée, Prudence. Que je me nettoie les cerveau. Le travail viendra plus tard.

Après tout, cet homme avait bien droit à quelques loisirs... Les doigts de Prudence se refermèrent sur son bloc-notes.

— Nous pourrions peut-être nous occuper d'autre chose, dit-elle en sortant le carnet. Puisque nous allons passer quelques heures côte à côte, autant ne pas perdre notre temps.

Elle suçotait son crayon.

Il parut soudain inquiet.

— De quoi parlez-vous ?

— Auriez-vous oublié que nous sommes chargées de vous trouver une épouse ? demanda-t-elle en feignant la surprise.

— Oh, non ! gémit-il. Je ne suis pas d'humeur, Prudence.

— Désolée, mais vous avez accepté nos conditions. Si nous vous trouvons une femme, cela fera une sacrée différence pour nous en matière de dommages et intérêts !

Il secoua la tête.

— Vous ne lâchez pas facilement le morceau ! Très bien, si vous voulez jouer à ce petit jeu, allons-y.

— Ce n'est pas un jeu, et j'insiste pour que vous preniez cette démarche au sérieux. Nous avons dressé la liste des qualités dont nous pensons qu'elles sont importantes à vos yeux. Si vous vouliez bien leur attribuer une note de un à cinq tandis que je vous les énumère, cela nous aiderait énormément.

— Ouvrez le feu ! dit-il en affichant une mine de circonstance.

Prudence le considéra avec circonspection. Elle ne parvenait pas à déchiffrer son regard derrière les lunettes, mais il y avait une petite ride suspecte au coin de ses lèvres.

— D'abord, l'âge, commença-t-elle. Avez-vous une préférence ?

— Je ne crois pas.

— Vous avez bien une idée, tout de même ! Aimeriez-vous une jeune fille à sa première sortie dans le monde, ou une femme plus mûre ?

Il parut réfléchir tout en doublant une charrette tirée par un cheval qui broncha. Le paysan agita son fouet dans leur direction, tandis que la voiture disparaissait dans un nuage de poussière.

— Bientôt, les gens ne feront même plus attention quand ils verront une automobile, prédit Gideon. Ce sera l'unique moyen de locomotion.

— Alors il faudra améliorer l'état des routes, riposta Prudence tandis que le véhicule passait sur un nid-de-poule. Elles ne sont pas faites pour rouler à cette allure.

— Le Royal Automobile Club essaie d'influencer le gouvernement dans ce sens. Vous êtes très secouée ?

— Ce n'est pas follement confortable. Mais surtout que la perspective de mon inconfort durant les trois heures à venir ne vous détourne pas de votre projet initial.

— Ce n'est tout de même pas si terrible, protesta-t-il. Nous nous arrêterons pour boire un café à Henley. De toute façon, il faudra remplir le réservoir, et vous pourrez vous détendre les jambes.

— Quel bonheur ! Mais vous n'avez pas répondu à ma question. À cinq ans près, quel âge vous conviendrait ?

— L'extrême jeunesse est très ennuyeuse pour un homme de mon âge. L'inexpérience aussi. Je n'ai aucune envie d'initier une jeune vierge aux plaisirs du lit conjugal.

Prudence n'en demandait pas tant ! Cependant, plus elles auraient d'informations, plus elles auraient de chances de se montrer efficaces, aussi hocha-t-elle la tête.

— Donc, une femme mûre vous conviendrait.

— Mûre… je n'en suis pas certain. C'est un mot qui évoque des vieilles filles désespérées ou des veuves languissantes. Je ne crois pas que l'une ou l'autre de ces catégories me conviendrait. Évidemment, ajouta-t-il, vous avez pris en compte les difficultés que représente l'union d'un divorcé, père d'une fillette de dix ans, avec une femme disponible et convenable.

— Nous considérons que cela pose un problème pour une femme plus que pour un homme. Vous possédez beaucoup d'autres atouts.

— Comme c'est gentil ! J'en suis flatté.

— Il n'y a pas de quoi. Je voulais simplement dire que votre profession et votre situation financière compenseraient sans doute vos inconvénients aux yeux de la plupart de gens, hormis les plus collet monté, naturellement.

— Oh, me voilà remis à ma place !

Prudence fut soudain prise, de façon fort importune, d'une furieuse envie de rire qu'elle eut du mal à contrôler.

— Donc, nous cherchons quelqu'un d'une trentaine d'années ? Pas plus de trente-cinq. Je sais que vous n'avez pas aimé l'idée d'Agnès Hargate avec son fils, mais auriez-vous quelque chose contre une veuve d'une manière générale ?

— Non, si elle n'est pas languissante. Et pas contre les vieilles filles non plus, si elles ne sont pas désespérées... Pourtant, je pense que trente-cinq ans est un peu vieux. Disons plutôt un peu moins de trente. Oui, plus j'y songe, ajouta-t-il avec un petit regard en coin, plus il me semble que c'est l'âge idéal.

— Parfait. Voilà un excellent début.

Prudence savait parfaitement où il voulait en venir, mais elle n'avait pas l'intention d'entrer dans son jeu. Elle respira un bon coup.

— Doit-elle être jolie ?

— « Il n'y a point de laides amours. »

— Ne noyez pas le poisson. L'apparence d'une femme constitue-t-elle un critère de sélection important ?

— Laissons cette question de côté, je n'en connais pas la réponse, dit-il, sérieux pour la première fois.

— La culture, alors ? Quelle note de un à cinq ?

— Il y a encore une semaine, j'aurais répondu deux et demi. Aujourd'hui, c'est résolument cinq.

Elle griffonna dans son carnet, et il reprit :

— Vous ne me demandez pas ce qui m'a fait changer d'avis ?

— Non, cela n'a aucun intérêt. Quel genre de personnalité appréciez-vous ?

— Faible et soumise, répondit-il sans hésiter. Une femme qui reste à sa place, qui sache se taire, qui épouse mes opinions.

C'en était trop ! Prudence ferma le carnet et le remit dans son manchon.

— D'accord, si vous avez décidé de ne pas prendre ceci au sérieux...

— Mais je réponds à vos questions ! se défendit-il. Ne pouvez-vous imaginer qu'un être aussi arrogant, agressif et prétentieux que moi ait besoin d'une épouse qui apprécie ces qualités et...

— Qualités! coupa Prudence. Ce ne sont pas des qualités, mais des tares!

Gideon engagea la voiture dans une route étroite à l'entrée de laquelle une pancarte indiquait : Henley 3 kilomètres.

Prudence se tut, se contentant d'admirer le paysage automnal.

— Et ce sont des tares dont je suis affligé, à votre avis? reprit enfin Gideon, la tirant de ses pensées.

— Je vous ai déjà dit que la seule chose qui m'intéressait chez vous, c'est votre capacité à gagner notre procès, déclara-t-elle.

— Alors, parlons de vous. Le mariage ne vous a jamais tentée, Prudence?

— Quel rapport avec notre affaire?

Il réfléchit un instant.

— Je préférerais que vous n'apparaissiez pas au tribunal comme une vieille fille aigrie, mal embouchée et farouchement féministe.

Prudence eut un haut-le-corps, mais il continua sans se troubler :

— Je vous le répète, l'avocat de Barclay fera son possible pour vous montrer sous un mauvais jour. Quant à moi, j'aimerais présenter à la cour une femme chaleureuse qui se bat pour protéger les plus faibles et empêcher qu'on ne les exploite. Une femme douce mais déterminée. Une femme qui apprécie les hommes, à l'exception de ceux qui ne sont pas dignes de son estime.

Prudence s'agita sur son siège, soudain mal à l'aise.

— Est-ce que j'apparais vraiment sous une lumière aussi défavorable?

— Parfois, avoua-t-il après un instant de réflexion. Quand vous vous hérissez. J'aimerais que vous soyez capable de dominer cette réaction.

— Parce qu'ils vont me provoquer, à la cour ?

— Il faut que vous y soyez préparée.

Prudence demeura silencieuse. Il avait raison de se montrer honnête, et elle ne pouvait qu'en reconnaître le bien-fondé. Mais il n'empêche, c'était un aveu qu'elle trouvait tout à fait désagréable !

12

Ils remontaient dans la grand-rue de Henley-on-Thames. Les trottoirs, ainsi que les vertes berges de la rivière, étaient encombrés par les promeneurs du dimanche. Il y avait quelques barques ici ou là, et Prudence s'aperçut qu'il faisait nettement plus chaud, à présent qu'ils roulaient plus lentement. Elle avait l'impression d'être un ours en hibernation, dans son cocon de fourrure.

Gideon s'engagea sous une arche et pénétra dans la cour gravillonnée d'une auberge à colombages. Il coupa le contact et sauta à terre, mais Prudence, dans sa hâte à se détendre, n'attendit pas qu'il vienne l'aider à descendre. Elle résista avec peine à l'envie fort peu élégante de se masser les reins.

— Allez commander du café, dit-il. Je vous rejoins dès que j'aurai rempli le réservoir.

Il sortit un bidon du coffre de l'automobile.

Prudence fit rouler les muscles de ses épaules, ôta le manteau et le capuchon de renard.

— J'ai beaucoup trop chaud, fit-elle en les posant sur son siège. À tout de suite.

Le *Dog and Partridge* possédait un confortable salon, près du bar, et une serveuse joviale prit la commande avant d'indiquer les toilettes à Prudence. Lorsque la jeune femme en ressortit, rafraîchie et coiffée, Gideon était déjà installé à leur table et servait le café

— Je vous aurais bien proposé une promenade au bord de la rivière, mais j'aimerais que nous soyons à Oxford pour le déjeuner, expliqua-t-il.

— Pourquoi aller si loin ? Nous pourrions nous arrêter ici.

Gideon fronça les sourcils.

— J'avais l'intention de me rendre à Oxford.

— Vous pouvez changer d'avis, objecta-t-elle, l'air interrogateur.

Peut-être ne le pouvait-il pas, après tout. Comme pour confirmer ses doutes, il répondit :

— Quand j'ai un projet, j'aime m'y tenir.

— Vous aimez, ou vous en avez besoin ?

Il ne s'était jamais posé la question, pourtant, la réponse vint spontanément.

— Besoin. Cela fait-il de moi un être rigide et pédant ? demanda-t-il avec un petit sourire penaud.

Elle but une gorgée de café.

— Plutôt. Il faudra que je me le rappelle quand je chercherai une candidate. Certaines femmes trouvent cela rassurant… quelqu'un qui ne change pas d'avis.

— Je ne sais pas pourquoi, mais j'ai l'impression que vous n'en faites pas partie.

— Gagné, dit-elle avec un sourire froid en prenant une brioche.

— Il me semble que nous nous concentrons sur mes défauts, ce matin, fit remarquer Gideon. Moi qui espérais passer un agréable moment en faisant plus ample connaissance.

— C'est précisément ce que nous faisons, avec les défauts et le reste, non ? À ce propos, si l'avocat de Barclay doit m'attaquer, ne vaudrait-il pas mieux que vous me posiez d'abord les questions hostiles qu'il est susceptible de m'infliger ? Pour le priver de ses moyens d'action, en quelque sorte. Ainsi, je répondrais avec plus d'assurance.

— J'ai envisagé cette tactique, admit-il. Mais dès que je commence, vous réagissez avec la férocité d'un essaim de guêpes.

— C'est parce que je n'avais pas compris qu'il s'agissait d'une tactique. Maintenant que je sais qu'il s'agit d'une préparation et non de votre opinion personnelle, je vais tempérer mes réponses.

Elle ôta ses lunettes et les nettoya avec sa serviette, sans se rendre compte que c'était un réflexe lorsqu'elle se piquait au jeu.

— Ai-je raison de considérer que vous ne formulez *pas* votre propre opinion ? insista-t-elle.

— Même si c'était le cas, cela n'aurait aucune importance. Le problème n'est pas là.

Il repoussa sa tasse et s'enfonça dans son fauteuil de cuir. La lumière était tamisée, dans le salon, et les vitres en losanges laissaient passer peu de soleil. Dans la pénombre, la chevelure de Prudence prenait une riche teinte cuivrée, et ses yeux semblaient plus verts que jamais dans son petit visage ovale.

— Pour répondre à une question que vous m'avez posée tout à l'heure, reprit-il, j'ai décidé que l'apparence d'une femme était très importante.

— Il faut qu'elle soit belle ?

Il secoua la tête.

— Pas du tout. Intéressante... originale. Voilà les adjectifs que je choisirais.

— Je vois.

— Vous ne le notez pas ?

— Mon carnet est dans la voiture.

Elle avait envie de le fusiller du regard et de lui sourire en même temps. Mais elle ne pouvait faire ni l'un ni l'autre, sous peine de baisser la garde. Il tentait de l'entraîner dans un jeu de séduction. Il ne la courtisait pas à proprement parler, ce n'était pas un flirt banal, juste une invitation à entrer dans la danse. Et une petite voix qu'elle tentait d'ignorer lui soufflait : « Pourquoi pas ? »

La réponse était pourtant claire comme de l'eau de roche. Elle... ses sœurs... Elles avaient besoin de tout le professionnalisme de cet homme. *Elle* en avait besoin, sinon elle perdrait toute concentration. Il n'y avait pas place entre eux pour une relation personnelle. En outre, se rappela-t-elle, elle le détestait.

Résigné à ne pas susciter chez elle de réaction plus intéressante, il reprit d'un ton neutre :

— Prête à repartir ?

Il se leva, jeta quelques pièces sur la table.

— Puisque Oxford doit être notre destination, soupira-t-elle.

— Vous apprécierez, promit-il en lui ouvrant la porte. Et j'avoue que je suis curieux de voir si je sais encore canoter. Cela fait presque vingt ans...

Il poussa un soupir exagéré, et Prudence serra les lèvres. Elle n'allait pas lui offrir le compliment qu'il attendait.

— Je crois que je n'ai plus besoin de cette fourrure, déclara-t-elle quand ils regagnèrent la voiture.

Elle plia soigneusement le manteau sur le dossier de son siège.

— Vous aurez besoin du capuchon et des lunettes, dit-il en chaussant les siennes. Et dans quelques minutes, vous vous apercevrez que vous avez froid.

Il tourna la manivelle, rangea l'outil et se glissa au volant.

— Toujours plus haut, toujours plus loin ! lança-t-il joyeusement.

— À combien sommes-nous ?

— Une trentaine de kilomètres. Nous devrions y être dans une heure environ.

Prudence noua son capuchon. Elle ne partageait pas du tout son enthousiasme à l'idée d'être cahotée pendant une heure à pleine vitesse. Elle posa le manteau sur les épaules en songeant sans plaisir au long trajet de retour. Lorsqu'ils quitteraient Oxford, le soleil déclinerait, et l'air serait encore plus froid.

Toutefois son compagnon, qui chantonnait, ne semblait pas partager ses préoccupations.

— Êtes-vous parfois libre l'après-midi ? s'enquit-elle.

— Sauf si je suis au tribunal ou en rendez-vous professionnel, cela m'arrive. Pourquoi ?

— Nous profitons en général de notre jour de réception pour permettre à des couples éventuels de se rencontrer. Vous pourriez venir étudier quelques candidates possibles, un après-midi.

Un fox-terrier agrippé à son os, il n'y avait pas d'autre comparaison possible, soupira-t-il intérieurement.

— Et vous en avez en tête ? À part cette Agnès Je-ne-sais-quoi.

— Hargate. Je vous assure que vous avez tort de refuser de la rencontrer. Elle vous plairait beaucoup. Vous ne m'avez même pas laissé vous la décrire.

— J'ai une réaction instinctive, déclara-t-il. À l'instant où vous avez prononcé son nom, j'ai su que nous ne nous entendrions absolument pas.

Prudence sentait l'irritation la gagner.

— Je ne vois pas comment vous pouvez en être aussi certain !

— Pourtant, c'est le cas.

Prudence rouvrit son carnet et parcourut les quelques noms que ses sœurs et elle y avaient consignés.

— Bien. Essayons encore. Vous vous entendriez sûrement bien avec Lavender Riley. Je me ferai fort de l'avoir à la maison un mercredi, si vous pouvez vous rendre libre.

— Non.

— Non, vous ne serez pas libre un mercredi ?

— Non, Lavender Riley ne m'intéressera pas.

— Qu'en savez-vous ? Je ne vous ai jamais parlé d'elle.

— Vous m'avez dit son nom. J'ai omis de vous signaler que j'étais très sensible aux prénoms. Vous devriez le noter dans votre carnet. Jamais je ne pourrais vivre avec une personne qui s'appelle Lavender.

— C'est ridicule ! Vous n'auriez qu'à lui donner... un surnom.

— Je déteste les surnoms. Et puis, tout le monde l'appellerait Lavender devant moi, et je ne le supporterais pas.

— Si vous avez décidé d'émettre des objections futiles...

Elle s'interrompit. Elle s'exposait justement à la raillerie en insistant, or elle ne voulait pas l'encourager davantage.

Mais apparemment il n'avait nul besoin d'encouragement. Il poursuivit, malgré son silence glacial :

— En revanche, j'aime beaucoup les noms de vertus. Espérance...

— L'espérance n'est pas une vertu, aboya-t-elle.

— Je pense qu'un caractère optimiste est un caractère vertueux, rétorqua-t-il. Charity est aussi un joli nom. Et Patience. Prudence également, bien sûr. C'est même un prénom très plaisant, en même temps qu'une solide vertu.

Les mains crispées dans son manchon, Prudence s'efforçait de garder son sérieux.

— Allez, dit-il en se tournant vers elle. Vous avez envie de rire, je le vois dans vos yeux.

— Vous ne pouvez pas voir mes yeux derrière ces énormes lunettes.

— Je les imagine aisément. Votre bouche frémit de façon presque imperceptible, or, c'est ce qui se passe quand vos yeux brillent. Je l'ai souvent remarqué.

— Compte tenu du peu de raisons que j'ai eu de sourire en votre compagnie depuis que nous nous connaissons, je trouve cette observation peu vraisemblable.

— C'était censé passer pour un compliment, se plaignit-il.

— Dans ce cas, c'est raté.

Elle s'enfonça davantage dans son manteau tandis que la voiture prenait de la vitesse.

— Vous êtes impossible ! J'avais organisé une délicieuse journée, et vous vous efforcez de la gâcher.

Prudence se risqua à le regarder.

— *Vous* avez organisé une délicieuse journée, sans me demander mon avis. Sans vous soucier de mes propres projets, ou même de mes souhaits, tout simplement. Et à présent, vous m'accusez, *moi*, que vous avez entraînée bon gré mal gré, de gâcher *vos* projets ! Je vous rappelle que nous étions censés travailler sur notre affaire.

— C'est le cas. Malheureusement, cela ne se déroule pas aussi bien que je l'espérais. Je souhaitais vous voir détendue, à l'aise, et non sur la défensive... ou l'offensive. J'avais pensé que, si je vous offrais le bon environnement, vous me montreriez cet aspect de votre personnalité. S'il existe... Sinon, c'est en effet du temps perdu.

Prudence resta silencieuse une bonne minute.

— Il existe, en réalité, dit-elle enfin. Pourquoi avez-vous besoin de le voir ?

— Parce que c'est cela qui nous fera gagner le procès, répondit-il tranquillement. Je veux la chaleureuse, l'intelligente, l'humaine Prudence Duncan à la barre. Pouvez-vous me l'offrir ?

Il y eut un nouveau silence, durant lequel chacun s'absorba dans ses réflexions. L'explication était simple, raisonnable, et Prudence se demandait pourquoi elle résistait au plaisir qu'aurait dû lui procurer cette sortie, pourquoi elle luttait avec autant d'acharnement pour ne pas se laisser charmer, désarmer, amuser par Gideon qui faisait visiblement beaucoup d'efforts. C'était bien inutile, puisque le seul objectif de l'avocat était de les aider à gagner leur procès.

— Il fait beau, reprit-il, un délicieux déjeuner nous attend, suivi d'une agréable promenade sur la rivière. Nous nous arrêterons pour dîner à Henley au retour, ensuite, vous pourrez dormir jusqu'à Londres, lovée dans vos fourrures. Comment pouvez-vous résister à un tel programme ?

— C'est en effet irrésistible, avoua-t-elle tandis que ses épaules se détendaient d'un coup.

Elle ne s'était même pas rendu compte qu'elle était nouée, comme si elle se défendait contre quelque chose.

— Si vous promettez de ne pas m'agacer, je vous montrerai cet autre aspect de ma personnalité.

— Je ne promets rien, répliqua-t-il en souriant. Parfois, je ne le fais pas exprès. Je vous prie de m'accorder le bénéfice du doute s'il arrive que mes paroles vous contrarient.

— D'accord. Juste pour aujourd'hui. En retour, je vous demande d'écouter deux choses que j'ai à vous dire sur notre cas. Nous ne serons pas obligés d'en discuter, mais il faut que vous soyez au courant pour réfléchir à la suite.

— Allez-y !

— Un : mon père va témoigner à la barre en faveur de Barclay.

Il se contenta de hocher la tête.

— Vous vous rendez compte à quel point c'est étrange… terrible, en fait ?

— Pas vraiment.

— Mais vous serez obligé de l'attaquer.

— J'essaierai d'ébranler la foi qu'il a en la probité de son ami, certes.

— Sans être désagréable vis-à-vis de père ?

— Sauf s'il m'y contraint.

Prudence digéra l'information. Gideon ne semblait guère troublé par ce qui lui paraissait à elle une atroce perspective.

— J'ai peur qu'il me reconnaisse... Ma voix, plutôt. Je ne sais pas si je pourrai la transformer suffisamment...

— Qu'aviez-vous en tête ? demanda-t-il, curieux.

Prudence eut un petit rire. Elles avaient décidé qu'elle adopterait l'accent utilisé par Chastity lorsqu'elle avait rencontré leur premier client payant, M. Anonyme, au tout début de L'Intermédiaire.

— Mais je viens de Paris, moi, monsieur, déclara-t-elle avec un fort accent français. En France, on ne pose pas de pareilles questions aux dames. Ce n'est pas convenable. Le *Mayfair Lady* est un journal respectable, très respectable, vous comprenez ?

— Vous tiendrez jusqu'au bout ? s'esclaffa Gideon.

— Pourquoi pas ? Mon français est assez bon pour que je puisse le mélanger à l'anglais, ce qui ajoutera un peu de confusion sans être totalement incompréhensible. J'ai pensé que c'était une bonne idée.

— Une mystérieuse dame française voilée... Voilà qui va les intriguer, à coup sûr, et vous rendre plus sympathique. L'Anglais moyen est fasciné par la réputation – comment dire ? – sulfureuse des Françaises. Ils seront moins hostiles aux idées exprimées par le *Mayfair Lady* s'ils pensent qu'elles viennent d'une étrangère. Une femme dont on s'attend qu'elle soit délurée.

— Donc, c'est une bonne stratégie.

— À condition que vous résistiez à un interrogatoire soutenu.

— Je m'entraînerai avec mes sœurs.

— Encore faut-il que votre identité soit toujours inconnue au moment du procès, lui rappela-t-il. Comme je vous l'ai déjà dit, les plaignants feront tout pour découvrir qui vous êtes. Ils ont certainement déjà lancé les recherches.

— Nous saurons la semaine prochaine s'il y a eu des enquêtes de faites sur les lieux de vente du *Mayfair Lady*.

— C'est judicieux. Ensuite ?

Prudence sortit de son manchon la note de lord Barclay, et la lut à haute voix.

— Elle n'est pas datée, mais ce n'est certainement pas récent.

— Cela ne suffit pas, déclara Gideon. Trouvez-moi le calendrier des paiements, les dates, découvrez ce que votre père achetait. Je n'ouvrirai pas la boîte de Pandore sans preuve irréfutable.

— Vous pourriez interroger le comte, riposta-t-elle, vaguement hérissée par sa réaction. L'ébranler un peu.

— Je n'ai pas de quoi ne serait-ce qu'aborder le sujet. Vous devez creuser davantage.

— Il se trouve que je détiens l'autorisation d'examiner les relevés bancaires de père. J'irai dès demain chez *Hoares*.

— Comment l'avez-vous obtenue ? s'étonna-t-il.

Prudence s'enfouit davantage dans ses fourrures.

— Par un subterfuge dont je ne suis pas fière. C'est pourquoi je préférerais ne pas en parler.

— Bien sûr, dit-il vivement. Avez-vous froid ?

— Un peu, avoua-t-elle, bien que son impression de froid fût plutôt intérieure.

— Nous arriverons dans moins d'une demi-heure. Vous voyez les clochers ?

En effet, les aiguilles des églises d'Oxford pointaient à l'horizon.

— C'est curieux, je ne suis jamais allée à Oxford, fit Prudence, chassant résolument toute pensée déprimante. Cambridge, oui, mais pas Oxford.

— Je préfère Oxford, mais je suis sans doute de parti pris.

— Vous étiez à New College ?

Il acquiesça, et posa une main légère sur son genou. Prudence trouva ce geste étrangement significatif. À vrai dire, toute la journée prenait un sens particulier, sans qu'elle sût discerner lequel. Elle savait seulement qu'il allait au-delà de la somme de ses composants. Bien au-delà.

Ils s'arrêtèrent devant le *Randolph Hotel*, sur Beaumont Street, à l'instant où les cloches de la ville sonnaient midi.

Prudence descendit de la voiture. Le soleil était chaud, et elle se débarrassa de sa fourrure. Gideon la prit sur son bras.

— Mieux vaut emporter votre manteau à l'intérieur, conseilla-t-il.

Un portier les escorta dans le hall de l'élégant établissement.

— Les toilettes pour dames sont à l'étage, précisa Gideon. Je vous attends dans la salle à manger.

Prudence le rejoignit alors qu'il étudiait la carte des vins. Une coupe de champagne l'attendait.

— J'ai pris la liberté de vous commander un apéritif, dit-il. Mais si vous préférez autre chose...

— Non, c'est parfait. Excellent pour le moral.

— Et j'ai l'impression que votre moral en a besoin, observa Gideon. Laissez-moi essayer de vous distraire pour le reste de la journée. Vous voulez bien ? ajouta-t-il en posant la main sur la sienne.

Oh, oui ! songea Prudence, il y avait beaucoup plus dans cette journée qu'il n'y paraissait.

Elle se dégagea doucement et ouvrit la carte.

— Que me recommandez-vous ? Je suppose que vous connaissez ce restaurant.

— Très bien, en effet, fit-il, acceptant qu'elle change de sujet.

Si elle était réticente à lui répondre spontanément, il n'insisterait pas. Il avait son orgueil. Bien qu'il fût un peu piqué, il se garda de le montrer.

— Le chef est fameux, ici. Avez-vous faim ?

— Une faim de loup.

Il examina la carte.

— Selle d'agneau, suggéra-t-il. À moins que vous ne préfériez la sole meunière ?

— L'agneau sera parfait. Je n'ai guère envie de poisson. Que devrais-je choisir pour commencer ?

— La terrine de maquereaux est délicieuse, mais si vous ne tenez pas au poisson... Un potage glacé, peut-être ?

— Parfait !

Prudence ôta ses lunettes afin de les nettoyer, et le gratifia d'un sourire. Gideon n'y était pas préparé tant il était rare. Combiné à la lumière qu'il allumait dans le regard vert, le résultat était saisissant. Lot de consolation, décida-t-il, mais à ne pas dédaigner.

— Bordeaux, ou bourgogne ? s'enquit-il.

— Plutôt du bordeaux.

— Va pour le bordeaux.

Prudence sirota son champagne, puis s'appuya au dossier de son siège pour contempler par la haute fenêtre le spectacle de la rue.

Elle se sentait soudain détendue, heureuse à l'idée du bon déjeuner qui l'attendait. Son compagnon était concentré sur la carte des vins, aussi en profita-t-elle pour l'observer à loisir.

Son épaisse chevelure révélait un front haut, et elle songea que dans quelques années il semblerait plus haut encore. Elle descendit vers le nez aquilin, autoritaire, la bouche, terriblement troublante. Il avait de belles mains fines, des mains de pianiste, se dit-elle, se rappelant qu'elle avait remarqué ce détail dès leur première rencontre.

Il y avait bien longtemps qu'elle n'avait pas trouvé un homme attirant, et une éternité qu'aucun ne lui avait plu sexuellement. Elle avait perdu sa virginité l'année qui avait suivi la mort de sa mère. N'étant pas obsédées par le mariage, ses sœurs et elle avaient décidé qu'elles ne voulaient pas mourir sans savoir ce qu'était le sexe. Aussi s'étaient-elles accordé une année. À la fin de ladite année, elles n'étaient plus vierges.

L'expérience de Prudence n'avait pas été déplaisante, pourtant, il lui avait semblé qu'il y manquait quelque chose. Un élan, une exaltation que ses lectures érotiques lui avaient laissé entrevoir. Peut-être que ces ouvrages avaient magnifié les délices de l'extase... Quoi qu'il en soit, Prudence était restée sur sa faim.

Et voilà qu'elle imaginait ces belles mains sur son corps. Sa bouche connaissait déjà les baisers de Gideon, en revanche, le frémissement d'excitation au creux de son ventre était une sensation inconnue. Choquée, elle dut reconnaître qu'elle était attirée par Gideon Malvern.

Comment était-ce possible, alors qu'elle le détestait ? Enfin, du moins ne serait-elle pas tentée d'aller plus loin. Elle avait besoin de l'esprit de cet homme, pas de son corps, et n'avait pas l'intention de confondre les deux !

— Un penny pour vos pensées, dit-il en levant les yeux de la carte.

Elle rougit. Plus elle rougissait, plus elle était embarrassée, et plus elle rougissait. Il la scrutait comme s'il voulait pénétrer au plus profond de ses pensées. Elle devait être cramoisie !

Le sommelier apparut de façon fort opportune, et Prudence sentit son teint retrouver sa couleur normale. Elle pressa son verre d'eau contre sa tempe, ce qui la rafraîchit aussitôt. Lorsque Gideon en eut terminé avec le sommelier, elle s'était tout à fait ressaisie.

— Un saint-estèphe, annonça-t-il. J'espère que vous aimerez.

— Certainement. Je ne me permettrais pas de mettre en question le choix d'un expert, déclara-t-elle en brisant un morceau de pain qu'elle tartina délicatement d'une coquille de beurre.

— Sage attitude, approuva-t-il. Je suis toujours surpris de constater combien la plupart des gens, par vanité ou par sottise, refusent d'écouter la voix de l'expérience.

Prudence secoua la tête.

— Vous avez sûrement raison, Gideon, mais d'une façon parfois insupportable !

— Qu'ai-je dit ? demanda-t-il, sincèrement étonné.

— Si vous ne le savez pas, il ne sert à rien que je vous l'explique.

Le serveur arrivait, et Gideon passa la commande, avant de reprendre :

— Expliquez-le-moi quand même, Prudence, sinon, comment pourrais-je progresser ?

Elle se mit à rire.

— Vous n'avez pas saisi l'ironie de mes paroles, parce qu'il ne vous est pas venu à l'esprit que je pouvais, moi aussi, m'y connaître en matière de vins.

— C'est le cas ?

— Je pourrais vous surprendre.

Elle songeait à tout ce qu'elle avait appris en manipulant le contenu de la cave de son père avec Jenkins.

Gideon sourit.

— Rien ne pourrait me surprendre venant de vous, Prudence. Racontez-moi d'où vous tenez votre savoir.

Elle se rembrunit. Ses sœurs et elle se montraient très secrètes dès qu'il s'agissait de leurs finances et des expédients auxquels elles avaient recours pour garder la tête hors de l'eau. Personne dans leur milieu ne devait apprendre que la famille Duncan frôlait dangereusement la ruine depuis presque trois ans. L'Intermédiaire et le *Mayfair Lady* commençaient à rapporter, mais elles n'étaient pas encore à flot, loin de là ! Cela dit, elle ne devait pas avoir de secrets pour leur avocat. Il n'ignorait pas qu'elles avaient des difficultés financières, et il savait pourquoi. Elles ne lui avaient simplement pas précisé que lord Duncan était soigneusement tenu à l'écart de la situation.

Lorsqu'on leur eut apporté leurs entrées, elle lui expliqua tout en détail.

Gideon l'écouta jusqu'au bout sans l'interrompre.

— Croyez-vous rendre service à votre père en le tenant ainsi dans l'ignorance ? demanda-t-il enfin.

Son ton était indubitablement critique, et Prudence en fut agacée.

— Oui, répondit-elle, pincée.

— Cela ne me regarde en rien, je le sais, mais parfois un avis extérieur n'est pas inutile. Vos sœurs et vous êtes tellement impliquées dans tous ces problèmes que vous négligez peut-être certains aspects de la situation.

— Nous ne le pensons pas, riposta-t-elle sur le même ton.

Elle était consciente d'être sur la défensive, ajoutant ainsi foi à la critique de Gideon, mais elle était incapable de réagir autrement.

— Il se trouve que nous connaissons bien notre père, et que nous savons ce que notre mère aurait souhaité.

— Comment trouvez-vous la soupe ? s'enquit calmement Gideon.

— Excellente.

— Et le vin ? J'espère qu'il convient à votre gosier d'œnologue averti ?

Elle lui lança un coup d'œil aigu, et vit qu'il arborait un sourire conciliant.

— Il est délicieux, reconnut-elle, son irritation oubliée.

Après le déjeuner, ils se rendirent à Folly Bridge où Gideon loua une barque. Prudence considéra la longue embarcation plate et la perche avec une certaine appréhension.

— Vous êtes sûr que vous savez vous servir de ça ?

— Je savais, en tout cas. Comme la bicyclette, je suppose que cela ne s'oublie pas, déclara-t-il en sautant dans l'embarcation avant de lui tendre la main. Montez bien au milieu.

Elle obtempéra, mais la barque oscilla cependant dangereusement.

— Asseyez-vous.

Elle se laissa tomber sur une pile de coussins à la proue.

— Je me sens dans la peau d'une courtisane dans un sérail, commenta-t-elle en prenant une pose langoureuse.

— Je ne suis pas sûr que la tenue soit adéquate, observa Gideon en s'emparant de l'interminable perche.

Une barque occupée par trois joyeux étudiants approchait, tandis que Gideon poussait la leur vers le centre de la rivière. Le canotier plongea énergiquement sa perche dans la vase, ne la retira pas assez vite, et la barque glissa gracieusement sous lui, le laissant accroché à la perche au beau milieu de la rivière. Sur la rive, les spectateurs applaudirent, et Prudence vit avec compassion le malheureux canotier faire la seule chose possible : se laisser tomber dans l'eau tandis que son embarcation s'immobilisait quelques mètres plus loin.

— Vous êtes certain d'y arriver ? demanda-t-elle de nouveau à Gideon.

— Certes, femme de peu de foi, répliqua-t-il. Je ne suis pas l'un de ces blancs-becs d'étudiants !

— Je n'en doute pas ! Je me demande même si vous l'avez été un jour.

Il ne répondit pas, tout occupé qu'il était à planter la perche dans le lit de la rivière en la laissant glisser dans sa main comme s'il n'avait fait que cela toute sa vie.

Prudence se laissa aller contre les coussins, les paupières lourdes, la main dans l'eau, en écoutant vaguement les rires, les voix, le pépiement des oiseaux, le clapotement de l'eau contre les flancs de la barque. Londres lui semblait à des années-lumière, et l'équipée glaciale du matin n'était plus qu'un souvenir.

Peu à peu, elle se rendit compte que les bruits s'atténuaient, que le silence n'était plus troublé que par le cri d'un colvert, le chant perlé d'une grive. Elle ouvrit lentement les yeux. Gideon la contemplait avec une intensité inhabituelle. Machinalement, elle ôta ses lunettes pour les essuyer à son mouchoir.

— Qu'est-ce qui cloche ? J'ai du noir sur le nez ?

— Rien ne cloche, au contraire…

Prudence se redressa. Il y avait dans la profondeur des yeux gris une lueur qui la fit frissonner. Elle ressentait comme une impression de danger imminent, sans pour autant se sentir menacée, ce qui semblait paradoxal ! Elle ne parvenait pas à détacher son regard de celui de Gideon.

Seigneur, dans quoi se lançait-elle ?

Au prix d'un suprême effort, elle brisa le contact et s'obligea à regarder autour d'elle d'un air nonchalant en remettant ses lunettes. À cet endroit, une petite île se dressait au milieu de la rivière qui se divisait en deux bras.

Gideon choisit de prendre à gauche. La barque glissa le long d'une rive herbue qui descendait en pente douce dans l'eau. Une petite hutte se dressait un peu en retrait de la berge.

— À cette époque de l'année, nous pouvons choisir ce bras de rivière sans crainte, remarqua-t-il d'un ton léger, comme si l'échange silencieux entre eux n'avait jamais eu lieu.

— Pourquoi sans crainte ? demanda-t-elle, curieuse.

— C'est le *Parson's Pleasure*, ici, expliqua-t-il en désignant la rive. Si l'eau n'avait pas été trop froide pour nager, nous aurions été obligés de choisir l'autre branche de la rivière, qui est nettement moins jolie.

Il y avait une indubitable note espiègle dans sa voix.

— Qu'est-ce que la natation vient faire là-dedans ? risqua Prudence qui ne comprenait rien et se sentait dans la peau du faire-valoir dans un numéro de music-hall.

— *Parson's Pleasure* est la baignade privée des éléments masculins de l'université. Et comme elle est réservée aux hommes, le maillot y est superflu, précisa-t-il, solennel. Aussi les femmes sont-elles interdites de séjour sur ce bras de rivière.

— Encore un exemple du privilège des mâles, s'insurgea Prudence. Mais je ne vois pas comment on pourrait interdire cet endroit aux femmes. Nous sommes dans un pays libre, la rivière est à tout le monde.

— Je me doutais que vous réagiriez ainsi. D'ailleurs, vous n'êtes pas la première. Je vais vous raconter une histoire, si vous voulez.

— Avec plaisir, dit-elle en se rallongeant.

Le danger semblait provisoirement écarté, mais elle n'était ni aveugle ni stupide, elle savait qu'il pointerait de nouveau la tête à un moment ou à un autre.

— Par une magnifique journée d'été, commença-t-il, alors que des universitaires se prélassaient sur cette rive, un groupe de jeunes femmes entreprenantes décidèrent de violer ce bastion du « privilège des mâles », comme vous le nommez.

Prudence sourit.

— Elles sont passées devant en bateau ?

— Exactement. Mais je crois qu'elles l'ont fait à la rame. Quoi qu'il en soit, on raconte que ces messieurs bondirent sur leurs pieds en couvrant leurs parties viriles, excepté un érudit notoire, dont le nom reste secret, qui a réagi en mettant sa serviette sur la têtc.

Prudence avait du mal à garder son sérieux. Ce n'était pas le genre d'histoire qu'un respectable gentleman aurait dû raconter à une respectable dame ! Cependant, l'image était délectable.

Gideon, l'expression grave, continua :

— Lorsque ses collègues l'interrogèrent sur cette étrange réaction, l'érudit répondit, paraît-il : « À Oxford, c'est mon visage qu'on reconnaît. »

Prudence se donnait un mal fou pour paraître choquée.

— C'est une anecdote proprement scandaleuse, déclara-t-elle, un léger tremblement dans la voix. Qui ne convient pas du tout à des oreilles féminines.

— Peut-être, concéda-t-il aimablement. Mais à mon avis, le *Mayfair Lady* ne peut que la trouver amusante. En vérité, il n'y a rien de convenable dans votre publication. Vous ne me trompez pas une minute, mademoiselle Duncan. Vous n'avez rien de prude ni de collet monté, pas plus que vos sœurs.

Vaincue, Prudence éclata de rire, bien vite imitée par Gideon. Il riait tant que la perche lui échappa. Reprenant aussitôt son sérieux, il la rattrapa avec un juron sonore. L'embarcation pencha dangereusement. De l'eau passa par-dessus bord, inondant ses souliers, mais la perche ne voulait pas bouger.

Prudence riait à gorge déployée, à présent. De quoi avait-il l'air, le bel avocat si sûr de lui ?

Il parvint enfin à récupérer la perche et reprit son attitude assurée... et mouillée.

— Cela n'a rien d'hilarant, déclara-t-il, un peu piqué.

Il était visiblement vexé de s'être conduit comme un amateur.

Prudence ôta ses lunettes pour essuyer les larmes qui roulaient sur ses joues.

— Je suis désolée... Je ne me moquais pas de vous, mais vous aviez l'air de vous battre contre un serpent de mer. Un Laocoon moderne !

Gideon ne daigna pas répondre.

— Vos pieds sont trempés. Avez-vous des chaussettes sèches ? reprit-elle avec sollicitude.

— Pourquoi en aurais-je ? riposta-t-il aigrement.

— Nous pourrions peut-être en acheter sur la route de l'hôtel, ainsi vous aurez les pieds au sec pour le retour à Londres. Sinon, vous allez attraper la mort ! Nous pourrions aussi demander un bain sinapisé au *Randolph* avant de repartir. Il paraît que c'est un excellent remède préventif contre les rhumes. Vous ne voudriez pas... Oh !

Son discours fut brutalement interrompu par une véritable douche, lorsque Gideon sortit la perche de l'eau avec assez de vigueur pour arroser l'embarcation.

— Vous l'avez fait exprès ! l'accusa-t-elle en brossant les gouttes sur sa robe et en secouant les pieds.

— Pas du tout, répondit-il innocemment. C'était un accident.

— Menteur ! Et moi qui ne pensais qu'à votre bien-être.

— Menteuse ! C'était une comédie.

— Eh bien, c'était plutôt drôle, avoua-t-elle. Pour couronner l'histoire.

Son rire franc si spontané avait coloré ses joues, allumé un vif éclat dans son regard, et Gideon songea que son inconfort momentané en valait la peine, si telle était sa récompense.

— Puisque nous sommes tous deux trempés, je suggère que nous rebroussions chemin, dit-il en levant les yeux vers le ciel à demi caché par les saules de la rive. Il va faire carrément froid quand le soleil sera couché.

— Pour rentrer à Londres aussi, observa Prudence.

Elle remit ses lunettes, consciente de son regard pensif fixé sur elle. Pensif et définitivement appréciateur. L'atmosphère entre eux était chargée d'électricité, soudain.

— Vous avez votre fourrure, lui rappela-t-il. Et nous nous arrêterons à Henley pour dîner.

Ils rendirent la barque peu après et se dirigèrent vers Saint-Giles d'un pas vif.

— J'entends vos chaussures clapoter, Gideon, observa Prudence alors qu'ils passaient devant une boutique de vêtements pour hommes. Entrez vous acheter une paire de chaussettes.

— Je ne vais tout de même pas avouer au premier vendeur venu que je me suis mouillé sur une barque, répliqua Gideon.

— Dans ce cas, c'est moi qui y vais.

Avant qu'il puisse protester, Prudence avait disparu dans la boutique. Elle en ressortit quelques minutes plus tard avec un sac en papier.

— Voilà. Des chaussettes noires, grande taille. Vous ne me semblez pas avoir de petits pieds.

Il jeta un coup d'œil dans le sac.

— Elles sont fantaisie.

— Ce sont seulement les côtes de la soie, expliqua-t-elle. Ce n'est pas un motif. Vous devriez m'être reconnaissant de ne pas les avoir choisies écossaises.

13

Ils s'arrêtèrent au même hôtel qu'à l'aller. Il faisait nuit, et Prudence s'empressa de gagner le hall chaleureux qui baignait dans une lumière douce. Elle se demanda distraitement si Gideon avait retenu une table pour dîner, puis se reprit aussitôt : il n'était pas homme à laisser le hasard décider à sa place. Ils furent d'ailleurs accueillis en hôtes attendus, et introduits dans un petit salon privé où brûlait un bon feu. Il y avait du sherry et du whisky sur une desserte et, pendant que Prudence se débarrassait de son manteau, Gideon leur servit un verre.

— On semble vous connaître, ici, fit-elle remarquer en s'installant dans un fauteuil recouvert de chintz près de la cheminée.

— C'est l'un de mes établissements favoris depuis mes années d'université. J'ai pris la liberté de commander le dîner à l'avance.

— Par téléphone ?

— Bien sûr ! Le *Dog and Partridge* est réputé pour son canard à l'orange. J'espère que vous aimez ?

Il semblait un peu anxieux, et Prudence trouva charmant qu'il ne fût pas sans cesse sûr de lui et de ses choix.

— J'adore le canard, assura-t-elle.

Il sourit, se leva et déplia son grand corps avec une lenteur qui évoquait un félin se préparant pour une nuit de chasse. L'atmosphère changea soudain du tout au tout. La dangereuse tension revint tandis qu'il s'appuyait au manteau de la cheminée, son verre à la main.

— Prudence.

Il prononça son nom doucement, comme s'il en savourait chaque syllabe. Le regard gris était de nouveau intense, insistant, et elle résista à l'envie d'ôter ses lunettes, car elle savait qu'elle aurait du mal à soutenir ce regard sans la barrière de ses verres. Elle se sentait un peu étourdie, le cœur en fête, le corps enfiévré...

Lorsque Gideon se détacha de la cheminée pour venir à elle, elle demeura clouée à son fauteuil par une force invisible. Il posa les mains sur les accoudoirs de son siège, et s'inclina vers elle. Son visage était si proche du sien qu'elle sentait son souffle sur sa joue. Elle laissa aller sa tête contre le dossier, dévoilant sa gorge en un mouvement d'abandon et de soumission. Un imperceptible soupir lui échappa.

Il l'embrassa. Un baiser bien différent du précédent, celui qu'il lui avait volé. Cette fois, la pression de sa bouche était légère, et si elle avait voulu se dérober, le repousser, elle l'aurait pu aisément.

Elle ne le fit pas. La langue de Gideon joua un instant avec ses lèvres, puis s'insinua doucement mais résolument dans la tiédeur de sa bouche. Elle ferma les yeux, acceptant volontiers cette intrusion. Pour une fois, son corps prenait le pas sur son esprit, et elle ne pouvait que se soumettre à ce désir si peu familier et cependant impérieux qui l'envahissait. Elle prit son visage entre ses mains et explora sa bouche aussi hardiment qu'il explorait la sienne.

À bout de souffle, ils se séparèrent enfin, et Gideon sourit, les mains toujours posées sur les bras du fauteuil.

— C'est ridicule, murmura-t-elle. Je vous déteste.

— Tout le temps, ou seulement parfois ? souffla-t-il contre son visage.

— Parfois... apparemment, ajouta-t-elle, à la fois stupéfaite et un peu choquée.

— Serez-vous rassérénée si je vous dis que ce sentiment est partagé ? Il y a des moments où je vous déteste tout autant !

— Alors ceci n'aurait pas dû se passer.

— Le monde est heureusement plein de surprises. Sinon, il serait bien ennuyeux.

Il se pencha pour baiser le bout de son nez.

— Vous ne trouvez pas ?

— Sans doute, concéda-t-elle. Mais il y a surprise et surprise. Celle-ci ne devait pas se produire.

— À ce point ?

Il effleura le coin de ses lèvres, amusé.

Elle fit un geste pour se redresser, et il recula aussitôt, sans toutefois la quitter des yeux. Elle ôta ses lunettes.

— Il ne faut pas tout confondre, dit-elle. Or il me semble que cela ne peut conduire qu'à un abîme de confusion.

Il lui prit ses lunettes des mains.

— Ce n'est pas inévitable. Je ne vois pas pourquoi des amants ne pourraient pas travailler ensemble.

Prudence plissait ses yeux de myope. Sans ses lunettes, les choses lui apparaissaient sous un jour différent. Prudence Duncan, la sage, la professionnelle, la prudente, se réfugiait derrière ses lunettes à monture dorée. Sans elles, les contours du monde s'adoucissaient, les dures réalités quotidiennes se fondaient dans un brouillard fort agréable.

Il l'aida à se lever sans qu'elle oppose de résistance, puis il la prit aux épaules et lui embrassa doucement les paupières.

— Voulez-vous que nous dînions d'abord ?

La proposition était claire, et Prudence n'était pas du genre à jouer les effarouchées. Elle effleura ses lèvres du bout des doigts, ce qui lui arrivait quand sa nature raisonnable cédait devant l'instinct. Ce qui se produisait très certainement en cet instant !

Elle récupéra ses lunettes et les replaça sur son nez en manière de test. Si une fois la vue retrouvée sa nature prudente reprenait le dessus, elle saurait que ce qui venait de se passer n'était qu'une sorte de mauvaise plaisanterie... Mais elle vit seulement Gideon plus nettement, et cela ne changea rien à ce qu'elle désirait.

— Le canard peut-il attendre ? demanda-t-elle.

Il hocha la tête et sourit.

— Une seconde, dit-il, et il sortit de la pièce.

Prudence termina son sherry, le regard fixé sur les flammes. Quelle que soit cette folie, elle n'avait ni l'envie ni la volonté d'y mettre un terme, et au diable les conséquences !

Elle sursauta néanmoins lorsque la porte s'ouvrit et elle se retourna, le cœur battant.

Gideon se tenait sur le seuil, une petite valise dans une main, l'autre tendue en invitation silencieuse. Elle traversa le salon, et les doigts chauds se refermèrent sur les siens.

— Nous serons mieux en haut, dit-il.

Prudence acquiesça d'un signe de tête. Elle ne contrôlait plus rien et, pour la première fois de sa vie, elle l'acceptait avec joie. Dans le couloir, Gideon ouvrit la première porte, sans toutefois lui lâcher la main.

Un lit à colonnes trônait au centre de la chambre, le plafond aux poutres apparentes était bas, et des rideaux de chintz étaient tirés devant les petites fenêtres. Un feu brûlait dans l'âtre.

— C'est charmant, commenta Prudence.

Gideon lui jeta un vif coup d'œil comme s'il soupçonnait un sarcasme, mais rien dans son expression ne le confirma. Il commençait à se sentir étrangement nerveux. Il avait fait l'amour à un bon nombre de jeunes femmes et jamais – à part les toutes premières fois – il n'avait eu des doutes sur ses capacités d'amant.

Il se rendit compte qu'il ne savait même pas si elle était vierge. Normalement, elle aurait dû l'être, mais l'Honorable Prudence Duncan n'avait rien d'une jeune personne ordinaire. Il envisagea une seconde de lui poser la question puis y renonça, ce qui était déroutant. Poser des questions délicates était tout de même son métier !

— Non, dit-elle soudain en souriant. Je ne le suis pas. Je n'ai pas non plus une vaste expérience, mais je sais de quoi il s'agit.

Il eut l'air un peu chagrin.

— Comment avez-vous deviné ?

— Il me semblait logique que vous vous interrogiez à ce sujet, et vous sembliez un peu embarrassé.

Elle trouvait cette trace de vulnérabilité qu'elle avait surprise sur son visage très rassurante... Il était sans doute aussi incertain, aussi peu sûr de lui qu'elle-même en cet instant. Et elle ne l'en appréciait que davantage.

Elle s'approcha de la cheminée et tendit les mains vers le feu. L'étrange sensation d'étourdissement l'envahissait tout entière, au point qu'elle se demandait si elle n'était pas en train de rêver toute cette scène. Puis elle sentit les bras de Gideon autour d'elle, son corps ferme contre son dos, et elle sut que c'était bien réel.

Il posa les lèvres au creux de son cou tout en lui caressant les seins à travers sa jaquette. Elle renversa la tête contre son épaule.

— Vous êtes beaucoup trop couverte, murmura-t-il en déboutonnant sa veste pour glisser les mains sous la blouse de soie.

Il sentit les pointes de ses seins durcir. Sa langue se glissa dans le coquillage de son oreille et elle poussa un petit cri. Il rit doucement.

En quelques secondes, il défit les boutons de nacre de sa blouse, toute nervosité disparue. Il sentait le désir monter en elle tandis que veste et blouse tombaient au sol. Il fut surpris de trouver ses seins si pleins, si ronds, alors qu'elle avait une silhouette très mince, presque anguleuse.

Prudence se mordilla la lèvre sous sa caresse. Une onde de chaleur fusa dans ses veines, se répandit dans son bas-ventre et, spontanément, elle posa ses mains sur celles de Gideon.

Il la fit alors pivoter vers lui et elle s'attaqua impatiemment à la fermeture de sa longue jupe plissée, mais il termina à sa place. La jupe glissa à terre, elle se retrouva en chemise et culotte de satin, bas de soie et bottines.

Il la prit à la taille, heureux de constater qu'elle ne portait pas de corset. Il n'y aurait pas de traces de baleines sur sa peau, et le corps qu'il allait voir nu était bien celui qu'il était en train de caresser.

Il prit ses lunettes, les posa sur la cheminée.

— Cela ne vous ennuie pas ?

Elle secoua la tête. Le brouillard qui lui obscurcissait la vue n'avait rien à voir avec la myopie... Elle déboutonna le manteau de Gideon.

— Vite... je veux vous voir... vous toucher...

Il ôta en hâte sa veste, sa cravate, son gilet et sa chemise à col amidonné. Elle effleura sa poitrine et s'étonna d'en sentir les pointes durcir instantanément.

— Je ne savais pas que les hommes...

— C'est pour vous, madame, dit-il d'une voix un peu rauque.

Il déboutonna la chemise de Prudence, et elle prit une brève inspiration quand leurs peaux nues se rencontrèrent enfin. Pressée contre son torse, elle lui caressait le dos, s'attardait à sa ceinture.

Il s'écarta un instant, déboucla sa ceinture et fit glisser son pantalon étroit.

— Bon sang ! pesta-t-il en se heurtant à l'obstacle que constituaient ses chaussures.

Il se laissa tomber sur le lit et Prudence, se retenant de rire, délaça ses souliers, puis l'en débarrassa ainsi que de ses chaussettes. Curieusement, ce bref intermède si prosaïque amplifia le désir de Prudence.

Gideon s'allongea sur le lit, seulement vêtu d'un caleçon long, et elle le contempla un instant avant de poser la main sur son sexe palpitant.

— Déshabillez-moi, murmura-t-il, les yeux clos, le souffle court.

Assise près de lui, elle défit les boutons, glissa les doigts dans l'ouverture. Le sexe de Gideon jaillit dans sa main. Concentrée, elle en savoura la texture, la douceur. Elle n'avait jamais étudié l'anatomie masculine autrement que dans les encyclopédies ou au musée. Son unique expérience sexuelle avait été trop brève pour une telle intimité. Elle tenta quelques gestes, et Gideon poussa une sorte de grognement et lui agrippa le poignet.

— Doucement, mon ange.

— J'aimais bien, dit-elle.

— Moi aussi, mais je veux tout partager.

Il se leva, et termina de se dévêtir.

— À vous, maintenant.

Prudence admirait son grand corps musclé. Pour un homme qui passait ses journées à compulser des livres de droit ou à pontifier dans un tribunal, il avait une silhouette remarquablement athlétique. Elle se leva à son tour, laissa ses mains courir sur ses hanches minces, sur ses fesses fermes.

— Vous êtes magnifique, murmura-t-elle. Vous auriez pu poser pour Michel-Ange.

Gideon eut l'air surpris.

— Je ne suis pas sûr que ce soit un compliment.

— Pour moi, c'en est un, dit-elle.

— Dans ce cas, je suis flatté...

Il entreprit d'ôter les épingles de sa chevelure et les lança sur la coiffeuse sans se soucier de celles qui s'éparpillaient sur le tapis. Il passa ensuite les doigts dans la somptueuse crinière rousse qui cascadait dans son dos. Puis il prit son visage entre ses mains, baisa ses paupières et dit doucement :

— Je veux vous voir aussi.

Elle fit glisser la chemise de ses épaules, et Gideon, un genou en terre, la débarrassa centimètre par centimètre de sa culotte en honorant de la bouche les morceaux de peau ainsi révélés. Enfin, il lui défit ses souliers, roula les bas de soie.

Ses mains remontèrent vers les fesses de la jeune femme, et il lui embrassa le ventre avant de lui écarter les cuisses.

Prudence frémissait de tout son être, elle s'ouvrait, se liquéfiait. Le plaisir enflait en elle, telle une vague prête à déferler, et elle crispa la main dans les cheveux de Gideon, tandis qu'il poursuivait son exploration intime. Enfin la vague explosa, et elle s'entendit crier. Ses genoux tremblaient convulsivement. Gideon se redressa, la tint contre lui jusqu'à ce qu'elle ait retrouvé son équilibre.

— Oh... Oh...

Il sourit, déposa un baiser sur son front humide.

— Quelle passion...

Il la tourna avec douceur et la poussa gentiment vers le lit, en profitant au passage pour admirer son dos mince et élégant, la finesse de sa taille, sa chute de reins, ses longues cuisses fuselées.

Prudence s'allongea sur le dos et lui tendit les bras. Elle voulait partager son plaisir avec lui. Il s'agenouilla au-dessus d'elle, et elle noua les jambes à sa taille.

— Venez, dit-elle. *Maintenant.*

— À votre service, madame. Juste une seconde...

Elle le vit enfiler une protection de caoutchouc sur son sexe, et se demanda vaguement s'il en avait toujours sur lui, puis elle oublia tout quand il entra en elle, l'emplissant complètement.

Il la contempla et elle lui sourit, ses grands yeux verts illuminés de plaisir.

— Ne bougez pas, ma douce. Je veux que ça dure, mais je suis bien proche du dénouement.

— Quand vous voudrez, souffla-t-elle en étendant les bras au-dessus de sa tête dans un geste d'abandon si sensuel que Gideon dut faire un suprême effort de volonté pour ne pas terminer avant d'avoir commencé.

Il se retira lentement, revint tout aussi lentement, et elle ferma les yeux tandis que la vague se formait de nouveau.

Il se retira, demeura un instant comme en équilibre au bord d'un abîme, puis plongea profondément en elle. Le corps de Prudence se convulsa autour de lui au moment où la jouissance l'emportait.

Il se laissa tomber sur elle, et elle sentit son cœur battre follement contre le sien. Elle l'enlaça et demeura ainsi, sans bouger, jusqu'à ce que leur respiration ait retrouvé un rythme normal.

Gideon remua un peu, puis roula sur le côté. L'une de ses mains reposait sur le ventre de Prudence, l'autre sur ses yeux.

— Seigneur, murmura-t-il, Vous êtes magique, mademoiselle Duncan !

— Vous n'êtes pas mal non plus, sir Gideon. Je ne mourrai pas sans savoir vraiment.

Il tourna lentement la tête vers elle.

— Ce qui signifie ?

Elle sourit et ferma les paupières. Elle savait désormais ce qu'elle avait manqué jusque-là ! Et, bien qu'elle eût refusé de se l'avouer, elle avait été un peu jalouse de Constance qui avait de toute évidence découvert la passion avec Max.

Le sourire s'attardait sur ses lèvres quand elle sombra dans un profond sommeil.

Elle se réveilla une heure plus tard en entendant des murmures venant de la porte. Elle se redressa sur un coude. Gideon, en peignoir, s'entretenait à voix basse avec quelqu'un. Elle se redressa et s'appuya contre les oreillers. Il avait réussi à la glisser sous les draps sans la déranger.

La porte se referma, et elle remonta le drap jusqu'à son menton.

— Où avez-vous trouvé cette robe de chambre ? s'enquit-elle.

Il s'agissait d'un élégant kimono de soie brodée qui ne semblait pas appartenir à l'hôtel.

— Je l'ai apportée avec moi.

Il désigna du doigt la petite valise qu'elle avait en effet remarquée un peu plus tôt.

— Vous aviez tout prévu ?

Elle n'aimait guère l'idée qu'il ait planifié cette scène de séduction. Jusqu'au préservatif.

Il secoua la tête.

— Vous êtes trop soupçonneuse, ma douce. Non, je n'avais pas prévu cela en particulier. J'ai passé la majeure partie de la journée à essayer de surmonter nos antipathies mutuelles. Mais je suis un pilote enthousiaste, comme vous l'avez sans doute remarqué.

— Je dirais même fanatique.

— Nous n'allons pas nous quereller sur le niveau de mon enthousiasme, dit-il en ouvrant la petite valise. Toujours est-il qu'en tant qu'automobiliste expérimenté, je sais que le plus sûr des véhicules peut tomber en panne n'importe où, c'est pourquoi je suis toujours équipé.

Il sortit un vêtement de soie qu'il secoua afin de le défroisser.

— Voilà pour vous.

C'était un peignoir de soie émeraude rebrodé de paons bleus.

— C'est ravissant, mais il faut que nous rentrions à Londres, à présent.

— Non, il faut que nous *dînions*, répliqua-t-il. Rappelez-vous, le canard...

Elle repoussa le drap et jeta un coup d'œil inquiet à la pendule. Il était presque 9 h 30.

— Je dois rentrer, Gideon, insista-t-elle. Ma famille va se faire un sang d'encre !

— Pas du tout, répliqua-t-il avec cette assurance qui l'irritait si souvent.

Hormis ce soir.

— Milton connaît les incertitudes de la conduite automobile, continua-t-il. Aussi n'a-t-il pas été surpris quand je lui ai dit que si nous n'étions pas rentrés à 10 heures, il lui faudrait aller à Manchester Square pour avertir votre famille que nous étions retardés et que nous ne rentrerions que demain matin.

Elle avait un peu de mal à comprendre.

— Mais demain... c'est lundi. Vous ne travaillez pas ?

— Mon premier rendez-vous est à midi. En nous levant de bonne heure, nous aurons largement le temps de regagner Londres.

Prudence se rallongea.

— Vous n'avez négligé aucun détail, n'est-ce pas ?

— Je ne crois pas, dit-il d'un petit ton suffisant. Je vous ai apporté une brosse à cheveux, une brosse à dents, du dentifrice et une chemise de nuit... Mais je doute que vous ayez besoin de ce dernier article, ajouta-t-il.

— C'est possible, acquiesça-t-elle. Cependant, si vous voulons goûter à ce canard, ne devrions-nous pas nous habiller et descendre ?

— Non, nous souperons ici. Descendre représente un trop gros effort, et de toute façon ils ne vont pas tarder à fermer la salle à manger.

— Ah... Alors je suppose que je vais enfiler ce peignoir, dit-elle.

— C'est une bonne idée. La salle de bains est juste en face. Je ne pense pas qu'il y ait d'autres clients à cet étage, alors nous n'aurons pas à la partager.

Prudence enfila le peignoir et noua la ceinture.

— Vous avez bien mentionné une brosse ?

— Oui, mais j'aimerais m'en servir moi-même. Vos cheveux me rendent fou.

Elle sourit et traversa le corridor pieds nus. La salle de bains était petite, mais possédait tout le confort : une baignoire à griffes de lion, un lavabo et des toilettes. Prudence ouvrit les robinets en grand, remonta ses cheveux en chignon au sommet du crâne et retourna dans la chambre.

— Où sont mes épingles ?

Gideon en attrapa une poignée sur la coiffeuse et les planta judicieusement dans le chignon improvisé.

— Aimeriez-vous que je vous tienne compagnie dans la baignoire ?

— Elle est très petite...

— Nous pourrions nous brosser mutuellement le dos.

— L'idée me tente, admit-elle en lui caressant la joue. Vous piquez !

— Normal. En général, je me rase matin et soir.

— J'aime assez, avoua-t-elle. Cela vous donne un je-ne-sais-quoi de... sauvage.

Il frotta sa joue contre la sienne.

— Vous préférez la rugosité ?

— Cela dépend des circonstances. Il faut que j'aille surveiller le bain.

Il la suivit, la vit ôter son peignoir et se tenir devant lui, nue, offerte à son regard, avant de monter dans la baignoire.

— Il n'y a vraiment pas de place pour deux, remarqua-t-elle.

— Sottise !

Il se dévêtit, puis s'assit en face d'elle, les genoux repliés sous le menton. Prudence étendit les pieds et le chatouilla. Lorsqu'il lui saisit les chevilles, l'eau jaillit sur le parquet.

— Arrêtez tout de suite, dit-il, ou les voisins du dessous vont être inondés.

— Je vous avais prévenu que c'était trop petit pour deux, riposta-t-elle en continuant à le taquiner.

Gideon se redressa dans une gerbe d'eau et sortit de la baignoire. Il s'empara d'une serviette pour éponger les dégâts.

— Je vais plutôt me raser, décida-t-il en retournant dans la chambre chercher son nécessaire.

Prudence se savonna paresseusement, baignant dans l'intimité de leurs ablutions partagées. C'était délicieusement sensuel et faisait naître en elle à nouveau le désir. Elle passa le gant de toilette sur ses cuisses, plus haut...

— Avez-vous besoin d'aide ?

Elle sursauta, ouvrit les yeux alors qu'elle n'était même pas consciente de les avoir fermés. Gideon se tenait au bord de la baignoire, le regard assombri de désir.

— Non, merci, répondit-elle avec autant de dignité que possible. Nous venons d'avoir la preuve que le bain n'était pas l'endroit rêvé pour des ébats.

En riant, il s'empara d'une serviette et la déplia devant elle.

— Sortez, sinon je vais me sentir de trop.

Elle chercha une réponse appropriée, n'en trouva pas et s'exécuta. Il enroula la serviette autour de son corps avant de prendre sa place dans la baignoire.

Prudence se sécha vigoureusement, remit le peignoir et le laissa à son bain.

Dans la chambre, on avait dressé une table sur laquelle trônait une bouteille ouverte de pouilly-fuissé. Il y avait une corbeille de pain chaud et un beurrier. Prudence versa du vin dans les deux verres et coupa un petit pain en deux qu'elle tartina généreusement. Le sexe semblait lui ouvrir l'appétit !

Gideon revint alors qu'elle buvait sa première gorgée de vin.

— Il est bon ?

— Délicieux. Vous ne l'avez pas goûté ?

— Non, mais l'aubergiste s'est assuré qu'il n'était pas bouchonné.

Il s'assit en face d'elle, et Prudence, amusée, remarqua que ses cheveux ondulaient quand ils étaient humides, ce qui cassait quelque peu son image d'avocat intimidant.

On frappa, et deux serviteurs apportèrent un énorme plateau de fruits de mer.

— Huîtres, clams, bigorneaux, crevettes, pinces de homard et moules, sir Gideon, déclara solennellement l'un d'eux.

Gideon les remercia, et ils disparurent. Il prit une épingle et sortit un minuscule bigorneau de sa coquille.

— Goûtez, c'est délicieux.

D'ordinaire, elle considérait que ces coquillages ne valaient pas la peine qu'on se donnait pour les décortiquer, et elle comprit à quel point elle se trompait. Elle en prit un autre. Elle se rendait compte que Gideon considérait la nourriture avec le plus grand sérieux.

Ils dégustèrent les fruits de mer dans un silence religieux, à peine ponctué par des murmures approbateurs, et quand un serveur revint débarrasser, ils s'enfoncèrent confortablement dans leurs sièges pour apprécier le vin blanc.

— Je ne vous aurais jamais imaginé si parfait hédoniste, observa Prudence. Cela ne va pas avec le métier que vous exercez.

— Là, vous vous trompez, mon ange. Les avocats vivent aussi bien que les autres... et mieux que beaucoup. Nous avons nos propres clubs, nos restaurants de prédilection. Nous n'avons pas beaucoup de conversation, je vous l'accorde. Nous parlons surtout de droit, mais cela ne nous empêche pas de savoir profiter des plaisirs de la vie.

Prudence hocha la tête, songeant combien les termes affectueux lui venaient facilement aux lèvres. Elle aimait cela, elle se sentait précieuse, et cela ajoutait encore à la sensualité de cet intermède, bien qu'elle n'y fût pas habituée. Son père n'était guère démonstratif, et sa mère elle-même était plutôt avare de mots tendres. Gideon avait-il remarqué qu'elle l'appelait seulement par son prénom ? En tout cas, il avait sûrement noté qu'elle le prononçait de façon différente.

Le canard à l'orange arriva, accompagné d'une bouteille de nuits-saint-georges. Utilisant la pointe de son couteau, Gideon découpa un morceau de peau dorée qu'il tendit ensuite à Prudence au bout de sa fourchette.

— Le plus grand bonheur d'un avocat est d'offrir le meilleur morceau du canard rôti à sa cliente.

14

Gideon fut réveillé par un corps très doux allongé sur le sien et des lèvres pressées au creux de son cou. Il ne bougea pas, n'ouvrit pas les yeux tandis que Prudence lui couvrait le visage de baisers.

— Ne faites pas semblant de dormir, murmura-t-elle sans cesser de l'embrasser. Je sens bien que la partie la plus importante de votre personne est parfaitement réveillée.

Elle souligna ses paroles d'une ondulation suggestive.

Gideon lui caressa langoureusement le dos, les reins.

— Mon esprit, comme celui de l'éminent universitaire d'Oxford, est généralement ce que l'on considère de plus important chez moi.

— Tout dépend des circonstances, répliqua Prudence en riant. Pour l'instant, je me moque complètement de votre esprit, je l'avoue. En revanche, ceci…

Elle glissa la main entre eux et enroula les doigts autour de la partie de son anatomie dont il était question.

— Je me demande s'il est possible de le faire dans cette position.

— Bien sûr, dit-il, soudain complètement réveillé. Soulevez-vous juste un peu.

— Comme ça ?

— Exactement.

D'un coup de reins, il entra en elle.

— Oh, c'est très différent ! s'étonna-t-elle.

— Il y a mille façons de jouir l'un de l'autre. Ne me racontez pas que vous n'avez jamais lu le Kamasutra, je ne vous croirais pas.

— Nous l'avons parcouru, bien sûr, mais certaines positions semblaient absolument irréalisables, pour ne pas dire terriblement inconfortables. Vous les avez toutes essayées ?

— Non. Je n'ai jamais trouvé de partenaire disposée à tenter l'expérience.

Il la prit aux hanches, appuya légèrement sur ses os iliaques.

— Penchez-vous un tout petit peu en avant. Hum... Merveilleux.

Il sourit et se mit à bouger en rythme tandis qu'elle se frottait contre lui.

Elle avait les yeux fermés, et il chuchota :

— Ouvrez les yeux, je veux voir où vous en êtes.

Leurs regards se nouèrent, et il vit la lueur qui brillait au fond des yeux verts, l'excitation qui montait, l'extase qui approchait. Alors il caressa doucement son sexe, s'enfonça davantage en elle tout en la retenant d'une main. Puis, d'un geste vif, à l'instant précis où elle criait de plaisir, il la fit basculer sur le côté avant de jouir à son tour.

Les spasmes secouèrent Prudence pendant de longues minutes. Son corps n'était plus que langoureuses sensations, ses muscles avaient perdu toute force... Elle se tourna pour poser la tête contre l'épaule moite de sueur de Gideon qui reposait sur le dos. Il repoussa une mèche de cheveux qui lui collait à la joue.

— Je me demande s'il est possible de se lasser d'un tel miracle, soupira Prudence.

Depuis 8 heures la veille au soir, ils avaient fait quatre fois l'amour, et à en juger d'après la faible lumière qui filtrait par la fenêtre, l'aube pointait à peine.

— Pas moi, en tout cas, répondit-il.

— Moi non plus.

— Malheureusement, ou peut-être heureusement, la vie quotidienne a ses exigences, fit Gideon en se redressant avec un soupir exténué. Il faut que vous rentriez chez vous avant que votre famille n'alerte la police.

— Vous aviez parlé d'un message.

— Certes, cependant, ils auront sûrement envie de vous voir saine et sauve avant la fin de la matinée. Je vous fais couler un bain ?

— Volontiers.

Elle se rallongea, épuisée par le simple effort de s'être redressée sur un coude. En entendant l'eau couler, elle se réveilla tout à fait. *Où tout cela les menait-il* ? Ils avaient passé la plus exquise des nuits, pleine de plaisirs inconcevables. Et maintenant ?

Comme s'il devinait ses pensées, Gideon apparut sur le seuil.

— Votre bain est prêt, Prudence. Levez-vous, nous devons nous dépêcher.

Elle ouvrit les yeux, stupéfaite par son ton impérieux. Durant les longues heures d'amour, elle avait oublié qu'il pouvait être ainsi : directif, impatient, dominateur. Et elle se surprit à se demander si c'était là sa véritable personnalité, si l'amant généreux et tendre qui murmurait des mots doux n'était qu'un visiteur occasionnel.

— Je suis debout !

Elle enfila le peignoir et passa devant lui. Allait-il la suivre dans la salle de bains ? Mais non. L'idylle était terminée, la réalité reprenait ses droits.

Elle se hâta de faire sa toilette avant de retourner dans la chambre. Gideon était habillé et, bien qu'il fût encore vêtu de sa tenue décontractée, il était évident qu'il était rentré dans la routine quotidienne. Sa chevelure au désordre charmant avait été disciplinée, il était rasé de frais, il se tenait plus droit. L'avocat en pleine possession de ses moyens, sûr de lui et de sa supériorité, était de retour.

Prudence alla à la coiffeuse et grimaça en découvrant son reflet dans le miroir. Il lui faudrait des heures pour démêler ses cheveux ! Elle s'empara de la brosse.

— Laissez-moi faire.

Il se tenait derrière elle, la main tendue.

Elle lui remit la brosse.

— Avec plaisir, puisque vous êtes responsable de cet inextricable fouillis.

Les yeux gris brillaient, et elle eut un bref aperçu de l'amant.

— Pas entièrement responsable, se défendit-il.

Il posa la main sur le sommet de son crâne et tira sur la brosse d'un geste déterminé. Comme elle tressaillait, il s'excusa.

— Désolé. Y a-t-il un moyen de procéder plus doucement ?

— Non. Allez-y.

Elle ferma les paupières sur les larmes qui lui étaient montées aux yeux et subit stoïquement le supplice de la brosse.

Au bout de cinq minutes, il déclara :

— Voilà. Je ne peux guère faire mieux.

Prudence ouvrit les yeux et passa les doigts dans ses cheveux à peu près lisses.

— Cela ira.

— Parfait. Je vais commander le petit-déjeuner. Vous me retrouvez en bas dans dix minutes ?

— À peine.

— Rangez le peignoir et le reste dans la valise quand vous en aurez terminé. J'enverrai un porteur la chercher.

Prudence acquiesça, et il sortit d'un pas énergique dans lequel elle se plut à imaginer un claquement de talons tout militaire. Elle s'habilla rapidement, en s'efforçant de ne pas penser au moment où elle s'était déshabillée, puis ferma la valise. Le clic des serrures lui sembla symbolique. C'était la conclusion d'une folle et délicieuse idylle. Elle jeta un coup d'œil circulaire dans la chambre avant de sortir. Tout était en ordre, hormis le lit dont les draps et les couvertures étaient tombés au sol. Il y avait deux épingles à cheveux sur le tapis, et elle se rappela comment Gideon les lui avait enlevées... Puis elle secoua la tête et descendit d'un pas vif.

Quand elle pénétra dans la salle à manger, Gideon posa poliment le journal qu'il lisait et se leva.

— Un quotidien ? J'en ai demandé deux.

Il lui tendit un exemplaire du *Times*.

Prudence ne put retenir un sourire. C'était le type même de l'homme peu bavard au réveil. Elle se servit une tasse de thé, beurra un toast et ouvrit le journal, évitant ainsi de déranger son compagnon qui dégustait des rognons en lisant.

Enfin ils se retrouvèrent dans l'automobile, sillonnant les rues paisibles de Henley. Quelques commerçants relevaient leurs rideaux de fer, mais il y avait peu de passants. Lovée dans ses fourrures, Prudence aborda un sujet qui l'intriguait.

— Gideon, nous n'avons pas utilisé de protection, ce matin, mais vous vous êtes retiré à la dernière minute. Était-ce pénible pour vous ?

Il haussa les épaules.

— Aucune méthode n'est idéale du point de vue masculin, mais les conséquences sont tellement inenvisageables...

— Ah...

Sous le manchon, Prudence serra son petit carnet. Un élément de plus à y noter.

— Voudriez-vous avoir d'autres enfants… dans de bonnes circonstances, je veux dire ?

— En désirez-vous, Prudence ? demanda-t-il en lui jetant un bref coup d'œil.

Elle ne put déchiffrer son expression à cause des lunettes.

— C'est à *vous* que je posais la question. Si vous étiez remarié, naturellement.

Il eut l'air déconcerté.

— Vous vous êtes déjà remise au travail ?

Elle s'empourpra légèrement.

— Comme nous abordions le sujet…

— Nous venons de partager une folle nuit d'amour, et à présent vous me cherchez de nouveau une épouse ? Je n'arrive pas à le croire, Prudence. C'est tout à fait déplacé.

— Pas du tout ! Vous avez dit hier soir qu'il n'y aurait pas de confusion. Nous sommes tous deux le client de l'autre. Je m'attends que vous défendiez mes intérêts, et je ferai de mon mieux en ce qui concerne les vôtres. Vous préférez une femme assez jeune pour être mère, mais je ne sais pas si vous voulez un autre enfant. Dans le cas contraire, il serait inutile que je vous présente à une femme qui rêve d'enfants. Cela va de soi, tout de même, Gideon.

Il fixait la route, les dents serrées.

— Je n'ai pas envie de parler de cela.

— Vous vous cachez la tête dans le sable, insista-t-elle. Comment pourrai-je faire mon travail si vous refusez de me répondre ?

Il se contenta de secouer la tête.

— Très bien, concéda Prudence, nous cesserons de parler d'épouses potentielles pour l'instant. Mais nous pouvons tout de même évoquer certains éléments. Sarah aimerait-elle des frères et sœurs tout faits, à votre avis ?

— Je croyais qu'Agnès Hargate avait été éliminée.
— Il s'agit de généralités. Vous avez sûrement une idée sur ce sujet.

Malgré lui, Gideon considéra le problème. Il ne savait absolument pas si Sarah avait envie d'une belle-mère, et moins encore de demi-frères ou sœurs.

— Je l'ignore. Il faudrait lui poser la question.

Poussée par une curiosité toute personnelle, Prudence insista :

— Que penseriez-vous d'une candidate qui aurait… disons un enfant illégitime ?

— Vous connaissez quelqu'un dans cette situation ?

Bien sûr que non. Dans leur milieu, les femmes n'avaient pas d'enfants illégitimes. Avoués, en tout cas.

— Aucune qui le reconnaisse, répondit-elle.

— Alors pourquoi le demander ?

Parce qu'elle voulait savoir qui était le véritable Gideon Malvern. Il cultivait un personnage conventionnel, rigide, sans compassion, cependant, elle avait vu sous la surface un être bien différent, peu orthodoxe, ouvert au changement. Mais qui était le vrai ? Peut-être le Gideon original et inattendu était-il un leurre destiné à provoquer certaines réactions, et le Gideon réel l'avocat agressif qui n'avait pas de temps à perdre avec ceux qui ne jouaient pas selon ses règles. Prudence avait besoin de résoudre cette énigme.

— Bien, fit-elle, pensive, décidée à revenir à des réflexions plus légères, nous savons déjà que vous aimeriez rencontrer une future partenaire prête à explorer les délices du Kama-sutra.

— Je suis en effet plus que disposé à essayer quelques-unes des positions les moins extrêmes, admit-il en se tournant vers elle avec un sourire. Où voulez-vous en venir, Prudence ?

— Je tente de vous trouver une épouse.
— Peut-être que je préférerais m'en charger moi-même.
— Vous étiez d'accord sur les termes.
— J'étais d'accord pour vous laisser essayer.
— C'est ce que je fais. Méfiez-vous, vous allez heurter une charrette, l'avertit-elle. Je suis sûre qu'on est censé regarder la route quand on conduit.

Gideon lâcha un juron tout en donnant un coup de volant afin d'éviter un tombereau de purin à l'odeur nauséabonde.

— L'expérience aurait été assez désagréable, commenta Prudence une fois le danger écarté.
— Pourquoi ne vous contentez-vous pas d'admirer le paysage, au lieu de me déconcentrer ?

Il semblait sincèrement contrarié et, se remémorant les chaussettes trempées, Prudence retint un sourire. Gideon détestait être pris en faute.

— Très bien, fit-elle aimablement. Il se trouve que je manque un peu de sommeil.

Elle remonta le col de son manteau et ferma les yeux.

Elle ne s'attendait pas à dormir, pourtant, elle se réveilla en sursaut quand la voiture s'arrêta. Ils étaient à Manchester Square.

— J'ai dormi tout le trajet !
— Oui, dit-il en venant lui ouvrir la portière. Vous avez ronflé paisiblement.
— Je ne ronfle pas !
— Qu'en savez-vous ?
— Je vais vous dire une chose, Gideon : cette façon que vous avez de poser des questions agressives est tout à fait irritante. Cela vous est peut-être utile au tribunal, mais dans une conversation privée, c'est franchement fatigant.

Elle ôta les lunettes de pilote et les jeta sur son siège.

Il releva les siennes sur la visière de sa casquette.

— Vous est-il venu à l'esprit que je puisse également trouver vos questions personnelles vaguement irritantes ?

— Je faisais simplement mon travail, protesta-t-elle avant de secouer la tête avec résignation. Voilà que nous nous détestons de nouveau.

— On dirait, en effet. J'imagine que ce sera toujours cyclique.

Il posa le doigt sur le bout de son nez.

— Sans doute, fit-elle d'une voix involontairement douce.

Il fallait avouer qu'elle se sentait désarmée lorsqu'il montrait l'autre aspect de Gideon Malvern.

— Sans doute, répéta-t-elle. Mais c'est vous qui provoquez ces réactions, Gideon. D'habitude, je suis paisible, facile à vivre. Demandez à mes sœurs.

— Inutile, je suis certain qu'elles vous défendraient jusqu'à la mort. Quand vous deviendrez agressive, je me rappellerai la merveilleuse amante que vous êtes, ainsi je ne serai pas tenté de vous répondre sur le même ton.

Il se pencha pour déposer un baiser au coin de sa bouche.

— Trouvez-moi quelques preuves des accords de lord Duncan avec Barclay, Prudence, reprit-il. Sans cela, je suis impuissant. Et passez à mon cabinet demain, après 17 heures. Nous évoquerons la façon dont vous devrez vous présenter à la cour et les erreurs que vous devrez à tout prix éviter.

Avant qu'elle ait eu le temps de répondre, il était déjà au volant.

Les mots se bousculaient dans sa tête, mais aucun ne semblait convenir. Un instant, il l'embrassait, il l'appelait mon ange, et l'instant d'après, il lui donnait des ordres. Elle attendit qu'il eût tourné au coin de la rue pour gravir les marches du porche.

Jenkins ouvrit dès qu'elle inséra sa clé dans la serrure.

— Mademoiselle Prudence, que s'est-il passé ?

Chastity apparut en haut de l'escalier.

— Prudence, c'est toi ? Vous avez eu un accident ? Tu vas bien ?

— Non, nous n'avons pas eu d'accident, et oui, je vais bien, répondit Prudence en la rejoignant sans attendre. Les moteurs tombent parfois en panne. Nous avons passé la nuit dans une auberge de Henley. Il faut que je me change, Chastity, ajouta-t-elle après avoir embrassé sa sœur. Je porte les mêmes vêtements qu'hier.

— Tu as dormi habillée ?

Prudence s'arrêta au seuil de sa chambre et se retourna. Chastity, la tête inclinée de côté, arborait un petit sourire narquois.

— Non, répondit-elle.

— Alors ?

— Si je te dis que l'auberge offrait des chemises de nuit pour les hôtes inattendus, tu me croirais ? demanda Prudence qui ne put s'empêcher de sourire.

— Pas une seconde ! Tu es décidée à lâcher le morceau, oui ou non ?

— Bien sûr, fit Prudence en riant franchement. Viens m'aider à me laver les cheveux. Ils sont dans un état épouvantable.

Elle avait tout raconté à sa sœur et se séchait les cheveux devant la cheminée du petit salon lorsque Constance arriva.

— Ah, Dieu merci, tu es là ! J'étais folle d'inquiétude quand j'ai reçu le message de Chastity hier soir. Que s'est-il passé ?

— Prudence a cédé à une impulsion, ce qui l'a conduite à vivre une nuit de passion débridée à Henley-on-Thames, expliqua Chastity d'un ton léger.

Prudence sortit le nez de sous la serviette.

— En résumé, précisa-t-elle.

— Un satané résumé, observa Constance qui se percha sur le bras du sofa. Est-il bon amant ?

Prudence s'empourpra

— Je n'ai guère de points de comparaison, mais je ne vois pas comment la nuit aurait pu être meilleure.

Constance sourit.

— Voilà qui est positif ! À présent, la question est : en quoi...

— ... cela affecte notre relation professionnelle avec l'avocat ? termina Prudence. J'y ai songé, Constance, mais je ne pense pas que cela fera de différence. Sir Gideon Malvern, conseiller de la couronne, n'est pas la merveilleuse personne avec qui j'ai passé cette folle nuit. Il change de tempérament avec une facilité confondante.

Elle brossait vigoureusement sa chevelure humide.

— C'est plutôt bon, non ? demanda Chastity, sceptique.

— Bien sûr ! Et pour en revenir à notre affaire, il est catégorique : la note de Barclay ne suffit pas à le mettre en cause. Donc, je n'ai pas le choix, je vais aller à la banque à la première heure demain. Aujourd'hui, il est trop tard.

— C'est ce qui était prévu, de toute façon, remarqua Chastity en rechargeant le feu.

— Certes, mais j'avais l'espoir d'y échapper.

Constance secoua la tête.

— Nous sommes allées trop loin pour nous permettre des regrets, Prudence. Chastity t'a raconté ce que j'ai fait ce matin ?

— Non, je n'ai pas eu le temps, dit Chastity. Pendant que je t'attendais, Constance est passée chez quelques-uns de nos revendeurs, histoire de voir si on s'était renseigné à notre sujet... Tu as trouvé quelque chose, Constance ?

Le ton sérieux était revenu dans le petit salon.

— Va-y, la pressa Prudence, en proie à un mauvais pressentiment.

Leur sœur se leva et commença à arpenter le boudoir.

— Je suis allée voir Helene, chez Milliners, Robert à Piccadilly, et quelques autres, en feignant de faire ma tournée... Ils m'ont tous dit qu'on leur avait posé des questions du genre : qui livre le journal, qui prend les commandes, qui récupère l'argent ?

— Des détectives, fit Prudence d'une voix neutre. Mandatés par les avoués de Barclay. Gideon avait raison.

Constance acquiesça.

— Bien sûr, personne ne sait qui nous sommes, nous sommes simplement les représentantes du *Mayfair Lady*. Nous sommes toujours voilées, et on ne peut pas remonter jusqu'à nous. Cependant, je pense que nous ne devrions pas publier le prochain numéro.

— Ne pas publier ! s'écria Chastity, sidérée.

— Repousser la sortie jusqu'après le procès, fit Constance à contrecœur.

— Mais ce serait céder ! déclara Chastity d'un ton inhabituellement ferme. On ne devrait faire ce choix qu'en dernier ressort.

— Et Mme Beedle ? intervint Prudence, visiblement inquiète. Ils se seront sans doute rendus à l'adresse de la poste restante. Elle ne nous trahirait jamais, mais je ne voudrais pas qu'ils la harcèlent.

— L'une de nous doit s'y rendre demain.

— Je ne peux pas, dit Prudence. Je vais à la banque.

— J'irai, proposa Chastity.

— Je suppose que, durant ta nuit de folle passion, tu n'as pas eu l'occasion de progresser dans notre recherche d'une épouse pour l'avocat ? risqua Constance.

— J'ai essayé, mais il ne veut pas entendre parler d'Agnès ou de Lavender. Il est catégorique sur ce point.

— Il ne les a même pas rencontrées !

— Peu importe. Franchement, je crois qu'il n'a pas le cœur à ça.

— Alors pourquoi a-t-il accepté le marché ?

Prudence haussa les épaules.

— Il a dû penser que c'était une plaisanterie, que cela n'avait rien de sérieux.

Ses sœurs la considérèrent pensivement.

— Évidemment, les choses se compliquent, à présent, observa Constance. La maîtresse cherchant l'épouse idéale pour son amant… On pourrait trouver la situation un peu perverse.

— On pourrait, admit Prudence d'un ton sec.

— En fait, reprit sa sœur aînée, on pourrait même se demander si *tu* as le cœur à ça.

— Je t'assure que je m'y emploie autant qu'avant, rétorqua Prudence. Une brève aventure avec un client ne doit en rien affecter notre objectivité.

— Non. Bien sûr, acquiesça Constance. Une brève aventure, c'est tout.

15

Prudence se tenait devant la banque, sous une pluie fine et pénétrante. Elle s'exhortait au courage quand la porte vitrée s'ouvrit sur un portier muni d'un grand parapluie. Il s'inclina.

— Vous vous apprêtiez à entrer dans cet établissement, madame ?

— Oui. J'aimerais avoir un entretien avec M. Fitchley, s'il est là.

— Certainement, madame.

Le portier tint le parapluie haut au-dessus d'elle le temps qu'elle ferme le sien, puis il l'escorta à l'intérieur.

— Cette dame souhaite voir M. Fitchley, dit-il à voix basse à un autre employé.

Ce dernier reconnut aussitôt la visiteuse. Il était si rare qu'une femme se mêle de finances.

— Bonjour, mademoiselle Duncan. Je vais avertir M. Fitchley.

Prudence le remercia d'un sourire et s'assit dans un fauteuil de velours à dossier droit, son sac sur les genoux. Personne ne lui prêtait attention, alors qu'elle avait l'impression que le mot *coupable* était inscrit sur son front

M. Fitchley vint l'accueillir en personne.

— Bonjour, mademoiselle Duncan. C'est un plaisir de vous voir. Entrez, je vous en prie, fit-il avec un grand geste en direction de son bureau.

— Bonjour, monsieur Fitchley. Quel vilain temps, n'est-ce pas ?

Elle pénétra dans le sanctuaire, petite pièce sombre où brûlait un feu de charbon.

— Asseyez-vous, je vous en prie.

Après avoir pris place derrière la table de travail sur laquelle pas un papier ne traînait, il croisa les mains.

— Que puis-je pour vous, mademoiselle Duncan ?

Prudence sortit l'enveloppe contenant le pouvoir de son sac et la tendit au banquier d'une main qui tremblait légèrement, en veillant à ce que le sceau du comte soit bien visible.

— J'ai besoin d'examiner les relevés de lord Duncan, monsieur Fitchley. Je sais que c'est inhabituel, mais mon père a quelques doutes au sujet de transactions passées, et il aimerait que j'y jette un coup d'œil.

M. Fitchley chaussa son pince-nez et retourna l'enveloppe entre ses doigts.

— J'espère que les inquiétudes de lord Duncan n'ont rien à voir avec nos prestations. Nous servons la famille du comte depuis des générations...

— Bien sûr que non, le rassura vivement Prudence. Il aimerait seulement se rafraîchir la mémoire sur quelques transactions qui datent de quatre ou cinq ans. Comme vous le savez, monsieur Fitchley, c'est moi qui gère les finances de la famille. Mon père n'en a guère le temps.

— Oui. Votre défunte mère me disait la même chose.

Il décacheta l'enveloppe et déplia la lettre à en-tête. Il la lut consciencieusement, comme s'il voulait en apprendre le contenu par cœur, puis il la posa sur le bureau et la lissa du plat de la main.

— Cela me semble parfait, mademoiselle Duncan. Si vous voulez bien me suivre. Nous avons un petit bureau réservé aux clients qui souhaitent consulter leurs comptes en toute tranquillité.

Prudence lui emboîta le pas. Ils traversèrent le hall de marbre, passèrent devant les employés qui ne levèrent pas le nez de leur comptoir, et pénétrèrent dans une sorte de cellule meublée d'une table et d'une chaise.

— Il y fait un peu froid, je le crains. Nous n'y allumons un feu que lorsqu'un client nous a annoncé sa visite.

— Je suis désolée, c'est ce que j'aurais dû faire, naturellement, mais...

— Ne vous inquiétez pas, mademoiselle Duncan. Mettez-vous à l'aise, je vais vous envoyer un employé avec les dossiers. Voulez-vous aussi le coffre ?

— Oui, s'il vous plaît.

Le directeur sortit, et Prudence se mit à marcher de long en large.

Dix minutes plus tard, un employé entra, les bras chargés de dossiers, suivi d'un autre qui portait le coffre.

— Souhaitez-vous que j'allume la lampe, madame ?

— Volontiers.

La lampe apporta un peu de gaieté à la pièce sinistre.

— Aimeriez-vous une tasse de café, madame ?

— Avec plaisir, merci.

Les employés partis, Prudence s'assit devant le coffre, glissa dans la serrure la clé posée dessus, et souleva le couvercle. Si son père possédait des documents qu'il tenait à garder secrets, il les confierait plus facilement à un coffre qu'à un dossier. La boîte contenait une seule liasse de feuilles qu'elle sortit à l'instant où on lui apportait une tasse de café et quelques biscuits rassis.

Une fois seule, elle étala les papiers sur la table.

Le certificat de mariage de leurs parents, les actes de naissance des trois sœurs, le certificat de décès de leur mère. Le testament de lady Duncan, celui de leur père. Rien d'intéressant. Elle savait que sa mère avait dépensé tout son argent pour le *Mayfair Lady*. Comme la publication était gratuite, c'était sa fortune personnelle qui l'avait maintenue à flot. Quant à lord Duncan, il était clair et net : tout devait être divisé en parts égales entre ses trois filles. En réalité, il leur léguait surtout des dettes, songea Prudence sans acrimonie. L'entretien du manoir du Hampshire avec les cottages des fermiers et les dépendances, plus la demeure londonienne et son personnel, dévoraient les maigres revenus de la propriété. Mais c'était ainsi, et elles y étaient habituées. Elle remit les papiers un à un dans le coffre jusqu'à ce qu'elle arrive au dernier.

Elle le parcourut, et une soudaine nausée la saisit. Il s'agissait d'un document légal, un nantissement sur Manchester Square, la demeure familiale des Duncan depuis l'époque de la reine Anne. Elle but une gorgée de café, lut de nouveau. Il était daté du 7 avril 1903 et était détenu par une société nommée *Barclay Comte et Associés*.

Il ne fallait pas être malin pour établir le rapprochement. Le comte de Barclay possédait virtuellement le 10, Manchester Square. Une propriété qui n'avait jamais été hypothéquée… Prudence sentit la colère lui monter à la gorge. Pourquoi ? Comment son père avait-il pu renoncer à cette maison qui était son héritage, sa fierté, l'orgueil de sa famille ?

Par désespoir.

Il n'y avait pas d'autre explication. Il ne pouvait y en avoir d'autre.

Prudence reposa le papier en le tenant du bout

des doigts, comme s'il était sale. Puis elle prit le dossier 1903. Les paiements commençaient en janvier... Paiements au nom de *Barclay Comte et Associés*. Mille livres chaque mois. Ils s'arrêtaient en avril, date à laquelle lord Duncan avait accordé à Barclay un gage sur sa maison de Londres. Incapable d'effectuer les paiements auxquels il s'était sans doute engagé contractuellement, il s'était résigné à la seule solution possible.

Elle ouvrit le dossier de l'année précédente. Les paiements commençaient en octobre, mais rien ne précisait à quoi ils étaient attribués. Lord Duncan subissait-il un chantage de la part de Barclay ? Non, c'était absurde. Les deux hommes étaient amis ; en tout cas, lord Duncan semblait en être persuadé.

Elle prit dans son sac la note de Barclay qu'elles avaient trouvée dans la bibliothèque. Paiements... dates... intérêts. Elle retourna au coffre et dénicha enfin ce qu'elle cherchait dans une petite poche aménagée dans la doublure.

Le 5 octobre 1902, tandis que sa femme entrait dans une terrible agonie, lord Arthur Duncan avait accepté de financer un projet de chemin de fer transsaharien. Il paierait mille livres chaque mois à la société *Barclay Comte et Associés* qui était à l'origine du projet.

Et quand il s'était retrouvé dans l'impossibilité de continuer les versements, il avait accepté de mettre sa demeure en gage.

Elle glissa de nouveau la main dans la petite poche. Il y avait une autre feuille de papier, minuscule, roulée comme une cigarette. On aurait dit que le destinataire n'avait pas eu le courage de la lire. Et Constance ne tarda pas à comprendre pourquoi.

Mon cher Duncan,

Désolé de vous apporter de mauvaises nouvelles. Nous avons de nouveau des ennuis avec le Mahdi, et les gens se rappellent les problèmes du général Gordon à Khartoum. Malheureusement, personne ne semble croire à notre projet pour l'instant. Le matériel est en place, les ouvriers prêts à se mettre au travail, mais les commanditaires ont décidé de renoncer à notre accord. Inquiétudes politiques, qui sait ? Nous en sommes pour une centaine de milliers de livres.

Rassurez-vous, cependant, nous n'utiliserons le nantissement que si la situation devient désespérée.

Barclay

Apparemment, elle n'était pas encore désespérée. Son père n'aurait en aucun cas pu reprendre les paiements de mille livres par mois sans qu'elle s'en aperçoive. Ainsi l'hypothèque courait toujours, véritable épée de Damoclès. Son père devait se tordre les mains. Et pourtant, il était prêt à témoigner au tribunal en faveur de ce voleur, de ce charlatan, de cet escroc ?

Cela dépassait l'entendement. Elle comprenait qu'un homme rongé par le chagrin puisse prendre des décisions erronées, mais sa mère était morte depuis quatre ans. Son père était sûrement assez remis pour s'apercevoir quel tort on lui avait fait !

Prudence pianota sur la table du bout de son crayon. L'orgueil empêchait Arthur Duncan de reconnaître ses erreurs, ou d'affronter l'homme qui s'était joué de lui. L'orgueil l'aveuglait.

Elle se redressa. Maintenant, elles avaient de quoi étayer leurs accusations de malversation et d'escroquerie. Il restait à se renseigner sur *Barclay*

Comte et Associés. La société avait-elle une existence légale ? En avait-elle jamais eu ?

Cette idée de chemin de fer du Sahara avait toujours paru absurde... sauf pour un être anéanti par la douleur. Mais il faudrait prouver que l'entreprise était frauduleuse depuis le début, que lord Duncan avait été poussé à investir dans un leurre et cela à un si haut niveau qu'il avait été contraint d'hypothéquer la demeure familiale.

Prudence, qui ne ressentait plus la moindre culpabilité, préleva les papiers intéressants et les glissa dans son sac. Gideon saurait qui charger de l'enquête sur *Barclay Comte et Associés*. Elle termina son café, referma le coffre, et quitta la petite pièce.

Un employé la raccompagna à la porte et elle ouvrit son parapluie d'un petit geste satisfait.

Chastity patientait près de la boutique d'un ferronnier, au coin de la rue, les yeux rivés sur le magasin de Mme Beedle. Cela faisait maintenant dix minutes que l'homme en chapeau mou et pardessus fatigué était entré dans l'échoppe.

Il pleuvait, mais elle était bien protégée et presque invisible sous son imperméable Burberry, son chapeau à voilette épaisse et son grand parapluie. Elle n'osait s'approcher afin de jeter un coup d'œil à l'intérieur, de peur d'attirer l'attention.

La porte de la boutique s'ouvrit enfin, et Chastity fit mine d'examiner des bouilloires en fer-blanc. Du coin de l'œil, elle vit l'homme en chapeau mou se diriger vers la station d'omnibus. Elle comptait attendre qu'il soit monté dans le véhicule avant d'aller chez Mme Beedle. Mais comme elle craignait de se faire repérer si elle restait plus longtemps dans la rue, elle pénétra dans la boutique du quincaillier.

Un homme en tablier de feutrine jaillit de l'arrière-boutique

— Bonjour, madame. Que puis-je pour votre service ?

Il la contemplait avec intérêt. Dans ce coin de Kensington, les clientes qui pouvaient s'offrir des imperméables Burberry ne couraient pas les rues.

— Je voudrais un fer à repasser.

— J'ai ce qu'il vous faut. Fonte de fer, très doux, il chauffe en un clin d'œil. Votre lingère adorera.

Il disparut un instant, et Chastity se tordit le cou pour tenter d'apercevoir l'arrêt de l'omnibus. Elle n'avait aucune intention de se charger d'un fer à repasser, tout à fait inutile et sans doute onéreux, mais elle ne pouvait s'en aller si l'homme était encore là.

Comme elle ne distinguait rien, elle ouvrit la porte et risqua un regard dans la rue. En entendant tinter la clochette, le marchand se précipita à nouveau dans la boutique, craignant d'avoir perdu sa cliente. Chastity vit l'omnibus s'arrêter, l'inconnu y monter.

— Voilà, madame, fit le commerçant dans son dos. Vous ne pourrez trouver mieux.

— À la vérité, je crois que je vais vous envoyer ma femme de chambre. C'est elle qui s'en servira, alors autant qu'elle choisisse. Elle passera cet après-midi, déclara-t-elle avant de sortir, laissant le brave homme déconfit, son fer à la main.

L'omnibus passa devant elle, et elle traversa pour se rendre chez Mme Beedle.

Celle-ci leva les yeux de son comptoir lorsqu'elle pénétra dans le magasin.

— Ah, mademoiselle Chastity, vous venez de manquer un monsieur qui demandait après vous ! C'est la deuxième fois qu'il vient.

Chastity posa son parapluie dans un coin et releva sa voilette.

— A-t-il dit qui il était, ce qu'il voulait ?

Mme Beedle fronça les sourcils.

— Il ne s'est pas présenté. Il a seulement déclaré qu'il voulait parler à quelqu'un du *Mayfair Lady*, et il m'a demandé si je savais où vous joindre. Il parlait d'une bonne nouvelle à vous annoncer... Je n'ai guère aimé son allure, ajouta-t-elle en secouant la tête.

— Vous ne lui avez rien dit ?

— Non, mademoiselle Chastity, vous vous en doutez. J'ai répondu que je ne savais rien, que je recevais seulement les lettres qui arrivaient par courrier.

— Il a dû vous demander qui passait les chercher ?

— En effet, mais je lui ai raconté que c'était un gamin. Que je ne connaissais ni son nom ni rien. Que ça ne me regardait pas. Voilà ce que j'ai dit les deux fois

Elle ferma le couvercle du bocal qu'elle remplissait de bonbons, et s'essuya les mains sur son tablier.

— Je parie qu'une tasse de thé vous ferait du bien, mademoiselle Chastity. Venez donc à la cuisine.

Elle souleva la partie mobile du comptoir.

— Merci, dit Chastity qui la remit en place avant de suivre son hôtesse dans la petite cuisine.

— Je ne voudrais surtout pas que vous pensiez que nous n'avons pas confiance en vous, madame Beedle. Mais nous sommes tellement anxieuses, en ce moment !

— Bien sûr, ma chère. Bien sûr.

Elle disposa quelques biscuits sur une assiette à fleurs qu'elle plaça devant Chastity.

— Ils sont tout frais de ce matin, précisa-t-elle.

La jeune fille en prit un avec un plaisir non dissimulé.

— Nous pensons qu'ils ont engagé des détectives. Ils fouinent partout, et notre avocat assure qu'ils feront tout pour découvrir notre identité, alors ils reviendront sûrement.

— Eh bien, je leur servirai le même couplet, déclara Mme Beedle en versant le thé. Buvez, ça va vous réchauffer. Drôle de temps, hein ? Hier, on se serait cru au printemps, et aujourd'hui, regardez-moi ça !

— Y a-t-il des lettres ? s'enquit Chastity en grignotant son gâteau.

— Deux.

La brave femme les lui tendit et Chastity les fourra dans son sac.

— Ne vous inquiétez pas trop pour ces détectives, mademoiselle Chastity, reprit-elle. Ce n'est pas moi qui leur apprendrai quoi que ce soit, et personne d'autre n'est au courant. À part notre Jenkins, naturellement.

Mme Beedle n'appelait jamais son frère par son prénom.

— Et Mme Hudson. Mais vous avez raison, madame Beedle. Nous savons que notre secret est bien gardé, avec vous trois, et nous vous en sommes infiniment reconnaissantes.

— Je vous en prie. Nous aurions fait la même chose pour votre chère maman, paix à son âme.

Chastity sourit en dégustant son thé. La cloche tinta, et son hôtesse se hâta de regagner la boutique. Chastity entendit une agréable voix masculine teintée d'un léger accent écossais.

— Bonjour, docteur Farrell, fit Mme Beedle. Quel temps de chien !

— En effet. Je voudrais une livre de berlingots et une autre de bâtons de réglisse, s'il vous plaît.

— Tout de suite, docteur.

Chastity entendit Mme Beedle ouvrir les pots, verser les confiseries dans la balance. Qui donc achetait une livre de berlingots et autant de réglisse ?

Curieuse, elle posa sa tasse et alla discrètement écarter le rideau qui séparait la cuisine du magasin.

Un homme de haute taille se tenait devant le comptoir. Il avait des épaules de lutteur, le visage taillé à la serpe, et son nez avait certainement été cassé. Mais au lieu de le défigurer, cela ne faisait que rehausser ses traits, songea distraitement Chastity. Il allait tête nue et ses boucles brunes mouillées lui collaient au crâne. Il portait un imperméable qui avait connu des jours meilleurs, mais son sourire était des plus charmants.

Pendant que Mme Beedle pesait les bonbons, il se promena dans les rayons. Il était vraiment très costaud, ou plutôt athlétique, songea Chastity qui se sentit, par comparaison, petite et délicate. Elle le vit prendre un exemplaire du *Mayfair Lady* et le feuilleter négligemment, jusqu'à ce qu'il s'arrête afin de lire plus attentivement.

— Voilà, docteur Farrell. Six pence pour les berlingots et quatre pour la réglisse.

— Oh, je prends ceci aussi, madame Beedle ! fit-il en posant le journal sur le comptoir avant de sortir sa monnaie.

Chastity attendit qu'il eût quitté le magasin à grands pas pour retourner à sa place.

Mme Beedle ne tarda pas à la rejoindre.

— Quel homme adorable, ce Dr Farrell ! Il n'y a pas longtemps qu'il habite le quartier.

— Il exerce dans les environs ? voulut savoir Chastity tout en se préparant à prendre congé.

— À côté du monastère Sainte-Mary. Un quartier difficile pour un gentilhomme comme lui, si vous voulez mon avis. Mais notre docteur est assez grand pour se défendre en cas de besoin. Il m'a dit un jour qu'il pratiquait la lutte, à l'université. Et la boxe aussi, ajouta-t-elle, admirative.

Pourquoi un tel homme s'intéressait-il au *Mayfair Lady* ? ne put s'empêcher de se demander Chastity en retrouvant la rue luisante de pluie.

Elle n'avait guère envie de prendre l'omnibus qui devait sentir le chien mouillé, aussi héla-t-elle un fiacre. Elle savait bien que Mme Beedle ne les trahirait pas, mais l'obstination des avoués de Barclay ne lui disait rien qui vaille. Ils étaient malins, et sans doute capables de tout pour arriver à leurs fins. Mme Beedle était une brave et honnête femme, mais elle risquait de ne pas faire le poids face à des détectives retors et sans scrupule.

Chastity arriva chez elle dans une bourrasque de vent qui faillit retourner son parapluie.

— Quelle affreuse journée ! dit-elle à Jenkins. Prudence est-elle rentrée ?

— Pas encore, mademoiselle Chastity.

Elle se débarrassa de son chapeau.

— Mme Beedle vous envoie son bon souvenir, Jenkins, fit-elle en tendant son imperméable au majordome. Je monte au boudoir.

Jenkins alla mettre les vêtements trempés à sécher, et revint dans le hall en entendant Prudence entrer.

Elle le salua un peu distraitement. Son sac semblait avoir pris du poids sur le chemin du retour, et le hall familier prenait soudain un aspect étrange. Sans doute parce qu'il n'appartenait plus légalement à la famille Duncan… à moins que son père ne parvienne à rembourser sa dette. Ou à prouver qu'il y avait eu fraude.

— Vous êtes toute pâle, mademoiselle Prudence. Tout va bien ?

La voix pleine de sollicitude de Jenkins la tira de ses pensées.

— Oui. Très bien. Je suis juste un peu mouillée, répondit-elle en s'efforçant de sourire. Des messages ?

— Un appel téléphonique de sir Gideon.

Prudence ressentit une décharge d'adrénaline, de désir à l'état pur, qui lui fit oublier un instant tout le reste.

— Que disait-il ?

— Que par ce vilain temps il préférait que vous ne veniez pas à son bureau. Son chauffeur passera vous prendre à 18 heures.

— C'est très aimable à lui, murmura Prudence. Merci, Jenkins. Pourriez-vous envoyer quelqu'un demander à Constance de venir ici dès que possible ?

Elle monta rejoindre sa sœur qui s'était attelée aux réponses de tante Mabel. Chastity se retourna vivement à son entrée.

— Du nouveau ? s'enquit-elle. De mon côté, il y en a.

— Commence, proposa Prudence.

Chastity lui raconta sa matinée.

— J'ai peur qu'ils ne découvrent quelque chose, malgré la discrétion de nos amis. Peut-être devrions-nous effectivement arrêter la publication. Faire le mort.

— Tel le renard traqué par la meute.

Prudence réchauffait ses mains glacées devant la cheminée.

— Et toi, qu'as-tu trouvé ?

Prudence ouvrit son sac et tendit les documents à sa sœur sans un mot. Celle-ci les lut en silence, les posant à mesure sur le secrétaire.

— Il faut que Constance en prenne connaissance.

— J'ai prié Jenkins de l'envoyer chercher.

Chastity secoua la tête, incrédule.

— Barclay possède pratiquement notre maison.

Prudence ouvrit les mains en signe d'impuissance.

— Le *Mayfair Lady* n'est plus le seul enjeu, finalement, reprit sa sœur.

— Cela donne des envies de meurtre !

— Avant d'en arriver là, attendons Constance, suggéra Chastity. Mme Beedle m'a remis deux lettres. Jetons-y un coup d'œil, veux-tu ? J'ai presque peur de les ouvrir, avoua-t-elle.

Elle les décacheta à l'aide un coupe-papier.

— Celle-ci paraît honnête. Quelqu'un nous demande de lui présenter des passionnés de poésie pour organiser un cercle de rencontres littéraires. Qu'en penses-tu ? Allons-nous envoyer une liste ?

— Pourquoi pas ? Nous mettons en contact des gens qui ont les mêmes goûts, quel mal y a-t-il à cela ?

Chastity posa la lettre sur le bureau et prit connaissance de la seconde avant de la tendre à sa sœur.

Pour qui de droit,

Un groupe ami détient certaine information d'un intérêt considérable pour les propriétaires et rédacteurs du Mayfair Lady *concernant l'accusation en diffamation dont ils font l'objet. Ce groupe possède des preuves qui les aideront dans leur défense. Une rencontre privée serait souhaitable dans les conditions qui leur conviendront. Cette information est capitale et doit être transmise au plus tôt. Merci de répondre rapidement à l'adresse ci-dessus. Et croyez bien que nous sommes les plus sincères admirateurs et supporters du* Mayfair Lady.

Prudence leva les yeux.

— C'est un piège.

— Mais si ce n'en est pas un ?

— C'en est forcément un, la lettre est anonyme.

— Nous aussi, fit remarquer Chastity. Si c'est un proche de Barclay, ou un ancien ami, il ne tient sans doute pas à ce que son nom soit connu. Supposons qu'il ait la preuve des malversations de Barclay, c'est peut-être une victime, comme père ? Dans ce cas, pouvons-nous nous permettre de l'ignorer ?

Prudence jeta dans la cheminée un morceau d'ongle qu'elle venait de grignoter.

— Je n'en sais rien, Chastity.

— Tu pourrais montrer cette lettre à Gideon.

Prudence acquiesça.

— Je le vois ce soir.

Elle remit le message dans l'enveloppe.

— Ah, voilà Constance ! s'exclama-t-elle en reconnaissant le pas caractéristique de leur sœur dans l'escalier.

À peine cette dernière leur eut-elle jeté un coup d'œil qu'elle lança :

— Allons déjeuner dehors !

— C'est la meilleure idée de la journée, déclara Prudence. Mais lis d'abord ceci, ajouta-t-elle en désignant les papiers sur le secrétaire. Il faut que je change de souliers, ceux-ci sont trempés. Oh, et montre-lui la lettre, Chastity !

— Où allons-nous déjeuner ?

— Au *Swan and Edgar* ? suggéra Constance.

— Parfait, approuva Prudence en se dirigeant vers la porte. Et il faut que je m'achète un châle en cachemire pour aller avec ma sage robe du soir.

— Tu vois l'avocat, c'est ça ?

— En effet. Mais quand tu auras lu ces documents, tu verras qu'un rendez-vous de travail est plus qu'urgent.

— De travail ? répéta Constance, sceptique.

— Je doute que Prudence ait le temps ou l'envie d'autre chose en ce moment, commenta Chastity d'un ton acerbe. Va jusqu'au bout, tu comprendras.

Constance haussa les sourcils, mais s'abstint de tout commentaire. Et en effet, après avoir terminé sa lecture, elle avait compris.

— Barclay possède un nantissement sur la maison, murmura-t-elle, atterrée.

Chastity hocha la tête en silence.

16

Prudence monta en voiture à 18 heures précises et accepta avec plaisir la couverture imperméable que le chauffeur lui posa sur les genoux. Elle lui fut également reconnaissante d'avoir déroulé les rideaux de cuir sur les côtés. À Pall Mall Place, la porte s'ouvrit dès leur arrivée.

— Oh, vous aviez raison, Milton ! déclara une voix enfantine. Exactement trois quarts d'heure.

— Sauf imprévu, je suis habituellement assez précis, mademoiselle Sarah, répondit le chauffeur avec un sourire indulgent.

— Bonsoir, mademoiselle Duncan, dit la fillette.

Prudence prit la petite main qu'elle lui tendait.

— Bonsoir, Sarah.

La fillette, plus mince que dans son souvenir, portait un sarrau d'écolière sur une blouse blanche un peu tachée d'encre aux manches. Deux longues nattes blondes dansaient dans son dos et une frange légère couvrait son front.

— Entrez, proposa Sarah. Je dois m'occuper de vous pendant que papa met la dernière main à la brouillade aux truffes.

Elle conduisit Prudence dans une petite pièce qui donnait sur le hall. Il y avait là une commode, un miroir, une cuvette et un broc, un peigne et une brosse.

— Les toilettes se trouvent derrière cette porte, indiqua l'enfant. J'ai cueilli des camélias dans le jardin, ajouta-t-elle en se perchant sur le divan. J'espère que vous les aimerez.

Prudence contempla le vase empli de gros camélias encore irisés de gouttes de pluie.

— Ils sont superbes, merci beaucoup, dit-elle en se débarrassant de son manteau.

— C'était un plaisir, assura Sarah avec un sourire. Et j'ai mis de l'eau chaude dans le broc, si vous voulez vous laver les mains. Oh, quelle toilette élégante !

Prudence portait l'une des robes rapportées par Constance. Elle mettait sa silhouette en valeur, ainsi que sa poitrine qu'elle trouvait trop menue. Elle avait décidé de s'habiller comme pour une invitation à dîner puisqu'elle savait d'expérience que l'avocat oubliait parfois de préciser ses intentions.

Tout de même, une brouillade aux truffes ?

— Elle vient de Paris, répondit-elle.

Elle avait choisi de se coiffer en chignon tressé sur la nuque, ce qui adoucissait ses traits un peu anguleux et rehaussait la couleur cuivrée de sa chevelure.

— Si vous êtes prête, nous allons attendre papa au salon, dit la petite. Je suis heureuse que vous n'ayez pas été mouillée pendant le trajet.

— Milton s'est montré plein d'attentions.

Prudence suivit sa petite hôtesse dans un salon qui s'étendait sur toute la longueur de la maison. Une pièce agréable, dans les tons crème et or, avec d'accueillants sofas et des étagères de livres aux murs. Contrairement à la bibliothèque, l'atmosphère n'était pas typiquement masculine. La décoration datait-elle de l'époque où la mère de Sarah vivait encore ici ? À moins qu'il ne s'agisse d'une autre femme… Y en avait-il eu dans la vie de Gideon, après son épouse ?

Prudence se rendait compte qu'elle ne savait pas grand-chose de celui qui était devenu son amant. Sur l'échec de son mariage, par exemple. Il faudrait un jour qu'elle lui pose des questions à ce sujet.

Il y avait un cahier, un porte-plume et un encrier sur une table basse.

— J'ai un problème d'algèbre horriblement difficile, expliqua Sarah. Papa m'a dit que vous pourriez peut-être m'aider.

Ah, bon? Prudence sourit.

— Je me demande d'où lui vient cette idée! Laissez-moi jeter un coup d'œil.

La petite fille lui tendit son cahier, puis se dirigea vers une crédence.

— Je peux vous offrir un verre de sherry?

— Avec plaisir, merci.

Prudence s'installa sur le sofa, et en quelques secondes elle avait résolu le problème. Elle prit le verre que lui tendait précautionneusement la fillette.

— Vous voulez que je vous explique, ou que je le fasse à votre place?

— Ce serait tricher, observa Sarah en reprenant le cahier.

— Certainement, admit Prudence.

La petite était visiblement en pleine crise de conscience.

— Mais, reprit-elle, si je vous montre comment vous y prendre et que vous écoutiez avec attention, vous aurez appris quelque chose pour la prochaine fois. Dans ce cas, ce sera plus une leçon qu'une tricherie.

Sarah réfléchit, la tête penchée, les sourcils froncés, son petit visage ponctué de taches de rousseur soudain sérieux, puis elle sourit.

— Je pense que même papa ne trouverait pas à y redire. Or il discute toujours à propos de tout. Il trouve que c'est un bon exercice intellectuel.

— Que fait-il avec des truffes ? s'enquit Prudence, mine de rien.

— Une brouillade, répondit Sarah le plus naturellement du monde. C'est l'une de ses spécialités. Vous aurez aussi des cailles farcies aux raisins. C'est une recette difficile, parce qu'il faut les désosser quand elles sont crues. Ça le fait toujours pester.

Il y avait de l'espièglerie dans son regard lorsqu'elle vint s'asseoir près de Prudence en ajoutant :

— Il n'en cuisine pas souvent. Seulement pour les grandes occasions.

La jeune femme préféra ignorer l'allusion... L'algèbre lui paraissait un terrain beaucoup plus sûr.

— Bien. Voilà comment nous allons nous y prendre.

Elle expliqua la marche à suivre à la petite qui l'écouta d'un air concentré.

— À présent, voyez si vous pouvez le résoudre, proposa Prudence.

— Oh, c'est facile ! Deux puissance trois...

Elle se mit au travail, et Prudence fut positivement impressionnée par sa rapidité et sa vivacité d'esprit. C'était bien la fille de sir Gideon Malvern, avocat, conseiller de la couronne. Et elle était élève au North London Collegiate. En outre, elle avait une préceptrice. D'ailleurs, pourquoi celle-ci n'était-elle pas là pour l'aider ?

Les collégiennes ne faisaient pas leurs devoirs toutes seules au salon, a priori.

La demeure était particulièrement calme, et il ne semblait pas y avoir d'autre domestique que le chauffeur. La dernière fois qu'elle était venue, elle avait vu une gouvernante. Elle n'y comprenait plus rien ! Puis son étonnement fit place à une certaine contrariété. Gideon tentait à nouveau de la surprendre afin de la déstabiliser...

Elle leva les yeux en entendant la porte s'ouvrir.

— Pardonnez-moi de ne pas vous avoir accueillie moi-même, Prudence, dit Gideon en entrant dans la pièce. Les œufs brouillés… on ne peut pas les quitter des yeux une seconde. J'espère que Sarah s'est montrée à la hauteur.

Il portait, sur son impeccable tenue de soirée, un vaste tablier à la propreté douteuse.

— Votre tablier, papa, l'informa sa fille.

— Oh, quelle négligence !

Il s'en débarrassa et le jeta sur une chaise près de la porte, puis il parcourut Prudence d'un long regard approbateur qui dissipa aussitôt toute contrariété.

— Mes compliments, murmura-t-il. Cette robe porte la marque évidente d'un grand couturier parisien.

Sur l'insistance de ses sœurs, Prudence avait sorti de son coffret les trois rangs de perles inestimables de leur arrière-grand-mère. Elle avait un peu hésité à les porter pour ce qui n'était après tout qu'une réunion de travail, mais lorsqu'elle avait vu à quel point le collier complétait bien sa toilette, elle avait cédé sans trop discuter.

Elle ôta ses lunettes, réflexe fréquent dans ses instants d'incertitude. Paradoxalement, la présence de Sarah semblait ajouter à l'intimité de la scène, et rendait difficile de répondre avec naturel.

Gideon sourit et résista à l'envie de lui embrasser le bout du nez. Les lampes à gaz allumaient des reflets cuivrés dans la chevelure de Prudence, et il aurait aimé y enfouir les doigts. Pourtant, il demeura imperturbable.

— Je constate que ma fille vous a offert du sherry, dit-il de sa voix profonde. Tu te sors de ton problème, Sarah ?

— Mlle Duncan m'a expliqué, et je l'ai refait toute seule, répondit l'enfant avec une honnêteté scrupuleuse.

— Je peux voir ? demanda Gideon.

Il prit le cahier de sa fille, parcourut la page et le lui rendit.

— Très bien, commenta-t-il. Mary est arrivée voilà cinq minutes. Elle t'attend pour dîner.

— Mary était à une réunion féministe, expliqua Sarah à l'adresse de Prudence. Êtes-vous pour le vote des femmes, mademoiselle Duncan ?

— Bien sûr !

— Vous faites partie de l'Union féminine sociale et politique ? Mary, oui.

— Moi non, mais ma sœur aînée en est membre. Elle prend souvent la parole dans les réunions.

Sarah écarquilla les yeux.

— Elle s'appelle aussi Mlle Duncan ? Peut-être que Mary l'a déjà entendue.

— Ma sœur utilise à présent son nom de femme mariée : Mme Ensor.

— Oh, je demanderai à Mary si elle la connaît ! fit la petite en se levant, son cahier serré contre elle. J'imagine que vous ne nous avez pas préparé de cailles, papa ?

— Je crains que non. Désosser quatre de ces volatiles est le maximum que je puisse faire, dit Gideon. Mais Mme Keith vous a mitonné un rôti de porc à la compote de pommes.

Sarah poussa un profond soupir.

— Je suppose que nous devrons nous en contenter.

— Le porc a une peau très croustillante, je me suis renseigné.

La fillette eut un rire joyeux.

— Cela ira, déclara-t-elle avant de tendre la main à Prudence. Bonne soirée, mademoiselle Duncan. Merci beaucoup de m'avoir aidée pour l'algèbre.

— C'était un plaisir, Sarah. Bonne nuit.

Gideon embrassa l'enfant qui se serra bien fort

contre lui. Il existait entre le père et la fille un lien si fort, si affectueux, si simple que Prudence pensa à celui qui les unissait, ses sœurs et elle, à leur père. Elle vit les traits de Gideon s'adoucir. C'était là l'homme qui avait des rides au coin des yeux lorsqu'il souriait, l'amant tendre qui n'était pas avare de mots doux.

Sarah sortit du salon d'un pas léger, et Prudence s'adossa au sofa.

— Elle est adorable !

— Son heureux père en est très fier, déclara Gideon en riant.

Il se pencha pour remplir le verre de Prudence, et le parfum caractéristique de la truffe lui effleura les narines, mêlée à une autre odeur, moins nette, qu'elle reconnut comme celle de l'oignon. Son hôte avait haché des oignons crus !

— Il me semble que vous êtes fin cuisinier, hasarda-t-elle.

— Impression plutôt justifiée, reconnut-il avec un sourire satisfait.

— Encore l'une de vos surprises ?

— C'est un violon d'Ingres, presque une passion, à vrai dire, répliqua-t-il, soudain sérieux. J'espère que vous apprécierez bientôt le résultat de mes efforts.

— Un passe-temps inhabituel, observa Prudence.

— Cela me libère l'esprit. Un avocat a besoin de temps en temps de sortir de ses poussiéreux livres de droit.

— Sans doute. Mais je pensais que nous allions travailler, ce soir… J'ai des nouvelles tout à fait intéressantes ! ajouta-t-elle en tendant la main vers son sac à main.

Gideon l'écarta pour le mettre hors de sa portée.

— Pas maintenant, Prudence, décréta-t-il. Plus tard.

— C'est la preuve des manœuvres frauduleuses de Barclay, insista-t-elle.

— Parfait, dit-il en posant le sac sur le manteau de la cheminée. Nous en parlerons après le dîner.

Mais la jeune femme n'entendait pas en rester là.

— Il nous faudra consulter les comptes d'une société appelée *Barclay Comte et Associés*… si tant est qu'elle possède une existence légale. Vous savez comment faire ?

— Oui, répondit-il calmement. Nous en discuterons tout à l'heure.

Prudence lui décocha un regard agacé.

— Ils ont lancé des détectives à nos trousses. Et ils ont envoyé une lettre au journal… Oh, laissez-moi vous la montrer !

Elle se leva d'un bond, mais il lui barra le passage.

— Après le dîner. Je viens de passer quatre heures à créer un chef-d'œuvre, je refuse de le gâcher. Il y a un temps pour tout, maintenant, c'est celui des œufs truffés.

— Que leur arrive-t-il, à ces œufs ? soupira Prudence.

Il secoua la tête.

— Je vous expliquerai une fois que vous les aurez goûtés. Passons à table, voulez-vous ?

Il lui prit la main et la posa résolument sur son bras.

Très bien ! S'ils ne pouvaient parler travail, elle aborderait d'autres sujets.

— Sarah vit avec vous toute l'année ?

— Oui.

— C'est inhabituel, non ? Généralement, les filles vivent avec leur mère, dans ce genre de circonstances, insista Prudence.

— Ce serait difficile, en l'occurrence, parce que je n'ai pas la moindre idée de l'endroit où se trouve la mère de Sarah.

Ils pénétraient dans la salle à manger.

— Comment est-ce possible? s'exclama Prudence qui ne se souciait plus d'être indiscrète.

— Harriet s'est enfuie avec un entraîneur de chevaux lorsque Sarah avait trois ans, fit-il en tirant la chaise à la droite de la sienne, en bout de table.

— Et depuis, vous n'avez reçu aucune nouvelle?

Prudence ne put cacher sa stupéfaction devant cette explication prononcée d'un ton neutre, presque las. Elle demeura debout derrière sa chaise.

— Pas depuis le divorce. Elle pense aux anniversaires de Sarah, et cela me suffit... de même qu'à Sarah, apparemment. Asseyez-vous, je vous en prie.

Prudence obtempéra.

— Le divorce a dû être pénible, risqua-t-elle.

Il allait tout de même bien montrer quelque émotion!

— Beaucoup moins difficile que de réaliser que votre femme a développé des intérêts ailleurs sans que vous vous en rendiez compte.

Prudence demeura silencieuse. La sécheresse de ce commentaire révélait quelque blessure cachée. Si son apparente indifférence était une simple défense, il serait impardonnable de retourner le fer dans la plaie.

Des chandeliers étaient allumés un peu partout dans la pièce, et la table ornée d'un vase de camélias rouges. Une fois de plus, Prudence fut frappée par l'atmosphère féminine, la délicate dentelle des serviettes, le bol d'argent qui contenait des pétales de roses séchés sur la desserte.

— Sarah est très douée pour les compositions florales, dit-elle. Enfin, je suppose qu'il s'agit de Sarah.

— Avec l'aide efficace de Mlle Winston, répliqua Gideon. Bien que suffragette, Mary ne dédaigne pas les arts féminins. Vous la rencontrerez bientôt, et je suis sûr qu'elle vous plaira.

— Je n'en doute pas.

Il avait de ces affirmations ! Il donnait l'impression de s'attendre qu'elle prenne une plus grande place dans sa vie. Il semblait trouver normal qu'elle devienne l'amie de la gouvernante de Sarah, qu'elle aide la petite à faire ses devoirs ou qu'elle dîne chez lui en tête à tête. Un repas qu'il avait cuisiné lui-même ! Comme s'il ne s'agissait pas pour lui de la brève aventure qu'elle avait rapportée d'un ton si désinvolte à ses sœurs. Mais alors, que devenait la recherche d'une épouse ? Sans parler de leurs relations professionnelles.

Sans paraître remarquer son brusque silence, Gideon agita une sonnette avant de remplir deux coupes de champagne, et observa sur le ton de la conversation :

— J'apprécie le vin pétillant avec les œufs truffés, mais certaines personnes n'aiment pas beaucoup dîner au champagne.

— Ce n'est pas mon cas, le rassura Prudence tandis que la porte s'ouvrait sur une servante munie d'un plateau.

— Vous les avez juste mis trois minutes au bain-marie, Maggie ? s'enquit l'avocat d'un ton anxieux.

— Oui, monsieur, très précisément.

La jeune fille déposa un petit plat devant Prudence, l'autre devant sir Gideon.

— Et le pain grillé sort du four, ajouta-t-elle en désignant le porte-toasts.

Elle s'exprimait d'une voix apaisante, comme si elle était habituée aux inquiétudes culinaires de son maître.

— Ce sera tout, monsieur ?

— Oui, merci. Œufs en cocotte aux truffes, annonça-t-il en prenant sa petite cuillère. Le secret est dans la consistance.

Il plongea sa cuillère dans la préparation, et Prudence attendit son verdict.

— Parfait !

Prudence se considéra autorisée à y goûter elle-même.

Elle ne put que s'extasier.

— Incroyable ! murmura-t-elle.

Il eut un sourire satisfait.

— Un toast ? proposa-t-il.

Prudence ne voyait pas vraiment ce qu'un toast ajouterait à cette extraordinaire préparation, elle prit pourtant un morceau arachnéen qu'elle brisa pour le tremper dans le plat, à l'instar de son hôte. Oui, c'était encore meilleur !

Elle but son champagne et savoura chaque bouchée de cette merveille. En effet, l'heure n'était plus à la conversation, surtout professionnelle, mais au recueillement et au respect admiratif... Et ce fut fini bien trop tôt !

Elle laissa échapper un petit soupir de bonheur et de regret mêlés.

— Je n'ai jamais rien goûté de semblable ! avoua-t-elle.

— Bien. La sole ne va pas tarder, dit-il en posant la main sur la sienne.

Prudence entrelaça leurs doigts, l'esprit de nouveau préoccupé par un sujet plus personnel. Elle avait besoin d'en apprendre davantage sur son mariage.

— Comment avez-vous pu ne pas remarquer que votre femme s'intéressait à quelqu'un d'autre ? demanda-t-elle à brûle-pourpoint.

Gideon avala une gorgée de champagne, puis dégagea doucement sa main.

— Je suppose que vous avez le droit de poser la question, mais en général je préfère ne pas évoquer le sujet.

— Excusez-moi, mais cela me semble très important de savoir.

Il hocha la tête.

— Ce qui m'a empêché de le remarquer, c'est précisément ce qui a poussé Harriet à aller voir ailleurs. J'étais trop pris, trop absorbé par mon métier. Un avocat ne grimpe pas les échelons sans consentir quelques sacrifices, surtout au début de sa carrière. Harriet m'en voulait d'être si peu disponible, à juste titre. Elle était – elle est sans doute encore – très belle. Très désirable... et le seul homme qui ne s'en apercevait pas, c'était son époux.

— Mais elle avait un enfant !

— Certes, mais la maternité ne suffisait pas à compenser le manque d'attentions de la part de son mari. Je ne lui reproche pas grand-chose, ajouta-t-il. Elle m'a accordé le divorce sans une protestation. Je l'entretiens dans un certain luxe, que son entraîneur ne peut lui offrir, et je préfère que ses contacts avec Sarah se limitent à des cartes d'anniversaire. Pouvons-nous abandonner le sujet, à présent ?

Il se leva pour prendre sur la desserte une bouteille de chassagne-montrachet.

— Ceci ira très bien avec la sole. J'ai du château-margaux pour les cailles. J'espère que cela vous convient.

Il remplit le verre de Prudence.

— Je ne voulais pas rouvrir d'anciennes blessures, dit-elle.

Elle n'alla pas plus loin, car la soubrette venait d'entrer avec les filets de sole et une saucière.

— Sauce au champagne, annonça Gideon. Une des spécialités de Mme Keith.

— J'imagine que vous aviez suffisamment à faire avec les cailles et les œufs ! remarqua-t-elle en se servant de sauce.

Elle ne pouvait insister davantage sans se montrer insensible et discourtoise.

— Si l'on ajoute cela à votre journée de travail, je suis pour le moins impressionnée ! Vous plaidiez, cet après-midi ?

— Oui. Un cas très intéressant. Un désaccord sur une propriété. D'ordinaire, je trouve cela ennuyeux, mais il y avait là quelques aspects inhabituels…

La conversation se poursuivit sur le mode léger et détendu jusqu'à la fin du repas.

— Les cailles étaient délicieuses. Et ce gâteau basque… Je ne vous imaginais pas capable de réaliser de telles merveilles.

— On dirait que la cuisine n'est pas votre fort. Je me trompe ? la taquina-t-il.

— Non. Contrairement à Mlle Winston, beaucoup de talents féminins me sont hélas étrangers.

Il lui jeta un vif coup d'œil comme s'il avait décelé une pointe de critique à l'égard de la gouvernante.

— Mes seules incursions dans la cuisine, continua-t-elle d'un ton léger, sont en général motivées par la nécessité d'établir avec Mme Hudson un menu à la fois économique et assez savoureux pour que mon père ne se doute pas que nous tirons le diable par la queue. Ce n'est pas facile !

— Je m'en doute. Si nous allions prendre le café au salon ? proposa-t-il.

Il vint tirer sa chaise.

— Pouvons-nous parler de notre affaire, maintenant ? demanda Prudence comme ils pénétraient au salon.

Elle récupéra son sac sur la cheminée.

Gideon s'assit sur le sofa et tapota le coussin à côté de lui.

— Montrez-moi ce que vous avez trouvé, fit-il en servant le café.

— Les bonnes nouvelles en premier, ou les mauvaises ?

— Essayons les bonnes.

Elle lui tendit les documents et entreprit de les commenter, mais il lui imposa le silence de l'un de ces gestes impérieux qui l'exaspéraient.

— Laissez-moi tirer mes propres conclusions, Prudence. Buvez votre café, et prenez un cognac si cela vous dit.

— Non, merci.

— Alors, servez-m'en un, voulez-vous ?

Il s'absorba dans sa lecture et ne réagit pas lorsqu'elle posa un verre à dégustation devant lui.

Elle s'empara de sa tasse et s'approcha des étagères de livres. Elle se sentait congédiée et, bien qu'elle fût convaincue qu'il n'avait pas agi ainsi intentionnellement, elle en était irritée.

17

Dos tourné à la pièce, Prudence feignait de parcourir les titres de livres en s'escrimant à paraître nonchalante. C'était là sa seule défense pour ne pas se sentir trop exclue de ce qui la touchait de si près.

— Bien, dit enfin Gideon.

— Bien quoi ? demanda-t-elle en venant poser sa tasse vide sur le guéridon.

— Demain matin à la première heure, je chargerai Thadeus de se renseigner sur l'existence légale de cette société *Barclay Comte et Associés*. Vous avez bien travaillé.

— Des compliments ? s'étonna Prudence avec une petite révérence ironique. Je suis bouleversée d'être parvenue à satisfaire les exigences de l'avocat le plus célèbre de la ville.

— Chipie ! Qu'ai-je fait ou dit pour vous contrarier ?

Prudence croisa les bras.

— Il ne vous est pas venu à l'esprit que j'avais dû me battre contre ma conscience pour obtenir cette information ? J'ai dû falsifier une autorisation paternelle, tromper le banquier, me plonger dans les papiers les plus privés de mon père.

— Mais sans cela, vous n'aviez aucune chance de gagner, lui rappela-t-il. La fin justifie les moyens, ma chère. Avec ça, je vous promets que le comte de

Barclay sera au supplice, à la barre. Alors, vous trouverez que cela valait la peine d'utiliser des méthodes indélicates.

— Donc, cela vous sera utile ?

— Bien sûr. Et il était temps, parce que le procès est fixé à demain en quinze.

— Dans deux semaines ! s'écria-t-elle. Serons-nous prêts ?

— Nous n'avons pas le choix. Je suis certain que vous aurez le temps de peaufiner votre accent français, d'ici là.

— Au moins, ils n'auront pas trop le temps de fouiner, commenta-t-elle à mi-voix, le cœur à l'envers.

Gideon l'observait avec attention. Ce qui n'était qu'une menace à l'horizon se précisait. Pas étonnant qu'elle ait pâli ! songea-t-il.

Il se leva.

— Venez ici. J'ai eu envie de vous embrasser toute la soirée.

— Vous étiez trop occupé à manger pour penser à cela ! répliqua-t-elle en s'approchant cependant.

— Comme je vous l'ai déjà dit, il y a un temps et un lieu pour chaque chose. À présent, c'est le moment du baiser.

Il lui prit le menton, effleura doucement ses lèvres.

Elle écarta légèrement la tête, avant d'être entièrement sous le charme de son parfum, de sa bouche ferme.

— Non, Gideon. Avant toute chose, que fait-on de la lettre anonyme qui propose des informations au *Mayfair Lady* ? C'est vraiment urgent. Dois-je répondre ?

Il fronça les sourcils, sans lui lâcher le menton. Puis il secoua la tête.

— Je suspecte un piège.

— Mais imaginons que ce ne soit pas le cas.

— Faites ce que vous croyez le mieux.

— Vous ne m'aidez guère, soupira-t-elle en se détachant de lui. J'aimerais une réponse plus claire avant que nous ne passions à autre chose.

— Comment ai-je pu tomber amoureux d'une Lysistrata ? gémit-il.

Tomber amoureux ?

Allons, il n'y avait pas de raisons de s'alarmer. Certes, Gideon n'était pas le genre d'homme à faire l'amour à n'importe quelle femme qui croisait son chemin. Et elle-même ne sautait pas dans le lit du premier venu. Il existait une réelle attraction entre eux. L'attraction des contraires, peut-être. Mais il serait stupide d'y voir plus que ça.

— J'attends une réponse, insista-t-elle.

— Ne touchez pas à cela. Le jeu n'en vaut pas la chandelle. Même si les informations sont authentiques, nous n'en avons pas besoin. Maintenant, pouvons-nous reprendre là où nous en étions ?

— Oui, monsieur. À votre service, monsieur.

Prudence revint à lui et noua les bras à son cou. La bouche de Gideon était délicieusement chaude, et il s'empara de la sienne avec une passion dominatrice qui fit exploser des étincelles de désir dans tout son corps. Dans un recoin encore lucide de son esprit, elle savait que cela ne mènerait à rien, avec la fille de Gideon à l'étage, mais elle avait trop faim de lui en cet instant pour s'inquiéter de la conclusion de cet intermède.

Un coup autoritaire frappé à la porte d'entrée les fit sursauter. Gideon se passa la main dans les cheveux.

— Qui diable cela peut-il être ? grommela-t-il. Je n'attends personne, et les domestiques sont couchés.

On frappa de nouveau, et il quitta la pièce à grandes enjambées. Prudence le suivit et attendit sur le seuil du salon tandis qu'il ouvrait. Elle ne distinguait pas grand-chose, car le hall n'était éclairé que par une lampe à gaz.

Le silence lui parut si pesant qu'elle en eut soudain des sueurs froides. Elle fit un pas dans le hall.

— Harriet, dit enfin Gideon d'une voix neutre. Quelle surprise !

— J'ai préféré venir à l'improviste, Gideon, répliqua une femme d'un ton haut perché qui traduisait sans doute sa nervosité. Si je vous avais prévenu, vous auriez pu refuser de me voir.

— Mais non, répondit-il. Entrez.

L'ex-femme de Gideon portait une cape de velours. Elle regarda autour d'elle en rajustant machinalement une plume sur son chapeau de taffetas noir, c'est alors qu'elle aperçut Prudence qui se tenait dans la lumière venant du salon.

— Oh, vous receviez, Gideon ! Finalement, j'aurais mieux fait de vous avertir.

Elle se dirigea vers Prudence.

— Bonsoir. Je suis Harriet Malvern.

Prudence serra la main que lui tendait la plus belle femme qu'elle eût jamais rencontrée.

— Prudence Duncan.

— Gideon, pourriez-vous envoyer quelqu'un chercher ma valise ? lança Harriet par-dessus son épaule. Je suis sûre que cela ne vous ennuie pas que je reste quelques jours. J'ai tellement envie de voir Sarah ! Où est-elle ? Pas déjà au lit, j'espère.

— Il est presque minuit, rétorqua Gideon du même ton inexpressif. Où voudriez-vous qu'elle soit ?

— Ne soyez pas désagréable, Gideon. J'ignore à quelle heure les enfants se couchent ; et elle doit être grande, à présent.

— Entrez au salon, Harriet, ordonna Gideon. Je ne sais pas ce que vous tramez, mais il n'est pas question que vous voyiez Sarah avant que je l'aie découvert.

Harriet fit la moue.

— Il est si sévère, parfois, vous avez remarqué ? dit-elle à Prudence d'un ton de connivence.

Celle-ci n'allait certainement pas entrer dans son jeu. Elle passa devant la jeune femme.

— Il est temps que je prenne congé, sir Gideon.

— Oh, je ne voudrais pas vous chasser ! s'écria la visiteuse. Je suis épuisée, je vais monter tout droit à ma chambre. Peut-être que Mme Keith – vous l'avez toujours ? –, peut-être que Mme Keith pourrait m'apporter un bol de soupe ?

— Mme Keith est couchée. À présent, faites ce que je vous ai demandé de faire.

Lorsqu'il se tourna vers Prudence, il avait les mâchoires crispées et le regard dur.

— Cela ne vous ennuie pas d'attendre quelques minutes dans la bibliothèque ? Je n'en ai pas pour longtemps.

Pas pour longtemps ! Elle le fixa, sidérée. Il avait l'intention de congédier cette femme, la mère de sa fille, qui venait de débarquer avec armes et bagages. Il allait lui accorder quelques instants, puis il la renverrait à ses occupations.

— Je préfère m'en aller tout de suite, articula-t-elle fermement. Vous avez d'autres affaires à régler.

— Papa ?

La voix enfantine de Sarah leur parvint, du haut de l'escalier.

— Qu'est-ce que c'est que ce tapage ?

— Rien du tout, Sarah. Retourne dans ta chambre. Je te rejoins bientôt, répondit-il en retenant son ex-femme qui se dirigeait vers l'escalier. Pas maintenant, siffla-t-il. Allez au salon.

Tandis qu'elle obtempérait enfin, Gideon revint à Prudence.

— Laissez-moi régler ce problème. J'en ai pour une minute.

— Comment cela, une minute ? s'indigna-t-elle à voix basse, consciente que Sarah écoutait sur le palier. Il s'agit de votre ex-femme, ou je me trompe ?

— Vous ne vous trompez pas. J'ai juste besoin de savoir ce qu'elle fait là.

— En effet, répliqua Prudence en se dirigeant vers le petit salon pour récupérer son manteau. Et je ne vois guère comment ce serait possible en une minute. Je n'ai plus rien à faire ici.

Elle enfila son manteau, mit son chapeau devant le miroir. Ses mains tremblaient et elle espéra que Gideon, qui se tenait sur le seuil, impuissant, ne s'en était pas aperçu.

— Excusez-moi.

Elle passa devant lui, contourna l'impressionnante pile de valises qui semblait annoncer un séjour prolongé.

— Prudence !

Il la rattrapa au moment où elle franchissait la porte, restée ouverte.

— Cela ne vous concerne en rien. Partez si vous le souhaitez, mais sachez que rien n'est changé entre nous.

— Cela ne me concerne en rien ? répéta-t-elle en s'efforçant de ne pas hausser le ton. Nous avons passé une nuit entière ensemble. Cette femme fait partie de votre vie, c'est la mère de votre enfant. Comment pouvez-vous vous montrer assez obtus, assez… insensible, pour déclarer qu'elle *et moi* n'avons rien à voir dans vos soucis ? Êtes-vous en train de suggérer que nous continuions comme si de rien n'était ?

Elle secoua la tête, incrédule, et se dégagea d'une secousse. Comme un fiacre passait, elle héla le cocher à demi assoupi sur son siège.

— Bonne nuit, Gideon.

Le fiacre s'immobilisa devant l'étroite volée de marches, et Gideon attendit qu'il ait tourné le coin de la rue pour rentrer, le visage fermé.

Sur la banquette de cuir craquelé, Prudence tentait d'y voir clair dans ce qui venait de se passer. Ce n'était pas la faute de Gideon si Harriet était arrivée à l'improviste, mais comment pouvait-il imaginer se débarrasser d'elle en quelques minutes et que tout redevienne comme avant ? Quel genre d'homme était-il donc ?

Qu'allait penser Sarah du brusque retour de sa mère ? Gideon devait bien se douter qu'il lui faudrait plus de quelques minutes pour tout régler !

Cela défiait le sens commun !

Prudence était toujours aussi stupéfaite quand elle se réveilla le lendemain matin. La veille au soir, elle avait raconté l'incident à Chastity, mais cela ne lui avait pas éclairci les idées pour autant, et elle avait passé la majeure partie de la nuit à se retourner entre ses draps. Elle ouvrit les yeux, en proie à une atroce migraine.

La pendule lui confirma qu'il était à peine 7 heures, et elle tenta de se rendormir, en vain. Elle fut étonnée d'entendre frapper à la porte.

— Mademoiselle Prudence ? appelait doucement Jenkins.

— Qu'y a-t-il ? demanda-t-elle en s'asseyant dans son lit.

La porte s'ouvrit, mais au lieu de Jenkins, ce fut Gideon qui entra, impeccablement vêtu, une serviette en cuir à la main. Il partait visiblement à son cabinet.

— Que faites-vous là ?

— Il faut que je vous parle, répondit-il en posant son porte-documents sur une chaise.

— Sir Gideon a insisté pour monter, mademoiselle Prudence, s'excusa Jenkins. Il a déclaré qu'il ouvrirait toutes les portes jusqu'à ce qu'il vous trouve, si je ne lui montrais pas le chemin.

— Tout va bien, Jenkins, le rassura Prudence. Je sais combien sir Gideon sait se montrer *persuasif*. Pourriez-vous m'apporter du thé ?

— Tout de suite, mademoiselle Prudence. Voulez-vous que j'aille d'abord chercher Mlle Chastity ?

— Je n'ai pas besoin de chaperon, Jenkins.

Il était un peu tard, songea-t-elle, mais elle s'abstint de le lui faire remarquer.

Le maître d'hôtel sortit en prenant soin de laisser la porte entrouverte. Gideon la ferma et revint vers le lit.

— Bonjour.

— Bonjour.

Il approcha une chaise sur laquelle il s'assit à califourchon, les bras croisés sur le dossier.

— Vous n'avez pas l'air très reposé, fit-il remarquer.

— Je ne le suis pas. Où est votre ex-femme ?

— Au lit, endormie, je suppose. Harriet n'est guère matinale.

— Chez vous ?

— Où voudriez-vous qu'elle soit ? fit-il, sincèrement surpris. Pas dans mon lit, si c'est ce que vous voulez savoir.

— Ce n'est pas ce que je veux savoir.

— Pourquoi vous êtes-vous enfuie ainsi, Prudence ? Je vous ai dit que je contrôlais la situation. Il fallait seulement...

Il s'interrompit, car Jenkins venait d'entrer avec un plateau qu'il posa sur la table de chevet. Il ressortit aussitôt avec un regard noir à l'adresse de

Gideon, en laissant de nouveau la porte entrouverte.

Gideon alla la fermer.

— Il n'y a qu'une tasse, observa Prudence. Jenkins n'aime guère les intrus, quelle que soit l'heure.

— Peu importe. Je préfère le café, de toute façon. Comme je vous le disais, il fallait seulement que je découvre la raison de la présence d'Harriet, afin de savoir où j'allais. Ensuite, vous et moi aurions pu en parler tranquillement et nous dire au revoir de façon civilisée. Pourquoi avez-vous fui comme si vous aviez le diable à vos trousses ?

Prudence but une gorgée de thé. Il n'y avait pas moyen de discuter avec une personne aussi fermée à tout autre point de vue que le sien.

— Je ne fuyais pas, Gideon, je vous laissais vous occuper de vos affaires. Je suppose que ce n'est pas tous les jours que votre ex-femme vous tombe dessus à l'improviste ? Je crois me rappeler qu'elle a été absente pendant six ans. Alors, dites-moi, Sarah était-elle heureuse de revoir sa mère après tout ce temps ?

— Je vous ai dit hier soir que cela ne vous concernait pas. J'ai la situation bien en main.

Il se frotta le menton, conscient du regard furieux de Prudence. Cela ne se passait pas comme il l'avait prévu, mais il fallait que la jeune femme entende raison, aussi fit-il un effort pour conserver son calme.

— Sarah a été plus étonnée qu'autre chose, avoua-t-il. J'aurais préféré qu'elle soit préparée, mais Harriet est un être impulsif qui ne songe jamais aux conséquences de ses actes.

— Combien de temps compte-t-elle rester chez vous ? demanda sèchement Prudence.

Il haussa les épaules.

— Jusqu'à ce qu'elle trouve un endroit où habiter, je suppose. Elle a quitté son entraîneur, et pour l'instant, elle n'a plus de toit.

— Vous n'avez aucune obligation d'héberger votre ex-femme, n'est-ce pas ?

— Légalement non, mais moralement, je m'y sens tenu. Harriet est incapable de vivre seule, elle n'a pas une once de sens pratique. Mais cela ne doit en rien affecter notre relation, Prudence.

— Bien sûr que si ! s'écria-t-elle. Ou vous êtes divorcé, ou vous ne l'êtes pas, Gideon. Je ne veux pas d'une aventure avec un homme qui vit avec une autre, quelles que soient les circonstances. Comment Sarah le prendrait-elle ? Sa mère est revenue, mais son père voit une étrangère...

— Sarah est raisonnable, elle comprendra.

— C'est sa *mère* ! s'indigna Prudence. C'est une relation à laquelle vous ne connaissez visiblement rien. Elle sera loyale envers elle simplement parce que Harriet est sa maman.

Elle leva les mains dans un geste presque défensif.

— Je ne veux pas toucher à cela, Gideon. Cela ne me regarde pas. Et vous avez suffisamment de soucis en ce moment sans vous charger en plus d'une histoire sentimentale ! Restons-en là.

— Il n'est pas question que je laisse Harriet interférer dans ma vie privée, déclara-t-il, les dents serrées. Vous êtes entrée dans ma vie, Prudence, et vous y resterez.

— Simplement parce que vous l'avez décidé ! protesta-t-elle en bondissant hors du lit. J'en ai assez de vos ultimatums, Gideon. Je fais mes propres choix et, pour l'instant, je n'ai pas choisi d'exister dans votre vie. Peut-être jamais, d'ailleurs. Nous sommes si différents ! Vous ne parvenez même pas à admettre mon point de vue.

Elle secoua sa crinière rousse.

— Vous n'envisagez pas la possibilité que je puisse avoir raison... que je puisse en connaître davantage que vous sur les relations entre une mère et sa fille.

Il se leva et la prit aux épaules, sentit ses os fins sous ses doigts.

— Si vous insistez, je renverrai Harriet.

— Vous ne m'écoutez pas ! cria-t-elle en se dégageant d'une secousse. Je n'insiste pas ! Croyez-vous vraiment que je vous pousserais à jeter dehors une femme dépendante ? Pour qui me prenez-vous ?

Elle se dirigea d'un pas rageur vers la fenêtre en se frottant les épaules là où la chaleur des mains de Gideon s'attardait.

— Je ne fais pas partie de votre vie, Gideon, lâcha-t-elle en lui tournant le dos. C'est impossible. Comme vous l'avez dit si justement, cela ne me concerne en rien. Mais pas comme vous l'entendez, comme je l'entends... Je ne veux pas m'impliquer avec un homme qui considère qu'il suffit de prétendre que tout va bien pour poursuivre une paisible petite aventure.

Elle fit volte-face.

— Je ne suis pas une paisible petite aventure que l'on garde soigneusement dans l'ombre.

— Pour l'amour du Ciel ! s'exclama Gideon que la colère gagnait à son tour. Ce que vous dites n'a aucun sens pour moi !

— J'en suis sûre, rétorqua-t-elle, amère. Et c'est précisément là que le bât blesse.

— Il faut que j'aille travailler, déclara-t-il en empoignant sa serviette. Nous discuterons de tout cela plus tard.

— Il n'y a rien à discuter. Êtes-vous toujours disposé à nous défendre au tribunal ?

Il avait la main sur la poignée de la porte, et il se retourna, les lèvres décolorées par la rage. Un muscle tressautait sur sa joue.

— Êtes-vous en train de suggérer que je permettrais à mes sentiments personnels d'interférer dans ma vie professionnelle ?

Grave erreur, comprit Prudence un peu tard. Elle avait oublié que, quoi qu'elle eût à lui reprocher, elle avait intérêt à ne pas remettre en cause son intégrité.

— Non, dit-elle. Je pensais simplement que cela pourrait être difficile si vous aviez des sentiments hostiles à l'égard de votre cliente.

— Ne soyez pas ridicule. Je n'ai pas de « sentiments hostiles » à votre égard.

Sur ces mots, il sortit en claquant la porte.

Prudence regagna son lit et s'y laissa choir. Cette rencontre lui laissait un mauvais goût dans la bouche. Elle ne s'était pas exprimée clairement, et Gideon avait traité l'affaire avec son arrogance habituelle. Ils n'étaient vraiment pas faits pour être amants !

Elle ferma les yeux. Elle ne lui reprochait pas de vouloir aider Harriet – elle l'en admirait même. Mais elle était furieuse qu'il refuse de comprendre en quoi cela pouvait la gêner.

Au fond, c'était cela qui clochait entre eux. Deux personnes aussi différentes dans leurs opinions et leurs caractères ne pouvaient former un couple. Il valait peut-être finalement mieux arrêter là, avant que les choses n'aillent trop loin.

Pourtant, elle se sentait vide, déçue, et, curieusement, perdue.

— Je suis en pleine confusion, avoua-t-elle un peu plus tard à ses sœurs. Il parle de *tomber amou-*

reux de moi, il assure que j'apprécierai la gouvernante de sa fille, il trouve normal que j'aide Sarah à faire ses devoirs, il me prépare un délicieux dîner... Et quand son ex-femme fait irruption, il me dit de ne pas me tracasser, que cela ne me concerne pas, qu'il s'occupe de tout et que nous n'avons qu'à continuer comme avant !

Elle reprit une tasse de thé.

— Comment peut-il ne pas voir à quel point il y a là une contradiction ?

Ses sœurs avaient épuisé les réponses à la question qui avait été répétée, sous des formes variées, tout au long de la matinée.

— Je pense qu'à partir de maintenant et jusqu'au procès, tu ne dois le voir que pour notre affaire, lui conseilla une fois de plus Constance. Laisse-le débrouiller ses problèmes domestiques, et ensuite, lorsque le procès sera terminé et sa situation réglée, tu décideras de ce que tu veux faire.

— Quelle que soit la façon dont cela se réglera, intervint Chastity, l'air sombre, nous pouvons oublier l'idée de lui trouver une épouse. Avec son ex-femme à la maison... Je suppose que nous devrons nous contenter de lui reverser quatre-vingts pour cent.

— Mieux vaut cela que la faillite, objecta Prudence. De toute façon, il n'y aura peut-être pas de dommages et intérêts. Nous serons sans doute bien contentes de nous en sortir sans avoir à en verser.

— C'est malheureusement vraisemblable, renchérit Constance. Mais, dans ce cas, notre avocat sera payé par la partie adverse, alors je suggère que nous le laissions continuer son travail et que tu mettes tes sentiments de côté jusqu'à la conclusion du procès.

Prudence soupira.

— Je sais ce que j'éprouverai alors, dit-elle. Cette aventure était une erreur, je l'ai su depuis le tout début. Mais je n'ai pas voulu écouter la voix de la raison. Nous sommes totalement incompatibles, nous avons des points de vue opposés sur le monde. Donc, à partir de maintenant, je vais cesser de penser à lui, seulement... Non, je ne dirai plus rien. Travaillons plutôt mon accent français. Essayez de trouver quelques questions vraiment désagréables sur le *Mayfair Lady*, soyez bien agressives, histoire de voir si je tiens le coup.

Elles s'y attelèrent jusqu'au déjeuner, mais elle avait beau se concentrer, Prudence ne cessait de voir Harriet Malvern. Elle était si ravissante ! Comment une autre femme pourrait-elle rivaliser avec elle ? Mais il n'était pas question de rivalité, naturellement ! Prudence n'avait aucune envie de prolonger cette brève aventure. Surtout maintenant.

Elle en avait tout de même tiré quelque chose, après tout : elle avait découvert les plaisirs du corps.

— Prudence ? Prudence ?

— Oh, désolée ! Où en étions-nous ?

— Tu fermais les yeux, dit Chastity.

— Je devais somnoler.

— Ou rêver, suggéra Constance.

— Alors, bons résultats ? demanda Gideon à Thadeus qui entrait dans son bureau.

— Oh, oui ! Je n'ai découvert nulle part l'existence légale d'une société du nom de *Barclay Comte et Associés*. J'ai vérifié auprès des avoués qui ont rédigé le nantissement sur le 10, Manchester Square. Ils ne font évidemment pas partie de l'étude que le comte utilise pour le procès... Ceux-là jouissent d'une excellente réputation.

Il toussa discrètement derrière sa main.

— L'autre étude... Je dirais qu'elle est du côté sombre de la rue, sir Gideon.

Gideon allumait une cigarette.

— Parfait ! Continuez.

— Ils répugnaient un peu à parler, mais je suis arrivé à les convaincre que leur manque de coopération serait fort mal interprété par mon patron, qu'il y avait peut-être certains aspects de leur pratique qui ne résisteraient pas à un examen approfondi... J'ai évoqué l'éventualité d'engager des poursuites, dans ce cas...

— Bravo, Thadeus ! Des failles dans le document ?

L'employé secoua la tête.

— Pas vraiment, monsieur. Mais si la société qui détient le nantissement n'a pas de réalité légale...

— Le document est frauduleux. Autre chose ?

— J'ai découvert que cette étude avait été impliquée dans d'autres affaires au nom de *Barclay Comte et Associés*. Ils ont des papiers concernant cette société, mais rien n'indiquant qu'elle ait été légalement enregistrée.

Il déposa un dossier sur le bureau.

— En fait, ils ont fini par reconnaître qu'ils n'avaient jamais enregistré la société sur le plan légal.

— Donc, ces papiers n'étaient qu'un leurre destiné à tromper les imprudents, ou les inconscients.

— C'est la conclusion à laquelle je suis arrivé, sir Gideon.

— Bon travail, Thadeus. Nous avons là les éléments dont nous avions besoin. Merci.

Il se plongea dans le dossier tandis que son secrétaire se retirait sans bruit.

Gideon consulta un instant les documents avant de les repousser d'un geste agacé. Quelle femme intransigeante, têtue !

Peut-être en savait-elle plus que lui sur les mères et les filles, mais vu la panade dans laquelle se trouvaient actuellement les sœurs Duncan, elles ne connaissaient pas grand-chose sur ce qui constituait de bonnes relations père-fille ! La confiance, par exemple.

Certes, l'intrusion d'Harriet était ennuyeuse. Mais qu'il en soit conscient et qu'il n'en fasse pas un drame n'était pas une raison pour que Prudence se lance dans un discours sur les devoirs d'un homme à l'égard d'une femme dépendante !

C'était la personne la plus exaspérante, la plus obstinée qu'il eût jamais rencontrée. Par comparaison, Harriet lui paraissait presque reposante. Pas un homme n'envisagerait de vivre avec une femme qu'il détestait la plupart du temps, tout de même. Sauf que le reste du temps... Et puis, ce n'était peut-être pas la *plupart* du temps. D'ailleurs, d'où lui venait cette idée saugrenue de vivre avec elle ?

Il lâcha un juron et s'empara d'une feuille de papier. Il était son avocat, et rien d'autre, pour le moment.

— Que dit-il ? s'enquit Chastity qui trouvait que sa sœur n'en finissait plus de lire la lettre. C'est de Gideon, n'est-ce pas ?

Prudence froissa l'enveloppe et la jeta sur la table du hall.

— Oui. Ce ne sont que des détails sur le procès.

— Dans ce cas, nous pouvons voir ? demanda Constance en se détournant du miroir devant lequel elle fixait son chapeau.

— Bien sûr, il n'y a rien de personnel. Il s'abstient de m'appeler Mlle Duncan et il signe de son prénom, mais c'est tout.

— Tant mieux, non ? hasarda Chastity.

— Tant mieux, confirma Prudence avec une pointe d'aigreur. Il ne s'agit que de travail, comme nous en étions convenus.

Constance évita de regarder Chastity, car Prudence risquait de le remarquer, et elle avait les nerfs à vif, ces derniers temps. Certes, si on avait demandé son opinion à Constance, elle aurait assuré que Prudence était morte de peur. Et pas à cause du procès. Mais personne ne lui demandait son avis.

Elle parcourut la lettre.

— Cela semble plutôt optimiste, si on parvient à déchiffrer le jargon légal. La société de Barclay n'a pas d'existence officielle, donc aucune base légale pour exiger des paiements de la part de père. Gideon semble certain de pouvoir coincer Barclay sur ce point et obtenir des aveux.

Elle tendit la lettre à Chastity.

— C'est mon impression, en effet, acquiesça Prudence.

— Il ne propose pas de nous revoir avant le jour du procès. Tu n'as pas besoin d'une préparation plus complète, Prudence ?

— Je sais ce qu'il attend de moi. Je dois me montrer chaleureuse, sympathique, en appeler au cœur comme à l'esprit des jurés, et m'abstenir de les choquer. Il faudra que je batte des cils et que je murmure une tonne de « oh, là, là » et de « oui, monsieur » en français.

— Ils ne verront pas tes battements de cils, sous le voile, fit remarquer Chastity.

— Non, mais j'agiterai les mains de façon toute continentale, et je triturerai mon mouchoir parfumé quand je serai émue par les questions.

— Joue aussi l'indignation, si tu veux être crédible.

— Oh, je laisse ça à Gideon ! Il est le feu et le soufre, je suis le miel. Il ne faut pas que j'apparaisse comme une vieille fille acariâtre, amère et ennemie jurée des hommes, vous comprenez.

Elle se dirigea vers l'escalier sans laisser à ses sœurs le temps de commenter.

18

— Vous êtes debout de bonne heure, ce matin, père, s'étonna Prudence en pénétrant dans la salle du petit-déjeuner.

Lord Duncan, élégamment vêtu, était attablé devant une assiette qu'il venait de terminer.

Il la regarda, un peu vexé.

— Tu sais bien que c'est le premier jour du procès de Barclay ! Je dois témoigner ce matin.

— C'est vrai, dit négligemment Prudence. J'avais oublié.

Elle jeta un coup d'œil aux plats sur la desserte et fut prise d'une brusque nausée.

— C'est une journée très importante, déclara son père en posant sa serviette. Je ne déjeunerai pas à la maison. Préviens Jenkins, s'il te plaît.

Ses filles non plus ne déjeuneraient pas à la maison !

Prudence acquiesça d'un aimable signe de tête avant de s'asseoir. Un toast lui remettrait peut-être l'estomac d'aplomb.

— Bonjour, père, lança Chastity en croisant lord Duncan sur le seuil. Vous êtes bien matinal.

— Père doit se rendre au tribunal, intervint Prudence. Tu t'en souviens ?

— Oh, en effet ! Bonne chance.

— Je ne vois pas ce que la chance vient faire là-dedans, déclara lord Duncan. L'histoire sera réglée en moins de deux. Dès ce soir, cet infâme journal sera interdit pour toujours, croyez-moi.

Sur ces mots définitifs, il sortit de la pièce.

— Oh, j'espère que non ! gémit Chastity en se servant. Comment te sens-tu, Prudence ?

— Malade comme un chien ! avoua sa sœur. Je ne comprends pas que tu puisses avaler quoi que ce soit.

— C'est pour me donner des forces. Et tu devrais m'imiter, Prudence. Tu vas en avoir besoin.

— Ça ne passerait pas. Rien que l'odeur du thé me soulève le cœur... Je vais me préparer.

Chastity consulta la pendule.

— Il nous reste une heure et demie avant de retrouver Gideon à son cabinet.

Prudence se rendit à sa chambre où elle observa son reflet dans le miroir. Blafarde, des cernes sous les yeux, le cheveu terne... Non qu'elle se souciât le moins du monde de son apparence ! D'ailleurs, personne ne la verrait sous l'épaisse voilette.

À part Gideon, naturellement. Mais il s'en moquait vraisemblablement. Les rares lettres qu'il avait envoyées depuis deux semaines ne concernaient que le procès, et elles étaient de toute évidence adressées aux trois sœurs. Pas une fois il n'avait fait allusion à Harriet, ou à Sarah, et il n'y avait absolument rien de personnel dans sa correspondance. La rupture était bien telle que Prudence l'avait souhaitée : nette et sans bavure. Elle avait le cœur en un seul morceau. Et n'était ni blessée ni diminuée le moins du monde par cette aventure.

Rien d'étonnant que la tension des deux dernières semaines ait laissé des traces sur son visage, songea-t-elle. Ses sœurs et elle avaient passé leur temps à jeter des coups d'œil furtifs par-dessus leur épaule à la recherche de détectives, à suspecter chaque lettre qui entrait dans la maison. La publication du *Mayfair Lady* avait été interrompue.

Chastity et elle avaient à peine mis le nez dehors, et Constance ne s'était autorisée que les obligations sociales imposées par la situation de Max. Elle avait même renoncé à prendre la parole à l'Union féminine. Toutes trois avaient passé des heures dans le boudoir à revoir l'affaire en détail, à anticiper des questions mal intentionnées. Prudence s'était entraînée à parler avec son nouvel accent avec tant d'assiduité qu'elle avait l'impression d'avoir la langue enflée.

La porte s'ouvrit derrière elle et elle sursauta, comme prise en faute. Il n'y avait pourtant rien d'étrange à se regarder dans la glace. Chastity fut étonnée par sa réaction.

— Aurais-tu quelques épingles à me prêter, Prudence ? Je n'arrive pas à mettre la main sur les miennes, et il faut que je fixe cette voilette à mon chapeau.

— Bien sûr, répondit Prudence en fouillant dans un tiroir. J'en ai un paquet tout neuf.

— Père vient de partir.

— Il est un peu tôt, non ? Le tribunal n'ouvre qu'à 10 heures.

Prudence tendit le paquet d'épingles à sa sœur.

— Je crois qu'il est aussi nerveux que nous, fit Chastity. À mon avis, il préférera marcher dans le square pendant une heure plutôt que de tourner en rond à la maison.

— Je le comprends ! Cela ne t'ennuie pas si nous partons un peu plus tôt ? J'ai bien peur de devenir folle.

— Je suis prête dans dix minutes ! répondit Chastity.

Sa sœur partie, Prudence se tourna de nouveau vers le miroir afin de parfaire son déguisement.

Elles prirent un fiacre jusqu'aux quais, puis elles arpentèrent les jardins du Temple sans guère se parler jusqu'à l'arrivée de Constance. Le ciel était couvert, le fleuve roulait lentement ses eaux grises, des bourrasques arrachaient les dernières feuilles des arbres. Prudence remonta le col de son manteau en frissonnant.

— Tu es nerveuse à l'idée de le revoir ? hasarda Chastity.

— Non. Pourquoi le serais-je ?

— Je ne sais pas. Je pensais que peut-être...

— C'est notre avocat, Chastity. Ma seule crainte, c'est qu'il perde notre procès.

— Oui, bien sûr... Ah, voilà Constance !

La jeune femme se hâtait vers elles.

— Je suis en retard ?

— Non, c'est nous qui étions en avance. Je ne supportais plus de rester à la maison, expliqua Prudence.

— Tu te sens prête ?

Prudence savait que Constance ne faisait pas allusion à l'épreuve du tribunal.

— Tu es bien comme Chastity ! Évidemment que je suis prête. Gideon est notre avocat. En dehors de cela, il ne représente que le bref souvenir d'une aventure à Henley-on-Thames, et j'ai eu deux semaines pour l'oublier. Je suis d'ailleurs certaine qu'il en va de même pour lui.

Big Ben sonnait 9 heures quand elles atteignirent le cabinet de l'avocat. Elles gravirent l'escalier à la queue leu leu. La porte était ouverte, et Thadeus les accueillit.

— Bonjour, mesdames.

Gideon ouvrait déjà la porte de son bureau.

— Bonjour, fit-il aimablement. Entrez. Thadeus, apportez-nous du café, s'il vous plaît.

Prudence sut aussitôt qu'elle n'avait rien oublié du tout. Le simple son de sa voix ranimait ses souvenirs, et elle redressa inconsciemment les épaules.

— Bonjour, Gideon.

Elles s'installèrent tandis que l'avocat s'asseyait à sa table de travail. Son regard s'attarda un instant sur Prudence. Elle s'en rendit compte et résista à l'envie absurde de baisser les yeux. Au contraire, elle s'obligea à soutenir son regard jusqu'à ce qu'il reporte son attention sur le dossier.

Il paraissait fatigué. Presque autant qu'elle.

De son côté, il la trouva exténuée. Lui était las, certes, mais elle semblait tenir debout comme par miracle.

Ces deux dernières semaines avaient été les pires de sa vie. Le retour d'Harriet avait eu un effet désastreux sur Sarah – Prudence ne s'était pas trompée à ce sujet. Et se tenir à l'écart de la jeune femme avait été une vraie torture. Mais elle avait été très claire ! Il s'était donc plongé à corps perdu dans le travail, et avait passé plus d'heures sur le procès Barclay-Duncan que sur n'importe quelle autre affaire. Jamais plus Prudence n'aurait l'occasion de mettre son professionnalisme en cause.

— Pardonnez-moi, Prudence, mais vous ne semblez pas très en forme, ce matin.

— Les deux dernières semaines ont été éprouvantes, répondit-elle. J'ai mal dormi, et à dire vrai, je suis malade de trac depuis ce matin, comme vous devez vous en douter.

Il y avait une pointe de reproche dans ses paroles.

— Rien de plus normal, commenta-t-il d'un ton si calme qu'elle eut envie de le gifler. Avez-vous pris un solide petit-déjeuner ?

— Pas vraiment, répondit Chastity à la place de sa sœur. Juste quelques miettes de toast sans beurre.

Prudence lui décocha un regard contrarié.

— Je n'avais pas faim, lança-t-elle. Et cela ne regarde que moi.

— Je ne suis pas d'accord, intervint l'avocat. Si vous vous évanouissez à la barre des témoins, cela me regardera aussi.

— Je ne m'évanouirai pas !

— Voulez-vous quelques toasts avec du miel ? proposa-t-il avec sollicitude.

Elle ne voulut pas se montrer trop revêche.

— Je n'en ai pas envie, mais si vous insistez...

— Je n'insiste pas, c'est un simple conseil, dit-il en se levant pour aller donner ses instructions à Thadeus.

Il revint s'asseoir.

— À présent, laissez-moi vous expliquer ce qui va se passer tout à l'heure.

Elles l'écoutèrent en silence. Prudence était si concentrée qu'elle avala un toast sans même s'en rendre compte. Et cela lui fit du bien.

— Pour résumer, conclut Gideon, sir Samuel a averti la cour qu'il ferait témoigner le *Mayfair Lady*, et il essaiera de discréditer la publication aux yeux du jury avant que j'aie eu le temps de la défendre. Attendez-vous à un interrogatoire très agressif, Prudence, cependant, j'aurai l'occasion de rectifier lors de mon propre interrogatoire.

Il lui adressa un sourire d'encouragement.

— Si je parviens à entamer suffisamment la crédibilité de Barclay au cours de mon contre-interrogatoire, il est possible que tout se passe plus facilement que prévu.

— Sauf s'ils ont découvert notre identité, objecta Prudence. Nous ne pensons pas que ce soit le cas, mais nous ne sommes sûres de rien.

— Ils n'ont rien découvert, déclara-t-il.

— Comment le savez-vous ?

Il sourit.

— Il y a toujours moyen de se procurer des informations, dans ce métier.

— Et il ne vous est pas venu à l'esprit que nous serions soulagées de l'apprendre ?

— Nous devions attendre jusqu'à la dernière minute pour en être certains. Tout bascule parfois très vite.

— Je comprends, dit Constance. Mais nous étions sur des charbons ardents.

— Je ne pouvais rien faire avant, persista-t-il en consultant sa montre gousset. Nous échangerons nos premières impressions au cours de la pause déjeuner.

Prudence acquiesça, soulagée de n'avoir plus à s'inquiéter d'être démasquée

— Devons-nous y aller ?

Gideon se leva.

— Oui. Constance, Chastity et vous resterez tout au fond de la galerie réservée au public. Je ne veux pas que votre sœur soit distraite par votre présence. Je souhaiterais même qu'elle l'oublie.

— Je ne m'en sortirais pas sans elles ! protesta Prudence.

— Certes, mais vous devez accepter ce que je vous dis. En l'occurrence, je sais de quoi je parle.

Il enfilait sa robe et sa perruque.

Il avait légèrement mis l'accent sur « en l'occurrence », et Prudence se demanda ce que cela signifiait. Ce n'était sûrement pas une allusion personnelle, car rien dans son attitude ne laissait deviner qu'ils avaient eu une aventure. La réaction qu'elle avait eue en le revoyant était aberrante, et elle ferait mieux de l'oublier.

Le procès devait se tenir dans une petite salle d'audience de la cour d'assises, ce qui limitait heureusement le public. Il y aurait, leur dit Gideon, quelques journalistes, des chroniqueurs mondains et des curieux de la bonne société, mais en petit nombre vu la place. Il ne précisa pas que Thadeus, sur son ordre, s'était arrangé avec le secrétaire chargé de répartir les salles.

Les sœurs ajustèrent leurs voilettes dans une petite antichambre, et se pressèrent les mains avec chaleur, puis Constance et Chastity rejoignirent la galerie, déjà pleine d'une foule chuchotante. Elles prirent place derrière un pilier, à la dernière rangée.

Prudence attendit que Gideon vienne la chercher. Elle ne se sentait plus ni malade ni nerveuse. C'était comme si elle était entrée dans un espace calme, isolé du monde qui l'entourait.

— Vous êtes prête ?

Il avait ouvert la porte si doucement qu'elle n'avait rien entendu. Elle pivota sur ses talons.

— Oui. Comment est mon voile ?

— Impénétrable. Et l'accent ?

— À couper au couteau.

Il sourit devant sa tentative d'humour.

— Venez.

Il posa la main sur son épaule, et elle eut l'impression que cela l'aidait. Gideon ne l'abandonnerait pas. Pas dans ces circonstances.

Elle s'accrocha à cette certitude. Il ne la décevrait pas, et elle ne devait pas non plus le décevoir.

L'effervescence régnait dans la salle d'audience, et tous les regards convergèrent sur eux lorsqu'ils se dirigèrent vers la table de la défense. Prudence entendit des chuchotements, mais les ignora, et s'assit sur la chaise que lui offrait Gideon. Il s'installa près d'elle, sortit ses papiers, aussi calme et détendu que s'il se trouvait dans son salon.

— Mesdames, messieurs, la cour.

Tout le monde se leva tandis que le juge entrait et allait prendre sa place sur l'estrade. Pour la première fois, Prudence risqua un coup d'œil vers l'endroit où se tenait Barclay. Elle lui trouva l'air à la fois satisfait et vicieux. Sir Samuel Richardson paraissait nettement plus âgé que Gideon, mais dans le costume traditionnel, les deux hommes se distinguaient surtout par la voix. Celle de Richardson était cassée et rocailleuse, celle de Gideon chaude et profonde.

Ils avaient aussi des manières différentes. Prudence fut étonnée de constater que Gideon, dans ses remarques préliminaires, ne cherchait pas l'affrontement, mais se montrait presque conciliant. Il salua poliment l'avocat de la partie adverse en murmurant :

— Mon éminent collègue.

Ce qui laissait supposer qu'il trouvait tout à fait normal que lord Barclay fût outré par la publication en question, puis il se rassit.

À l'inverse, sir Samuel clamait, d'une voix qui montait jusqu'au plafond, que cette infâme publication avait inventé de toutes pièces de fausses informations destinées à salir la réputation de l'un des membres les plus estimés de « notre société, Votre Honneur ».

— Tu parles ! marmonna Prudence, s'attirant un coup de coude de son compagnon.

Elle baissa les yeux. La colère lui venait à présent en aide. Elle avait aperçu son père assis derrière Barclay, et en songeant à ce que son « ami » lui avait fait, son anxiété disparut d'un coup. Elle se sentait dans la peau d'un renard qui montre les dents pour protéger ses petits. Elle avait l'impression que l'esprit de sa mère planait au-dessus d'elle. C'était ridicule, mais elle était prête à accepter toutes sortes de réconfort.

Le témoignage de Barclay ne fit que renforcer sa détermination. Confit en dévotion, hypocrite, il mentit comme un arracheur de dents. Cependant, elle ne percevait pas la moindre réaction chez

Gideon. Il notait de temps en temps quelques mots sur une feuille de papier, sinon, il demeurait immobile et attentif.

Jusqu'à ce que sir Samuel, qui avait terminé, lui cède la place.

Alors il se leva et salua Barclay.

— Bonjour, milord.

— Bonjour, répondit le comte du bout des lèvres.

— Vous avez prêté serment, lord Barclay, lui rappela aimablement Gideon.

Puis il se lança, et c'était bien l'avocat qu'attendait Prudence, celui qu'elle avait connu au tout début. Dur, impitoyable, ne lâchant pas prise avant d'avoir obtenu du témoin la réponse qu'il souhaitait. Sir Samuel éleva des objections dont quelques-unes furent retenues par le juge, mais Gideon se contenta de murmurer une brève excuse avant de continuer.

Prudence se figea quand elle entendit pour la première fois prononcer le nom de son père. Celui-ci releva la tête, surpris. Et elle fut incapable de le regarder tandis que Gideon évoquait l'escroquerie, la société fantôme, l'exorbitant paiement mensuel, et enfin le nantissement sur le 10, Manchester Square.

Lorsque le comte ne fut plus qu'une masse suante et grommelante à la barre des témoins, Gideon retrouva ses manières charmantes pour demander :

— Puis-je suggérer, lord Barclay, qu'il n'y a jamais eu le moindre projet de chemin de fer transsaharien ? J'aimerais savoir combien de vos amis se sont laissé persuader d'investir dans cette plus que douteuse entreprise. Combien ont été obligés de remettre à votre société inexistante une hypothèque sur leurs propriétés ?

— C'est de la calomnie pure et simple, monsieur ! tonna le comte avant de se tourner vers le juge. J'en appelle à vous, Votre Honneur.

— Sir Samuel ? fit le juge.

L'avocat de Barclay se leva lourdement, et sa voix était plus cassée encore qu'auparavant.

— Je demande une suspension de séance, afin de m'entretenir avec mon client et d'examiner les documents en cause, Votre Honneur.

Le juge laissa tomber son marteau.

— La séance reprendra à 14 heures.

Gideon revint vers Prudence, le visage indéchiffrable, le regard presque vide. Et elle se rendit compte que c'était ce visage qu'avait dû affronter Barclay tout au long de l'interrogatoire. Il y avait de quoi terrifier le plus honnête des témoins...

Puis il sourit et lui effleura la main alors qu'il contournait la table.

— Je crois que ça s'est bien passé, souffla-t-il. Je crains que nous ne puissions nous rendre dans un restaurant convenable, puisque vous ne pouvez ôter votre voilette, mais j'ai arrangé un petit pique-nique à mon cabinet.

— Mes sœurs sont conviées ?

— Naturellement. Thadeus les amènera dès que la salle d'audience sera vide.

Prudence regarda droit devant elle tandis qu'ils quittaient le tribunal. On lança quelques questions dans leur direction, mais Gideon les ignora et lui tint le coude jusqu'à ce qu'ils atteignent la rue où un fiacre attendait. Ce n'était visiblement pas un hasard. Gideon donna ses instructions au cocher qui ne tarda pas à faire claquer son fouet.

Prudence releva enfin son voile.

— J'étouffe, là-dessous, avoua-t-elle. Je peux, maintenant ?

— Oui, répondit-il en se tournant vers elle dans la pénombre du véhicule. Comment supportez-vous cette épreuve ?

— Mieux que Barclay, dit-elle avec un petit rire tremblant. Vous l'avez anéanti.

— Presque, rectifia-t-il gravement.

— Mais vous allez lui porter le coup fatal? demanda-t-elle, anxieuse.

— J'ai besoin que votre père le fasse à ma place.

— Oh...

Prudence comprenait tout, à présent.

Il fallait que son père affirme avoir été persuadé, par un homme qu'il croyait son ami, d'investir dans une affaire frauduleuse destinée simplement à remplir les poches dudit ami. S'il le soutenait, s'il déclarait qu'il n'avait jamais été trompé, qu'il avait toujours connu les détails de leur contrat et lui avait volontairement consenti une hypothèque sur sa maison, la défense s'effondrerait. On ne pouvait parler d'escroquerie si la victime potentielle était consentante.

Constance et Chastity écoutèrent en silence les explications de leur sœur tandis que Gideon leur offrait des sandwiches au homard accompagnés d'un chablis premier cru, tout en fournissant les précisions qu'on lui demandait. Il fut heureux de constater que Prudence touchait à peine à son verre.

— Je suppose, Prudence, dit-il enfin, que sir Samuel choisira comme prochain témoin le *Mayfair Lady*. Il ne prendra pas le risque d'appeler votre père juste après la débâcle de Barclay.

— Et par mon témoignage, il faudra que je parvienne à convaincre père de changer son fusil d'épaule.

Il acquiesça. Il avait envie de la prendre dans ses bras, de l'embrasser jusqu'à ce que disparaisse cette lueur de panique dans son regard. Mais ce n'était vraiment pas le moment.

— Très bien, fit-elle. J'aimerais m'entretenir un instant avec mes sœurs, si cela ne vous ennuie pas.

— Certainement.

À la porte, Gideon hésita.

— Si votre conversation a un rapport avec le témoignage, il faudra me le dire. Vous ne pouvez pas réserver de surprises à votre avocat.

— Nous comprenons.

Il hocha la tête et sortit.

Les trois sœurs demeurèrent un instant silencieuses, puis Prudence prit la parole.

— Nous savons ce qu'il me reste à faire.

— Mais comment y parvenir sans révéler ton identité ? s'interrogea Constance.

— J'ai une idée, dit Chastity.

Prudence trouva l'ambiance dans la salle d'audience plus chaude que le matin. Le bourdonnement des conversations était plus appuyé tandis que l'on attendait l'arrivée du juge, et de nombreux regards étaient braqués sur elle. Le cœur battant, elle étouffait plus que jamais sous son voile. Elle se sentait cramoisie, des gouttes de sueur perlaient à son front. En revanche, Gideon était aussi serein que de coutume lorsqu'il s'assit près d'elle, et elle essaya de copier son attitude sur la sienne. En vain.

Un coup d'œil à Barclay lui apprit qu'il était aussi rouge qu'elle, mais sans doute était-ce dû à un repas copieusement arrosé. Il soufflait, haletait, s'entretenait avec véhémence avec son avocat. Quant à lord Duncan, plutôt pâle, il se tenait tout droit derrière Barclay et fixait l'estrade.

— Levez-vous, je vous prie.

Le juge prit sa place, rajusta sa perruque et revint à l'assistance.

— Sir Samuel ?

— Nous appelons le *Mayfair Lady* à la barre, Votre Honneur, déclara l'avocat.

— La publication ? s'étonna le juge.

— Un de ses représentants, Votre Honneur. Un... une représentante, plutôt, qui préfère être connue simplement sous le nom de Mme *Mayfair Lady*.

— C'est inhabituel. Une publication peut-elle prêter serment ?

Gideon se leva.

— Une représentante de la publication le peut, Votre Honneur. Je citerai en référence Angus contre le *Northampton Herald* en 1777.

Le juge acquiesça d'un signe de tête.

— Y voyez-vous quelque objection, sir Samuel ?

— Non, Votre Honneur. La représentante est, je crois, un membre de la race humaine.

Il y eut des petits rires étouffés. Prudence ne broncha pas, Gideon non plus.

— Très bien. Nous appelons à la barre Mme *Mayfair Lady*.

Prudence se dirigea résolument vers le box des témoins, prêta serment et s'assit, les mains croisées sur les genoux.

Sir Samuel s'approcha. Il avait l'air d'un corbeau maléfique, avec sa robe noire et son expression vicieuse.

— Vous êtes responsable de cette publication ? demanda-t-il en agitant un exemplaire du journal d'un air dégoûté.

— Oui, monsieur, répondit-elle en français avant de se reprendre. Euh... oui, pardonnez-moi, continua-t-elle avec un fort accent. Je suis l'une des éditrices.

— Française, je suppose ?

— En effet.

Dieu du Ciel, comment tiendrait-elle jusqu'au bout ? Avec ses sœurs, dans leur boudoir, c'était relativement facile, mais ici... Pour la première fois, elle regarda les jurés. Douze hommes qui, heureusement, semblaient intéressés.

— Votre publication a-t-elle l'habitude de salir la réputation des membres de notre société, madame ?

— Non, se contenta de répondre Prudence, qui reçut un battement de cils approbateur de la part de Gideon.

Il lui avait maintes fois répété : « Soyez simple, n'entrez pas dans les détails tant que vous n'y êtes pas obligée. »

— Et comment appelleriez-vous cet article sur l'un de nos aristocrates les plus respectés, madame ?

— La vérité, monsieur.

— J'appellerais plutôt cela une tentative délibérée d'assassinat, répliqua l'avocat d'une voix suave. Mais, naturellement, vos compatriotes sont passés maîtres dans l'art d'assassiner les nobles.

Il y eut une vague de rires dans l'assemblée, et Prudence se tourna vers Gideon, mais celui-ci demeura impassible.

— Nous nous appuyons sur nos enquêtes, monsieur. Et d'autres en ont effectué aussi.

— D'autres ! tonna-t-il. La *Pall Mall Gazette*, peut-être ? Nous connaissons le goût du scandale de ce quotidien. Vos accusations infondées ont simplement fourni du matériel à ce vil représentant du journalisme.

— Elles ne sont pas infondées, monsieur. Nous avons des témoins. Des femmes qui se sont également confiées à la *Gazette*.

— Des femmes ! Des femmes perdues. Des femmes des rues. Notre société est-elle tombée si bas ? C'est la parole d'une âme déchue contre celle d'un pair du royaume ?

Il eut un grand geste circulaire en direction du jury avant de revenir à Prudence.

— C'est ainsi que vous traitez les femmes abusées par leurs prétendus supérieurs ? s'indigna-t-elle soudain. De filles de joie, de garces, de prostituées…

Elle s'interrompit brusquement en s'apercevant que non seulement elle avait oublié son accent, mais qu'elle transgressait aussi la règle de Gideon en se laissant emporter par sa juste colère.

— Des femmes qui sont défendues par des harpies, apparemment, commenta sir Samuel avec un petit hochement de tête significatif à l'intention des jurés.

Prudence se sentait oppressée.

— Dénoncer les injustices de la société fait partie de notre mission, monsieur. Je maintiens que nous avons des preuves de nos accusations contre lord Barclay.

— Et les accusations d'escroquerie ? reprit-il, changeant brusquement de sujet avec un vaste effet de manches. Que pourriez-vous, madame, que pourrait ce torchon…

Il agitait de nouveau la publication.

— Que pourriez-vous connaître des détails d'un contrat entre amis ? Deux amis très intimes depuis des années. Je suis persuadé, madame, que vous et vos collègues journalistes, pour une raison connue de vous seuls, avez voulu vous venger personnellement de lord Barclay, et avez inventé ces faits de toutes pièces.

— C'est faux ! rétorqua-t-elle.

— N'auriez-vous pas fait des avances à lord Barclay ? Avances qu'il aurait repoussées ?

Il s'appuyait des deux mains au rebord du box des témoins et la fixait comme s'il pouvait la voir derrière la voilette.

Prudence ne put retenir un éclat de rire, et elle vit son père la regarder, l'air intrigué. Si elle était capable de contrefaire sa voix, ce n'était pas le cas de son rire. Mais après tout, tant mieux !

— Vous trouvez cela drôle, madame ?

De toute évidence, l'avocat était déconcerté par sa réaction. Il avait espéré la déstabiliser...

— Oh, oui ! répliqua-t-elle. Très drôle. Ma mère m'a appris à juger la prétention masculine comique... ridicule.

Elle eut de nouveau un rire léger.

Elle ne se ferait peut-être pas des amis parmi les jurés, mais son père avait pâli, et il ne la quittait pas des yeux.

Avait-il compris ?

Ce n'était pas le cas de sir Samuel, évidemment. Il rayonnait littéralement, certain de tenir le jury au creux de sa main.

— « Prétention masculine », madame. Comme c'est éloquent ! Donc, vous maintenez que vous ne connaissez pas personnellement lord Barclay. Alors je vous redemande : comment pourriez-vous être au courant des affaires professionnelles de ces deux hommes, amis de longue date ? Deux hommes dont vous ignorez tout.

Il se tourna vers la cour.

— Messieurs du jury, lord Duncan est là, prêt à témoigner en faveur de son ami. Le ferait-il si cet ami l'avait escroqué ? Lui aurait-il accordé un nantissement sur sa demeure ? Je vous le demande, messieurs, n'est-ce pas un peu tiré par les cheveux ?

Il revint à Prudence à qui il adressa un salut moqueur avant de regagner sa place.

Gideon se leva à son tour.

— Je n'ai pas de questions à poser à ce témoin, Votre Honneur.

Il y eut un murmure surpris parmi l'assistance. Le seul témoin de la défense venait d'être pulvérisé, et son avocat ne faisait rien pour redresser la situation ?

Prudence retourna s'asseoir. Gideon lui effleura le genou. C'était tout ce dont elle avait besoin. Elle n'avait pas osé regarder son père durant la prestation de sir Samuel, mais Gideon, lui, l'avait observé avec attention.

— J'appelle lord Arthur Duncan à la barre, déclara sir Samuel.

Lord Duncan se dirigea vers le box des témoins.

19

Prudence osait à peine regarder son père, tandis qu'il prêtait serment d'une voix calme et courtoise. Ses mains ne tremblaient pas.

Sir Samuel s'approcha.

— Bonjour, lord Duncan, dit-il en souriant.

— Bonjour.

— Vous êtes là pour témoigner en faveur de votre ami, lord Barclay.

— Je suis là pour témoigner dans un procès en diffamation contre une publication connue sous le nom de *Mayfair Lady*.

Un instant pris au dépourvu, sir Samuel se ressaisit bien vite.

— En effet, milord. C'est bien ce dont il s'agit. Voudriez-vous dire à ces messieurs du jury depuis combien de temps lord Barclay et vous êtes amis ?

— Je connais le comte de Barclay depuis près de dix ans.

— Et c'est l'un de vos amis intimes.

Sir Samuel scrutait son témoin comme un furet qui guette un lapin à la sortie de son terrier en craignant d'en voir jaillir un renard.

— C'est ce que j'aurais dit, oui.

Sir Samuel ferma brièvement les yeux, puis changea de tactique.

— Sa Seigneurie et vous avez fait affaire ensemble à plusieurs reprises, si j'ai bien compris.

— Une seule d'importance.

— Le chemin de fer transsaharien ?

— Oui. Une entreprise dont j'espérais tirer les plus grands profits.

— Malheureusement, ces affaires avortent souvent, commenta sir Samuel en secouant la tête d'un air navré. Tous les investisseurs ont subi des pertes, en l'occurrence.

— À ma connaissance, j'étais le seul, monsieur. Eh, oui, j'ai subi de graves pertes.

L'avocat secoua de nouveau la tête.

— De même que lord Barclay.

— J'en doute, monsieur, car au moment où l'affaire a prétendument périclité, il détenait le nantissement sur ma maison. On ne peut guère parler de perte.

Sir Samuel leva les yeux vers l'estrade.

— Votre Honneur...

— Le témoignage ne se déroule pas comme vous l'attendiez, sir Samuel ? coupa le juge.

— Non, Votre Honneur. Je demande une interruption jusqu'à demain matin.

— Nous n'avons pas le temps. Si vous le souhaitez, renvoyez ce témoin à sa place et appelez-en un autre.

— Je ne peux pas renvoyer le témoin sans que mon éminent collègue, sir Gideon, l'ait interrogé.

— En effet, admit le juge.

Il semblait s'amuser grandement, et Prudence décida qu'elle le détestait autant que sir Samuel, même s'il paraissait pencher plutôt en leur faveur.

Sir Samuel s'éclaircit la voix.

— Avez-vous consenti cette hypothèque sur votre maison de votre plein gré, lord Duncan ?

— Oui, parce qu'à l'époque je pensais ne pas avoir d'autre solution. Voyez-vous, j'ignorais que la société dans laquelle j'avais investi n'avait aucune existence légale. Mon « ami » avait omis de m'en informer.

Il avait appuyé légèrement sur le mot « ami », pourtant, il résonna dans la pièce silencieuse.

— Pas d'autre question, Votre Honneur.

Sir Samuel retourna à son siège.

— Sir Gideon ?

Celui-ci se leva.

— Pas de questions, Votre Honneur.

— Vous ne vous surmenez pas, aujourd'hui, sir Gideon, fit remarquer le juge d'un ton cordial.

Sans un mot, Gideon inclina la tête et se rassit.

Lord Duncan quitta le box des témoins pour se diriger droit vers la porte, sans se soucier des murmures curieux qui s'élevaient sur son passage.

Prudence se leva à demi comme pour le suivre, puis se rassit en sentant la main de Gideon sur son bras.

Le juge parcourut la salle des yeux.

— D'autres témoins, sir Samuel ?

— Non, Votre Honneur.

— Alors, sir Gideon, la cour est à vous.

— Je n'ai rien à ajouter, Votre Honneur.

Prudence ne prêta pas attention aux formalités qui suivirent, avis aux jurés avant qu'ils ne se retirent pour délibérer. Elle entendit à peine le juge annoncer que si le jury déclarait le *Mayfair Lady* non coupable de diffamation, ils pouvaient envisager des dommages et intérêts pour le journal.

Elle ne cessait de se dire que ses sœurs et elle avaient fait l'impossible depuis quatre ans pour protéger leur père, comme l'aurait souhaité leur mère, et qu'elles venaient de lui assener la vérité de la manière la plus humiliante qui fût. L'idée d'utiliser des mots que leur mère employait souvent venait de Chastity.

La prétention masculine. Cette expression, qui scandalisait lord Duncan tout en le faisant rire, lui avait révélé sans doute possible l'identité de celle qui se tenait à la barre des témoins. Et expliquait comment sa honte soigneusement cachée était devenue tout à coup publique. Leur pardonnerait-il jamais ?

Gideon lui prit le coude et la ramena dans la petite pièce où Chastity et Constance l'attendaient. Elles s'étreignirent.

— Nous pardonnera-t-il ? murmura Chastity, faisant écho aux tourments de sa sœur.

— Combien de temps encore aurait-il pu continuer à vivre dans le mensonge ? intervint Gideon.

Toutes trois le fusillèrent du regard. Il leva les mains en geste de défense et préféra sortir. Aucun homme sain d'esprit ne se serait risqué à affronter la colère des sœurs Duncan !

— C'est vrai, reconnut Prudence après quelques instants de silence. Combien de temps ?

— C'était déjà trop tard, fit remarquer Constance. Sans son témoignage, nous aurions perdu, alors il aurait été bien obligé d'affronter la réalité, et...

Elle se moucha vigoureusement.

La porte s'ouvrit, et elles se retournèrent d'un même mouvement.

C'était lord Duncan.

— L'avocat m'a dit que je vous trouverais ici.

Il y eut un long silence tendu.

— Comment avez-vous osé ? demanda-t-il enfin. Mes papiers personnels... De quel droit vous êtes-vous permis de les consulter ?

— Aucun, nous le savons, répondit Prudence. Mais nous n'avions pas le choix. Pas plus que mère ne l'aurait eu.

— Le *Mayfair Lady* était son œuvre, fit doucement Constance.

Il eut un rire sans joie.

— Je m'en rends compte, à présent, mais j'aurais dû m'en douter depuis longtemps.

— Nous ne pouvions pas le perdre à cause d'un homme qui…

Il leva la main d'un geste impérieux, et Prudence se tut.

— N'en dites pas davantage, j'en ai assez entendu pour aujourd'hui. Je vous verrai à la maison. Toi aussi, Constance.

Sur ces mots, il tourna les talons et sortit.

Les trois sœurs soupirèrent, puis Prudence avoua :

— Cela peut paraître pervers, mais je me sens soulagée… maintenant qu'il sait, je veux dire.

— J'imagine que Jenkins et Mme Hudson ressentiront la même chose, observa Constance au moment où un coup frappé au battant annonçait le retour de Gideon.

— Le jury a fini de délibérer, Prudence, dit-il.

— C'était rapide. Bon ou mauvais signe ?

— Je préfère éviter les pronostics. Venez.

Il s'exprimait d'un ton brusque, et elle devina qu'il était beaucoup moins calme qu'il n'y paraissait.

Les jurés lurent leur verdict.

— Nous déclarons la publication *le Mayfair Lady* non coupable de diffamation, Votre Honneur.

Prudence eut l'impression de se liquéfier. Les yeux fixés sur la table, les doigts croisés, elle entendit à peine la suite. Les frais de procédure étaient réglés par Barclay, et il était condamné à payer une somme de mille livres en guise de dommages et intérêts.

Elle réalisa enfin que tout se terminait au mieux. Gideon toucherait ses honoraires, qui dépasseraient sans doute les quatre-vingts pour cent de leur accord préalable. Tandis qu'ils quittaient la salle d'audience, des gens les entourèrent, mais elle en était à peine consciente. Gideon, qui la soutenait, l'entraîna vers la rue, où de nouveau un fiacre les attendait.

— Montez, ordonna-t-il en la poussant à l'intérieur alors que des journalistes se pressaient autour d'eux en criant leurs questions.

Prudence trébucha à moitié quand elle pénétra dans le véhicule sombre, et découvrit que ses sœurs s'y trouvaient déjà.

— Comment êtes-vous arrivées là ? s'étonna-t-elle.

— Thadeus.

Gideon était resté à l'extérieur.

— Le cocher va d'abord vous conduire dans un hôtel, expliqua-t-il. Je suppose que vous ne tenez pas à être suivies. Votre père est probablement déjà assiégé. Lorsque le calme sera revenu, Thadeus vous raccompagnera chez vous.

— Vous pensez à tout, observa Prudence.

— Cela fait partie de mon travail. À propos, je passerai vous voir demain matin afin de conclure notre affaire, si cela vous convient.

— Ah, oui, notre marché...

— Précisément.

Il referma la portière.

— Ce n'est pas vraiment un marché, pour notre avocat, fit remarquer Constance.

— Ses honoraires seront payés par Barclay, il ne s'inquiète sûrement pas, dit Chastity.

— Certes. Mais dans ce cas, pourquoi est-il si pressé de tout régler ?

— Je pense qu'il veut en terminer au plus vite, intervint Prudence. Histoire de retrouver sa vie normale et d'oublier trois sœurs agaçantes et subversives.

— Tu veux dire *une* sœur agaçante et subversive, rectifia Constance.

— Je ne serai pas fâchée non plus que cette affaire soit derrière nous.

— Ce sera certainement un soulagement, dit gentiment Chastity en cherchant le regard de son aînée.

Celle-ci, complice, haussa les sourcils.

Gideon regagna son bureau. Il n'éprouvait pas l'euphorie qui l'envahissait d'ordinaire quand il venait de gagner un procès. En fait, il avait l'impression qu'il allait en commencer un.

Il se débarrassa de sa perruque, de sa robe, se servit un whisky bien tassé et s'assit à sa table de travail. Il avait un plan de campagne, comme toujours avant une audience, mais pas de tactique alternative. C'était inutile. Il allait jouer gros jeu. Quitte ou double. Et rien dans l'attitude de Prudence ne l'encourageait à agir. Il avait espéré un signe, il ne savait pas exactement lequel, quelque chose qui laisse à penser qu'il lui avait manqué. Rien.

Il alluma une cigarette. Il devait tout de même se montrer indulgent ; la journée avait été éprouvante pour elle, et il n'y avait sans doute pas de place dans son esprit pour le reste.

Cela dit, il l'avait bien observée quand elle était entrée dans son bureau, le matin, et elle ne lui avait rien accordé de plus qu'un bonjour glacial. Elle n'avait pas l'air bien, elle était visiblement perturbée, mais ce n'était pas étonnant. Elle allait affronter une cour de justice, peut-être perdre son gagne-pain, et beaucoup plus encore. Elle n'avait pas la tête aux histoires sentimentales.

Il écrasa sa cigarette en soupirant. Jamais il ne s'était senti aussi anxieux.

— Il me semble qu'un sherry te ferait du bien, Prudence, remarqua Constance quand elles furent installées dans le salon privé d'un discret établissement de Piccadilly.

— Apparemment, il y a tout ce qu'il faut, annonça Chastity en inspectant la desserte. Du thé, des sandwiches, du cake... du fromage, des biscuits. Du sherry aussi, du vin, même du cognac.

— Il est un peu tôt pour le cognac, objecta Prudence, mais je prendrai volontiers un sherry.

— Tu as été magnifique, Prudence ! la félicita Constance en jetant ses gants et son chapeau sur une console. Je ne sais pas comment tu as réussi à garder cet accent sans qu'il ait l'air de sortir d'un vaudeville de Feydeau.

— Je trouve pourtant que c'était le cas, fit Prudence. Cela me donne toujours envie de rire, d'ailleurs. Sauf cet après-midi, naturellement.

— Nous n'avions pas non plus le cœur à rire, renchérit Constance. Mais c'est fini. Nous avons gagné. Le *Mayfair Lady* et L'Intermédiaire sont tirés d'affaire, personne ne nous a reconnues.

— Hormis père.

— Hormis père.

— Il y a un paquet de cartes, fit Chastity. Si nous disputions une partie de bridge ? Nous ferions mieux de nous occuper si nous ne voulons pas sombrer dans l'accablement.

Elles jouaient depuis deux heures quand Thadeus vint les prévenir que la voie était libre.

— Il n'y a plus de journalistes devant chez vous.

— Et lord Duncan ?

— Il n'était pas sorti quand je suis parti. Mais peut-être s'est-il absenté depuis.

— Non, il nous attend, assura Prudence en rangeant les cartes. Tu nous accompagnes, Constance ?

— Bien entendu. Je ne vais pas vous abandonner dans un moment pareil. Max est sûrement au courant de ce qui s'est passé au tribunal, il comprendra.

— La voiture attend devant la sortie de service, les informa Thadeus. Au cas où un échotier traînerait encore.

— Vous pensez à tout, Thadeus, dit Prudence avec un sourire.

Il s'inclina sans mot dire.

Le trajet jusqu'à Manchester Square eut lieu en silence.

— Demandez au cocher de passer par les écuries, Thadeus, dit Prudence quand ils furent en vue de la maison.

— C'est déjà fait, mademoiselle Duncan.

— Oui, bien sûr, murmura-t-elle.

— Sir Gideon m'a prié de vous remettre ceci, fit Thadeus en lui tendant une enveloppe au moment où elle sortait de la voiture.

— Merci. De quoi s'agit-il ?

— Le nantissement sur votre demeure, madame. Il pense qu'il vous sera utile.

— En effet.

Les trois sœurs entrèrent dans la maison par la cuisine.

— Quel remue-ménage, ici, aujourd'hui ! s'écria Mme Hudson. Des hommes n'ont cessé de sonner à la porte et de poser des questions. Lord Duncan est d'une humeur massacrante. Il s'est enfermé dans la bibliothèque. Que s'est-il passé ?

Jenkins apparut, les traits tirés par l'inquiétude.

— J'espère que le procès s'est terminé en votre faveur, mademoiselle Prudence ?

— Oui… Oui, Jenkins. Je suis désolée que nous ayons tant tardé à rentrer, mais sir Gideon a préféré que nous évitions les journalistes. Il craignait qu'ils ne nous suivent jusqu'ici, s'ils n'y étaient pas déjà pour père.

— Ils y étaient bel et bien, grommela Jenkins. Ils secouaient si fort le heurtoir que je les ai menacés d'appeler la police. Lord Duncan s'est barricadé dans la bibliothèque. Je lui ai demandé ce qui s'était passé, mais il m'a envoyé au diable. J'ai préféré ne pas insister.

— Sage décision, Jenkins, approuva Constance. Nous avons gagné, mais en même temps, lord Duncan a appris la vérité.

— Ah, tout s'explique...

Mme Hudson hocha gravement la tête.

— Cela devrait nous rendre la vie un peu plus facile, fit Prudence. Nous n'aurons plus à feindre ni à ruser.

— Je ne sais pas, mademoiselle Prudence, dit Jenkins. Je ne vois pas Sa Seigneurie finir les restes ni se contenter de vin ordinaire.

— En effet. Nous devrons encore changer les étiquettes, mais au moins nous n'aurons pas l'impression de le faire derrière son dos.

— Il faut y aller, maintenant, décida Chastity. Nous ne pouvons différer davantage.

— Il n'y a rien à différer! lança lord Duncan sur le seuil de la cuisine. J'étais sûr que vous conspiriez ici.

Il engloba le petit groupe d'un regard noir.

— Ne prétendez pas que vous n'étiez au courant de rien, Jenkins. Ni vous, madame Hudson.

— Ils n'ont rien à voir là-dedans, père, s'interposa Prudence. Blâmez-nous si vous le souhaitez, mais en ce qui concerne Jenkins et Mme Hudson, ils ont seulement essayé de nous aider à vous rendre la vie plus agréable.

Son père s'empourpra.

— Si je comprends bien, toute ma maisonnée jugeait bon de me protéger des conséquences de ma propre folie. Je ne trouve pas cette idée très plaisante!

Il tourna les talons.

— Nous allons parler de tout cela dans la bibliothèque.

Les trois sœurs échangèrent un coup d'œil, haussèrent les épaules et lui emboîtèrent le pas.

— Inutile de fermer la porte, jeta lord Duncan lorsqu'ils furent dans la bibliothèque. De toute évidence, il n'y a de secrets que pour moi dans cette demeure.

Elles jugèrent préférable de ne pas répondre.

— Comment avez-vous réussi à persuader Fitchley de vous laisser consulter mes papiers personnels ? reprit-il.

Avec un soupir, Prudence le lui expliqua, avant de conclure :

— M. Fitchley n'est absolument pas responsable.

— Bien sûr. De toutes les trahisons...

Il se détourna. Il avait soudain l'air d'un très vieux monsieur.

— Allez-vous-en, toutes les trois. Je ne peux pas vous regarder, pour le moment.

Elles sortirent en fermant doucement la porte derrière elles.

— Il ne peut pas nous regarder, ou *se* regarder ? murmura Constance.

Prudence fixa la porte close, puis déclara brusquement :

— Non. Nous n'allons pas porter toute cette culpabilité sur nos épaules. Venez !

Elle poussa le battant et pénétra dans la bibliothèque, suivie de ses sœurs.

— Je vous ai dit...

— Nous avons entendu, père. Mais peut-être voudrez-vous brûler ceci.

Elle sortit l'enveloppe de son sac.

— Je doute que le comte de Barclay ose réclamer quoi que ce soit après ce qui s'est passé cet après-midi.

Lord Duncan ouvrit l'enveloppe et découvrit le document concernant le nantissement.

— Il ne peut plus réclamer la maison, alors ? demanda-t-il, presque incrédule.

— Non. D'ailleurs, il ne l'a jamais pu. La société *Barclay Comte et Associés* n'ayant pas d'existence légale, elle ne peut posséder de bien propre. Brûlez ce papier, père. *Tout de suite.*

Il contempla ses filles qui se tenaient devant lui, unies, déterminées. Et il songea à sa femme, à qui elles ressemblaient tant. Elle lui manquait... elle lui manquait à chaque minute de sa vie. Il savait qu'elle manquait tout autant à ses filles, d'une manière différente. Et il se dit qu'elles étaient son incarnation.

Lentement, il déchira le document, puis il jeta les morceaux dans la cheminée. Le papier se tordit, prit feu et se transforma en cendres.

Lord Duncan entendit la porte se refermer tandis qu'il continuait à fixer l'âtre, le cœur lourd.

20

— Tu es sûre que cela ne t'ennuie pas de voir Gideon seule, Prudence ? s'enquit Chastity, le lendemain matin.

Hissée sur la pointe des pieds pour se regarder dans le haut miroir du hall, elle fixait son chapeau.

— Mais oui, répondit sa sœur d'un ton désinvolte tout en ramassant des pétales tombés du vase de chrysanthèmes. Il faut diffuser le *Mayfair Lady* au plus vite, et nous n'avons pas relevé notre courrier depuis plus de deux semaines. Constance est en train de rédiger un article sur le procès d'hier, donc, c'est à moi de m'occuper de Gideon. Comme d'habitude, d'ailleurs.

Chastity était sceptique, mais Prudence semblait très décidée, en outre, une seule personne suffisait pour l'entretien avec Gideon.

— D'accord. Alors, j'y vais. J'en ai pour deux heures tout au plus. Cela dépendra si Mme Beedle est d'humeur bavarde ou pas.

Prudence alla jeter les fleurs dans la cuisine. Elle revenait dans le hall avec le vase vide quand on sonna.

— Je vais ouvrir, mademoiselle Prudence ? demanda Jenkins qui parut sortir de nulle part, comme toujours.

— Ce doit être sir Gideon, répondit-elle. Introduisez-le au salon.

Elle-même s'y rendit tandis que Jenkins allait ouvrir, et elle s'affaira autour d'un bouquet de roses tardives qui avait besoin d'être un peu arrangé.

— Bonjour, Prudence.

Elle se retourna lentement.

— Bonjour. Asseyez-vous, je vous en prie.

— Merci.

Il prit un fauteuil tandis que la jeune femme se perchait sur le bras du sofa.

— Alors, vous êtes venu pour conclure notre affaire ?

— C'est ce que j'avais en tête, en effet.

Prudence croisa les bras.

— Vous ne trouvez pas cela un peu prématuré ? remarqua-t-elle sèchement. Nous n'avons même pas encore reçu les mille livres.

Elle se leva brusquement.

— Je ne comprends pas pourquoi nous ne réglons pas cela par courrier. Les dommages et intérêts arriveront certainement à votre cabinet. Pourquoi ne pas prélever les quatre-vingts pour cent qui vous sont dus et nous envoyer le reste ?

— Je ne crois pas que ce soit possible.

— Eh bien, je suis vraiment désolée, mais nous n'avons pas d'argent. Je ne peux pas vous donner quatre-vingts pour cent de rien, n'est-ce pas ?

Les yeux verts lançaient des éclairs, et il eut le sentiment que cela n'avait rien à voir avec le prétendu but de sa visite.

— Malheureusement, je suis dans une situation critique, murmura-t-il d'un ton d'excuse.

— Vous... Comment pourriez-vous avoir des difficultés financières ? Ne dites pas de bêtises, Gideon. Jamais je ne croirai que huit cents livres font la moindre différence sur votre compte en banque !

— Et vous auriez raison. Cela ne changerait rien, en effet.

— Alors, bon sang, de quoi parlez-vous ?

Elle était hors d'elle, et l'attitude calme de Gideon n'arrangeait rien !

Il se leva.

— Puisque vous ne vous asseyez pas...

— Je ne vois pas pourquoi je m'assiérais. Je vous ai expliqué la situation, l'affaire est close. Vous aurez votre part, nous aurons la nôtre.

Elle croisait les bras.

— Eh bien, voyez-vous, je ne pense pas que l'affaire soit tout à fait close, reprit-il du même ton teinté d'excuse.

Méfiante, Prudence plissa les yeux.

— Que voulez-vous dire ?

— Si je me souviens bien, il y avait un autre aspect dans notre contrat, répondit-il en se rendant à la fenêtre afin de contempler le jardin. Une épouse, n'est-ce pas ? reprit-il. Vous – ou plutôt L'Intermédiaire – deviez me trouver une femme si j'acceptais de vous défendre.

La méfiance de Prudence ne fit que s'accroître. Il y avait de la menace dans l'air... Cet homme était passé maître dans l'art de tendre des embuscades. Elle l'avait vu à l'œuvre au tribunal, et elle l'avait expérimenté elle-même une ou deux fois. Elle répondit lentement, comme si elle s'adressait à un simple d'esprit :

— L'idée vous amusait, Gideon, c'est tout. Souvenez-vous.

— Oh, non, pas du tout ! Je me rappelle vous avoir dit que je préférerais sans doute trouver moi-même une épouse, mais que j'étais ouvert à toute suggestion qui agrandirait le champ des recherches.

Prudence fronça les sourcils.

— Oh ! Vous accepteriez de rencontrer Lavender Riley, alors ? Je suis sûre que vous vous apprécieriez mutuellement.

Gideon traversa la pièce en trois enjambées.

— Je ne vous ai jamais vue aussi obtuse, Prudence ! Non. Je n'accepterai à aucun prix de rencontrer Lavender Riley.

— Heather Peterson… commença-t-elle.

Gideon la fit taire d'un baiser.

— Ai-je été assez clair ? demanda-t-il quand il releva enfin la tête, sans toutefois la lâcher.

— Je n'en suis pas certaine, répondit-elle. Vous n'avez encore rien dit.

Il lui entoura le cou des deux mains et plongea son regard dans le sien. Elle sentait ses pouces à l'endroit où battait son pouls, si fort qu'il lui résonnait aux oreilles.

— L'Intermédiaire a rempli sa part du marché. Il m'a présenté à la seule femme susceptible de devenir ma compagne. Prudence Duncan, voulez-vous m'épouser ?

— Harriet ?

Ce fut le seul mot qu'elle pût articuler.

— Son entraîneur est venu la rechercher la semaine dernière.

Il la lâcha et se passa la main dans les cheveux, geste qui exprimait à la fois la frustration, l'anxiété et ce zeste de vulnérabilité qu'elle trouvait si émouvant.

— Sarah… J'ai besoin de votre aide, Prudence. Je me suis trompé… Bon Dieu, je me trompe souvent, je l'admets. Mais j'ai vraiment besoin de vous.

— Vous n'êtes pas le seul à vous tromper, murmura-t-elle en lui caressant la joue. Je le reconnais volontiers.

Il lui saisit les poignets, lui baisa les paumes.

— Acceptez-vous de m'épouser, mon ange ?

Elle sourit.

— N'êtes-vous pas censé sortir une bague de votre poche et mettre un genou en terre ?

— La bague, c'est dans mes cordes. Mais du diable si je mets un genou en terre, même pour vous, mon amour.

— Je ne m'y attendais pas vraiment.

— C'est ma réponse ?

— Eh bien, fit-elle, pensive, je suppose que cela nous économiserait huit cents livres… Non, non, Gideon ! protesta-t-elle alors qu'il l'attirait à lui, une lueur inquiétante au fond des yeux. J'appelle Jenkins !

— Appelez-le.

Il la plaqua contre lui.

— Vous êtes la femme la plus exaspérante, la plus insupportable que j'aie jamais rencontrée !

— Oui, acquiesça-t-elle. Et je vous déteste tout autant.

— Voilà qui me paraît équitable.

Une heure plus tard, Constance et Chastity se retrouvaient sur les marches du porche.

— Impeccable minutage, commenta Constance. Tu as vu Mme Beedle ?

— Oui, et je rapporte une pile de lettres. As-tu écrit ton article ?

Constance sourit.

— Attends seulement de le lire !

— Tu n'as pas tourné père en ridicule, j'espère ? s'inquiéta Chastity.

— Chastity !

— Non, bien sûr. Excuse-moi. Je suis tellement anxieuse.

— Et Prudence ? Elle l'a vu seule ?

Chastity acquiesça.

— Il doit être parti, à présent. Mais tu la connais. Tu sais comme elle essaiera de cacher ses sentiments… si elle souffre, je veux dire. Je pensais vraiment que…

Constance lui entoura les épaules du bras.

— Moi aussi. Mais ils sont incompatibles, Chastity, Prudence l'a compris.

Chastity inséra sa clé dans la serrure. Le hall était désert, et elles échangèrent un regard étonné. Jenkins se précipitait toujours au moindre bruit, où qu'il se trouvât dans la maison.

— Elle doit être dans le boudoir, fit Chastity en se dirigeant vers l'escalier.

Elle s'arrêta au beau milieu du hall en voyant apparaître le majordome. Il posa le doigt sur ses lèvres et leur fit signe de le rejoindre. Intriguées, elles le suivirent à la cuisine.

— Mlle Prudence est au salon avec sir Gideon, leur apprit-il.

— Encore ? s'exclama Chastity. Ils avaient rendez-vous voilà deux heures !

— En effet, mademoiselle Chastity. Mais Mlle Prudence n'a pas sonné.

— Vous êtes certain que Gideon n'est pas reparti, pendant que vous étiez ailleurs ? Oh, non, sûrement pas ! rectifia-t-elle devant l'expression outragée du vieil homme. Vous l'auriez forcément vu.

Jenkins hocha la tête, rasséréné.

— J'ai préféré ne pas aller demander s'ils avaient besoin de quelque chose.

— Vous avez bien fait, approuva Chastity. Qu'en penses-tu, Constance. Faut-il y aller ?

— Et risquer de les prendre en flagrant délit ?

— Ne dis pas de sottises. Ils sont au salon !

— À mon avis, il vaudrait mieux faire du bruit. Beaucoup de bruit. Des tambours, il nous faut des tambours !

— Mais nous n'en avons pas, protesta Chastity en riant. Ou alors, nous allons cogner des casseroles l'une contre l'autre.

— Abandonnez cette idée, mademoiselle Chastity,

intervint Mme Hudson sans pouvoir retenir un sourire.

— Je vous suggère plutôt de frapper à la porte, mademoiselle Constance, renchérit Jenkins qui avait du mal à garder son sérieux. Et peut-être d'attendre quelques minutes avant d'entrer.

— Bien sûr, Jenkins, c'est la meilleure solution.

Constance lui adressa un clin d'œil, et il se détourna pour dissimuler un sourire.

Les deux sœurs retournèrent dans le hall. Elles marchèrent quelques minutes d'un pas lourd, ouvrirent et fermèrent plusieurs fois la porte d'entrée, puis elles s'approchèrent du salon. Constance s'apprêtait à frapper lorsque la porte s'ouvrit.

— On doit vous entendre à dix kilomètres à la ronde, remarqua Prudence. Entrez, nous avons besoin de votre avis.

— Oh… Bonjour, Gideon. Vous n'en avez pas encore terminé ?

— Non, nous ne faisons que commencer, répondit ce dernier en se dirigeant vers les nouvelles arrivantes, la main tendue. Bonjour, Constance… Chastity.

Elles le saluèrent avant de se tourner vers leur sœur.

— Prudence ?

— Il semblerait que Gideon ait choisi l'alternative à notre marché.

— Vraiment ? fit Chastity dans un sourire. Nous lui avons trouvé une épouse ?

— Apparemment.

Prudence leva la main. Une bague ornée d'émeraudes scintilla dans le soleil.

— Ces pierres m'ont paru idéales. Elles s'harmonisent avec les yeux de votre sœur, expliqua Gideon avec un geste un peu hésitant de la main.

Il n'avait pas pensé avoir besoin de l'approbation des sœurs… mais en réalité il n'avait pas de raisons de s'inquiéter. Elles ne s'intéressaient pas du tout à la bague. Elles avaient repoussé la main de leur sœur pour l'étreindre avec tant de fougue qu'il éprouva un petit pincement de jalousie.

Puis elles se séparèrent, et, toute jalousie dissipée, il se trouva à son tour dans les bras de Constance et de Chastity.

Peut-être devrait-il avoir un entretien avec son futur beau-frère, afin de savoir à quoi il s'exposait en épousant une sœur Duncan.

— Tu disais que tu avais besoin de notre avis ? reprit enfin Constance, les effusions terminées.

— Ah, oui ! Je pensais que nous pourrions nous enfuir...

— Une union à Gretna Green ne correspond pas à l'idée que je me fais d'un mariage, coupa Gideon.

À Gretna Green, premier village écossais après la frontière, on mariait les couples en quelques minutes.

— Mais, écoutez, nous prendrions le train de nuit pour Édimbourg. Ce serait follement romantique, et ensuite...

Prudence s'interrompit.

— L'idée ne vous plaît vraiment pas, fit-elle.

— Je ne vois pas pourquoi nous devrions nous cacher. Vous n'en avez pas assez de ce petit jeu ?

Ce n'était pas un piège. Il lui posait cette question alors que ses sœurs étaient près d'elle, et elle rassembla son courage.

— Si, avoua-t-elle. Cependant, cela me gênerait de donner une grande réception. Le mariage de Constance était somptueux, mais cela ne me semblerait pas approprié en ce moment. Nous sommes tous encore trop à vif.

— C'est ton mariage, ma chérie, intervint Constance. Quoi que tu décides, Chastity et moi serons là pour te soutenir. À présent, nous allons vous laisser discuter.

Sur un signe de tête complice, les deux sœurs gagnèrent la porte.

La main sur la poignée, Chastity se retourna.

— Je pense vraiment que Gretna Green est une mauvaise idée, Prudence.

Elles disparurent.

— Si nous pouvions attendre une année, commença Prudence. Non, je ne veux pas de ça non plus. Quel genre de réception...

— Ce que vous voudrez, Prudence. Votre famille, Sarah, vous et moi.

— Vous n'avez plus de parents ?

— Non, ils sont morts, et j'étais fils unique. Si vous aviez souhaité un grand mariage, j'aurais pu battre le rappel de ma famille éloignée, mais seule la présence de Sarah m'importe.

— Ainsi que celle de Mary Winston ?

— Ainsi que celle de Mary.

— Alors, nous sommes d'accord.

Il l'enlaça.

— Nous serons parfois d'accord, ma chérie, et le plus souvent pas d'accord.

— Oui, fit-elle contre ses lèvres. Ainsi je n'aurai aucun mal à me rappeler combien je vous déteste.

Il releva la tête.

— Je vais demander une autorisation spéciale afin que nous puissions nous marier dans la semaine.

— Cela vaut mieux, avant que je ne change d'avis, dit-elle avec un sourire qui démentait ses paroles.

— Chipie ! l'accusa-t-il en lui donnant une pichenette sur le nez. Maintenant, il faut que je parle à votre père.

Prudence fit la grimace.

— Il est dans la bibliothèque. Mais rappelez-vous qu'il a déjà eu plus que sa part de chocs. Il ne se montrera peut-être pas très...

Elle haussa les épaules.

— Je peux m'arranger avec votre père, si vous vous arrangez avec Sarah.

— Je ferai de mon mieux, Gideon, murmura-t-elle, soudain grave.

— Elle est un peu fragile, en ce moment… Après Harriet, vous comprenez.

— Je comprends.

Il se passa la main dans les cheveux, l'embrassa une dernière fois et quitta le salon.

ÉPILOGUE

— Tu viens, Chastity ? fit Constance qui passait le nez dans l'entrebâillement de la porte. Prudence et père partent dans cinq minutes.

— Je suis prête ! répondit Chastity en posant la lettre qu'elle lisait. Je parcourais le courrier de L'Intermédiaire.

— Vraiment ? Quelle drôle d'idée, le matin du mariage de Prudence !

— Pas du tout. Rappelle-toi ce que mère disait : « Une minute gâchée est une minute perdue à jamais. » J'étais prête, et j'avais une minute devant moi.

— Oui, bien sûr, dit gentiment Constance. Tu es ravissante.

— Toi aussi. Et Prudence est magnifique. Allons l'aider à mettre la dernière touche.

Constance acquiesça et sortit. Chastity hésita un instant avant de la suivre. Elle prit la lettre qu'elle avait abandonnée sur sa coiffeuse et relut la signature.

Dr Douglas Farrell.

Le bon médecin cherchait une épouse. Une compagne. Une femme qui s'impliquerait dans son travail. Était-ce le Dr Farrell qu'elle avait vu chez Mme Beedle ?

La réponse attendrait. Elle attrapa son sac, jeta un bref regard dans le miroir et sortit de sa chambre.

— Je ne sais pas si je veux ce voile, disait Prudence quand Chastity rejoignit ses sœurs. C'est trop cérémonieux. Après tout, je ne vais pas remonter la nef au son de la marche nuptiale.

— Alors porte-le relevé comme cela, suggéra Constance en joignant le geste à la parole. Il encadre merveilleusement ton visage.

— Et puis, tu es tout de même une mariée, renchérit Chastity. Ce n'est peut-être pas le plus conventionnel des mariages, mais il y aura un marié et une mariée.

— Je sais. Il n'empêche que j'aurais préféré que nous allions à Gretna Green.

Elle se contempla dans le miroir. Elle portait une robe de soie moirée qui avait été refaite à partir d'une toilette de sa mère. Quelque chose de vieux. Très bien. Le manchon de fourrure que Constance lui avait prêté. Quelque chose d'emprunté. Le bracelet de diamant que Gideon lui avait offert. Quelque chose de nouveau. Et les boucles d'oreilles en turquoise que son père lui avait offertes le matin même. Quelque chose de bleu.

— Tu as oublié les six pence, lui rappela Chastity en posant une pièce brillante sur la coiffeuse.

— Ah, oui !

Au contact de ses sœurs, Prudence commençait à se détendre.

Elle s'assit, ôta sa mule de satin ivoire et glissa la pièce tout au fond.

— Quelque chose de vieux, quelque chose de neuf, quelque chose d'emprunté, quelque chose de bleu et une pièce dans le soulier, récita Chastity. Te voilà prête à te marier.

— Est-ce que je le suis ? demanda Prudence en recroquevillant les orteils sur la pièce. Est-ce que je le suis *vraiment* ?

— Plus que jamais, affirma Constance. Tu n'aurais pas pu épouser un autre homme que Gideon, et si tu en doutes, rien de ce que nous dirons, Chastity et moi, ne pourra t'en persuader.

— Je n'en doute pas, murmura-t-elle, rêveuse. Je l'aime, mais, parfois, j'ai envie de lui verser de l'huile bouillante sur la tête.

— C'est normal, assura Constance du haut de son expérience. Je ne vois pas comment une Duncan pourrait épouser un homme qui ait assez de caractère pour lui tenir tête, sans accepter en même temps l'huile bouillante et les tirs à boulets rouges.

— Je suis prête, déclara Prudence. Allons nous marier.

Elle s'arrêta sur le seuil et ajouta avec un sourire un peu tremblant :

— Heureusement que Gideon a Max pour le soutenir. Je suis certaine qu'il est aussi terrorisé que moi.

Chastity la scruta anxieusement.

— Pas de regrets, Prudence ?

La jeune femme prit une profonde inspiration.

— Non... Aucun. En route !

Gideon et Max se tenaient devant l'autel, dans la chapelle annexe de la petite église de Westminster.

Sarah et Mary Winston avaient pris place dans la première rangée, à gauche, Constance et Chastity se trouvaient dans celle de droite. Lord Duncan avait tenu à mener sa fille à l'autel.

L'organiste commença à jouer, et Gideon se tourna vers la porte. Prudence, son épouse, la femme qu'il n'aurait naguère jamais imaginé prendre pour compagne, était désormais la seule avec laquelle il pût envisager de partager sa vie. Et elle s'approchait de lui d'un pas ferme et résolu, comme toujours. Cependant, ses lèvres frémissaient, et il lisait l'incertitude dans son regard. Mais il savait qu'au fond, si elle partageait sa peur, elle était aussi sûre que lui qu'ils ne se trompaient pas.

Il fit un pas vers elle tandis qu'elle le rejoignait. Max lui toucha l'épaule d'un geste rassurant avant d'aller s'asseoir près de sa femme.

Lord Duncan embrassa sa fille et gagna sa place. Gideon prit la main de Prudence, leurs doigts s'entrelacèrent. Les vœux furent prononcés, Gideon lui glissa l'anneau d'or au doigt, puis l'embrassa. C'était terminé. Ils signèrent le registre dans la sacristie et lorsqu'ils en sortirent, l'église était déserte.

Gideon s'inclina vers elle.

— Jamais je ne vous laisserai partir, murmura-t-il. Jamais. Vous comprenez ?

— Moi non plus, répondit-elle sur le même ton. Quoi qu'il arrive, nous nous appartenons. En dépit de l'huile bouillante et des tirs à boulets rouges.

— Je ne vous demanderai pas d'où vous vient cette idée, mais je ne puis qu'acquiescer.

Il lui donna un baiser qui n'avait rien de conventionnel. C'était une promesse qui ne se souciait pas du lieu, de l'odeur d'encens et des cierges.

Prudence regarda autour d'elle.

— Vous vouliez Gretna Green, reprit doucement Gideon. Je me suis mis d'accord avec vos sœurs sur un compromis. Nous aurons un dîner de famille demain, mais pour l'instant, il n'y a que vous et moi.

Elle sourit.

— Où allons-nous ?

— Une épouse n'est pas censée savoir où se déroulera sa nuit de noces. Vous devrez me faire confiance.

— Je vous fais confiance. Maintenant et pour toujours.

— En dépit de l'huile bouillante et des boulets rouges ? la taquina-t-il.

— La confiance peut s'accommoder de quelques étincelles.

Découvrez les prochaines nouveautés de la collection

Aventures et Passions

Le 3 janvier

Le marié maudit

de Jacquie D'Alessandro (n° 7493)

Angleterre, XVIIIe siècle. La jeune et belle marieuse Meredith Chilton-Grizedale est chargée de trouver la femme idéale au futur comte Philip Whitemore. Ce mariage sera celui de l'année et assurera sa réputation. Mais la jeune femme rencontre un problème des plus épineux puisqu' une terrible malédiction pèse sur Philip : sa future femme décèdera deux jours après leur mariage. Meredith est effondrée, d'autant qu'elle est attirée par ce séduisant héritier. Pour vivre leur passion, il leur faudrait rompre le sortilège…

Le 10 janvier

Dans les bras d'un Yankee

de Shirl Henke (n° 7494)

Angleterre, XVIIIe siècle. Rachel Fairchild, jeune femme indépendante, est furieuse d'apprendre que son père a consenti à son mariage avec un parfait inconnu. Son futur époux n'est autre que leur nouveau voisin, Jason Beaumont, qu'elle trouve particulièrement arrogant. Cet Américain, ayant récemment hérité d'un titre de comte, n'aspire pas davantage à se marier. Aussi, pour déjouer les plans de leurs familles, Jason et Rachel décident de concocter un plan afin d'éviter cette imminente alliance.

Le 24 janvier

La promesse de Charity

de Linda Lael Miller (n° 7495)

États-Unis, XIXe siècle. Elle était l'unique enfant du *rancher* le plus riche et le plus puissant de la région. Il était le fils d'un alcoolique et d'un incapable. Quand Luke Shardlow, âgé de onze ans, sauve Charity, huit ans, de la noyade, elle lui accorde un souhait. Quinze ans plus tard, Charity et Luke se rencontrent à nouveau, mais un gouffre les sépare. Pour sauver son père, Charity choisit d'épouser Luke, qui accepte à la seule condition de diriger ses affaires à son aise…

Ce mois-ci, retrouvez également les titres de la collection

Amour et Destin

Des histoires d'amour riches en émotions déclinées en trois genres :

Intrigue ***Romance d'aujourd'hui*** ***Comédie***

Le 3 décembre *Romance d'aujourd'hui*

Un retour inattendu

de Susan Elizabeth Phillips (n° 6979)

Sugar Beth revient dans sa ville natale. L'ancienne adolescente arrogante détestée de tous est désormais une femme, et toujours aussi belle. Veuve, sans argent, elle ne peut prendre en charge les traites de l'établissement spécialisé où se trouve Delilah, la fille autiste de son mari. Et personne ne veut l'engager en ville. Excepté Colin, son ancien professeur d'anglais devenu célèbre écrivain. La jeune femme n'a pas le choix, elle accepte le poste de gouvernante. Mais Colin n'attend qu'une chose : se venger de celle qui l'a obligée à quitter l'enseignement…

ainsi que les titres de la collection

Escale Romance

De nouveaux horizons pour plus d'émotion

Le 3 décembre

Frisson austral

de Helen Addison (n° 7459)

Clara Dreyer, jeune reporter, arrive sur la côte est australienne en vue d'effectuer un reportage sur la Grande Barrière de corail. Mick Jordan, le pilote de l'hydravion à bord duquel elle doit réaliser des vues aériennes de l'archipel du Capricorne, lui semble aussi fantaisiste qu'elle est sérieuse ! Entre eux deux, le courant ne passe pas. Et pourtant, lorsque les caprices de la météo les contraignent à faire escale en cours de route, ils se retrouvent seuls au monde en face à face !

Les amants de l'estancia

de Catherine Pimentel (n° 7540)

Elena, simple pigiste dans un quotidien, se voit confier un important reportage sur l'une des plus belles estancias du Paraguay. Son enthousiasme est vite oublié lorsqu'elle apprend que le rédacteur l'a choisie pour une tout autre raison : il espère que, grâce à son joli physique, elle convaincra Felipe Garcia, le propriétaire, de parler de la mort de sa femme. La rumeur prétend qu'il l'aurait noyée…

QUESTIONNAIRE

N° 1

Aidez-nous à mieux vous connaître.
Répondez à ce questionnaire et pour vous remercier, nous vous enverrons un livre de votre collection préférée.
Choisissez la collection que vous souhaitez recevoir en cadeau :

Aventures & Passions	1
Amour & Destin	2
Barbara Cartland	3
Escale Romance	4

Si vous êtes parmi les 100 premières, vous recevrez deux livres!
Pour répondre, il vous suffit d'entourer le ou les codes correspondants et de **retourner ce questionnaire à l'adresse suivante :**

Editions J'ai lu
Service Marketing
84, rue de Grenelle
75007 Paris

1. Depuis combien de temps lisez-vous des livres de la collection Aventures et Passions?

*	C'est le premier volume que je lis dans cette collection	1
*	Depuis moins d'1 an	2
*	De 1 à 2 ans	3
*	De 3 à 5 ans	4
*	Depuis plus de 5 ans	5

2. Combien de livres de la collection Aventures et Passions lisez vous en une année (y compris celui-ci)?

*	1 à 5	1
*	6 à 10	2
*	11 à 20	3
*	21 à 30	4
*	31 et plus	5

3. Comment avez-vous connu la collection Aventures et Passions?

*	Par des amis/relations	1
*	Par des publicités/articles	2
*	Par la radio	3
*	Par la télévision	4
*	Dans une librairie	5
*	Dans un hypermarché	6
*	Par un auteur édité dans une autre collection	7
*	Sur Internet	8
*	Autre (précisez) :	9

4. Quelle note globale de 1 à 10 donneriez-vous :

*	A la collection	_ _ _
*	Aux couvertures	_ _ _
*	Aux histoires	_ _ _

5. Lisez-vous des livres des 3 autres collections sentimentales de J'ai lu ?

* OUI 1
* NON 2

Si oui :

*** Livres de la collection Amour et Destin ?**

* OUI 1
* NON 2

Si oui, combien de livres par an pour chacune des sous-collections suivantes :

	Intrigue	Romance d'aujourd'hui	Comédie
* 1 à 5	1	1	1
* 6 à 10	2	2	2
* 11 à 20	3	3	3
* 21 à 30	4	4	4
* 31 et plus	5	5	5

*** Livres de la collection Barbara Cartland ?**

* OUI 1
* NON 2

Si oui, combien de livres par an :

* 1 à 5 1
* 6 à 10 2
* 11 à 20 3
* 21 à 30 4
* 31 et plus 5

*** Livres de la collection Escale Romance ?**

* OUI 1
* NON 2

Si oui, combien de livres au total ?

* 1 à 5 1
* 6 à 10 2
* 11 à 20 3
* 21 et plus 4

6. Lisez-vous d'autres collections de romans sentimentaux que les romans des collections J'ai lu que l'on vient de citer ?

* OUI 1
* NON 2

Si oui, combien de livres au total ?

* 1 à 5 1
* 6 à 10 2
* 11 à 20 3
* 21 à 30 4
* 31 et plus 5

Si oui, quelle(s) collection(s) et quel(s) éditeur(s) lisez-vous ?

Nom de la (des) collection(s)	Nom du (des) éditeur(s)
....	....
....	....
....	....

7. Qu'est-ce qui est le plus important pour vous lorsque vous achetez un roman sentimental (donnez deux réponses) ?

* La couverture	1
* L'auteur	2
* Le titre	3
* Le résumé au dos du livre	4
* Le prix	5
* La collection	6
* L'éditeur	7

8. Etes-vous :

* Un homme	1
* Une femme	2

9. Quel est votre âge ? _ _ _

10. Quelle est votre profession/votre activité ?

* Agriculteur, exploitant(e)	1
* Artisan, commerçant(e)	2
* Chef d'entreprise	3
* Cadre supérieur	4
* Profession libérale	5
* Enseignant(e)	6
* Cadre moyen, technicien(ne)	7
* Employé(e)	8
* Ouvrier(e)	9
* Etudiant(e)/élève	10
* Retraité(e)	11
* Autre inactif	12
* Autre (précisez) :	13

11. Quel est le code postal de votre lieu de résidence ? _ _ _ _ _

12. Etes-vous :

* Marié(e)	1
* Vivant maritalement	2
* Célibataire	3
* Divorcé(e)	4
* Veuf(ve)	5

13. Combien y a-t-il d'enfants de moins de 16 ans dans votre foyer ? _ _ _

Nom : .... Prénom : ....

Adresse : ....

....

Code postal : .... Ville : ....

Vos réponses sont confidentielles et uniquement destinées à notre service clientèle

7416

Composition Chesteroc Ltd
Achevé d'imprimer en France (La Flèche)
par Brodard & Taupin
le 3 novembre 2004. 26569
Dépôt légal novembre 2004. ISBN 2-290-34070-7

Éditions J'ai lu
84, rue de Grenelle, 75007 Paris
Diffusion France et étranger : Flammarion